Guerreiras de Gaia

Guerreiras de Gaia

Gisele Mirabai

São Paulo
2015

© Gisele Werneck, 2015
2ª Edição, Editora Gaia, São Paulo 2015

Jefferson L. Alves – diretor editorial
Richard A. Alves – diretor-geral
Flávio Samuel – gerente de produção
Flavia Baggio – coordenadora editorial e revisão
Sandra Regina Fernandes – revisão
Alexandre Camanho – ilustração de capa
Tathiana A. Inocêncio – projeto gráfico

Obra atualizada conforme o
NOVO ACORDO ORTOGRÁFICO DA LÍNGUA PORTUGUESA.

Dados Internacionais de Catalogação na Publicação (CIP)
(Câmara Brasileira do Livro, SP, Brasil)

Mirabai, Gisele
 Guerreiras de Gaia / Gisele Mirabai. – 2. ed. – São Paulo : Gaia, 2015.

 ISBN 978-85-7555-446-3

 1. Ficção - Literatura infantojuvenil I. Título.

15-03994   CDD-028.5

Índices para catálogo sistemático:
 1. Ficção : Literatura infantojuvenil   028.5
 2. Ficção : Literatura juvenil   028.5

Direitos Reservados

editora gaia ltda.
Rua Pirapitingui, 111-A – Liberdade
CEP 01508-020 – São Paulo – SP
Tel.: (11) 3277-7999 – Fax: (11) 3277-8141
e-mail: gaia@editoragaia.com.br
www.editoragaia.com.br

Colabore com a produção científica e cultural.
Proibida a reprodução total ou parcial desta obra
sem a autorização do editor.

Nº de Catálogo: **3716**

Agradeço a minha mãe porque ela acredita.

Dedico este livro a quem sentiu uma vontade enorme
de matar a formiguinha, mas não matou.

Sumário

Nota... 9

Seres e entidades presentes em Guerreiras de Gaia............. 11

Parte I

Para o leitor 15

O amuleto azul..17

Um pedaço do oceano...21

A cartomante 24

Demétria (ou melhor, Dona Dedê) 33

O anúncio 37

Felícia..40

Madame Babaiuca..43

O peixe de pedras preciosas...47

O mensageiro 53

Recuperação.. 56

Festa de aniversário... 58

O bilhete insistente 63

A dúvida 67

O automóvel preto... 69

Lua 73

Solaio.. 77

Laia e Liluá 79

A Pequena Gaia...81

Era Geminiana 87

O mistério dos bilhetes... 95

Ela sabia! 96

Luís 98

A viagem 101

Parte II

Enfim, chegamos... 109
Gaiatmã 112
Regras são regras 115
Camaleoa 126
O Sopro Dourado 131
O biscoito chinês 138
A aura vermelha de Dona Dedê 141
A Toca das Venúsias 145
Adeus, Casa da Árvore 148
A Casa do Pássaro 151
As três Drúpias da floresta 156
Ele... um Metazeu? 159
A ausência de energia 161
O ninho de plástico 168
A tribo Caiapã 172
Adeus, escadas 177
A Casa da Colina 179
O misterioso sumiço de Padre Odorico 180
Ishtar 187
Solu 190
A história dos gêmeos 192
A colina azul-violeta 195
A festa dos mercúrios 199
Visões 204
A Casa do Peixe 209
O fantástico mundo subaquático 212

Parte III

Poeta 219
A travessia 224
O labirinto metálico 228
A fábrica de oxigênio 236
Asas 242
A roda da engrenagem 250
O que será que tem ali dentro? 253
A festa 254
Adeus, Gaiatmã! 258

Nota

Guerreiras de Gaia reúne os relatos da jovem Kitara, entregues a um estudante de jornalismo em forma de diário, sob o juramento de ser verdadeiro o que ali está escrito. A narrativa relata o encontro e o treinamento das cinco guerreiras em Gaiatmã, a presença dos líderes Jedegaias na Terra e o confronto com o Doutor Metazeu. Como vim a saber mais tarde, a trajetória das Guerreiras de Gaia de forma alguma finda com o término da história, tendo sido opção de Kitara dar um ponto final ao relato quando julgou mais adequado. Também foi sua escolha conceder alguns traços fictícios a determinados aspectos da história, o que, de acordo com suas palavras, ajudaria a dar cor e luz mais exatas a essa terra chamada Gaiatmã, sem prejudicar a essência dos fatos. Coube a mim compilar os relatos de Kitara e preparar esta obra para a publicação. Durante o processo, vim a conhecer os Jedegaias, a quem as guerreiras chamam de Mestres, e também me curvei perante a causa pela qual luta essa sábia nação. Sendo assim, assumo a responsabilidade pelo que está escrito e ajudo a preservar a identidade dos envolvidos. Essa é a minha missão.

G.M.

Seres e entidades presentes em
Guerreiras de Gaia

Ajana: boto de Kitara
Albo Lago: cientista jedegaia
Basteta: onça de Dona Dedê
Brutamontes: capangas do Doutor Metazeu
Caiapãs: tribo indígena que habita as terras de Gaiatmã
Camaleoa: jedegaia mutante
Demétria (Dona Dedê): guerreira de Gaia
Dona Romana: jedegaia instrutora da manipulação energética
Doutor Metazeu: cientista metazeu
Drúpias: feiticeiras da floresta
Felícia: guerreira de Gaia
Hermânio: mercúrio mensageiro
Ishtar: vaca imperial jedegaia
Joca: um mercúrio
Kitara: guerreira de Gaia
Laia: guerreira de Gaia
Lilás: pássaro de Liluá
Liluá: guerreira de Gaia
Lua: mãe de Laia e Liluá
Luís: pretendente de Kitara
Madame Babaiuca: jedegaia mantenedora do casarão de Gaiatmã
Maria Eduarda: uma venúsia
Mercúrios: espécie de duendes
Mestre Orgon: jedegaia instrutor da leitura energética
Nico Lago: cientista jedegaia
Padre Odorico: padre amigo de Mestre Orgon
Pequena Ci: filha do Senhor e da Senhora Caiapã
Piás: garotos que habitam as árvores da floresta

Poeta: primeiro jedegaia da Terra
Rafaella: chefe das venúsias
Senhor Caiapã: homem branco de nome José que se tornou índio
Senhora Caiapã: indígena, filha do antigo cacique dos Caiapãs
Senhora Suprema: senhora suprema
Seu Ernesto: motorista dos jedegaias
Solaio: pai de Laia e Liluá
Solu: serpente de Laia
Strix Ulula: coruja de Felícia
Venúsias: espécie de fadas
Voz Segunda: boca conselheira

Obs.: Mais de um nome pode pertencer ao mesmo ser ou entidade.

Parte I

Para o leitor

Olá, meu nome é Kitara e eu sou uma Guerreira de Gaia. No meu último encontro com Pequena Ci, quando ríamos juntas das atitudes mesquinhas de Laura e Denise, ela sugeriu que eu escrevesse um livro e divulgasse a nossa história para toda a humanidade. Segundo ela, muitos já haviam tentado, mas os Metazeus sempre deram um jeito de impedir que esses relatos fossem publicados. "De qualquer forma, ninguém iria acreditar mesmo", pensei enquanto me levantava, sacudia o pó da roupa e, em um só impulso, deslizava pelos ares a um metro de altura das escadas que ainda há pouco costumavam me levar até a porta de casa.

Antes de dormir, porém, mais uma vez me lembrei daquela voz gelada ecoando em meio à fumaça fétida nas rochas subterrâneas dos domínios de Gaiatmã: "Eu sou Aquele que nunca vereis o rosto. Essa batalha foi parca feito um grão de mostarda..."

E, enquanto refletia sobre esse e todos os outros acontecimentos daqueles "últimos dias", concluí que, se por acaso não tentasse, muitos não teriam a chance de vivenciar as experiências assustadoras e também maravilhosas pelas quais nós, as Guerreiras de Gaia, passamos. Afinal, até mesmo aqueles que duvidassem de nossa história poderiam se envolver com os fatos narrados.

Mas o relato a seguir, caro leitor, é mesmo uma história verídica, e se até agora nada foi dito a seu respeito é porque os Metazeus o esconderam de você e de todos os habitantes do planeta. A nossa missão, assim como todas as outras já realizadas pelo povo Jedegaia, poderia ter sido noticiada em todos os jornais, emissoras de rádio e de televisão e internet, mas os Metazeus de alguma forma impediram que o mundo ficasse sabendo do trabalho realizado por mim e por minhas companheiras. E o que ninguém sabe é que a liberdade mais fundamental dos habitantes do planeta Terra acaba de ser salva por um triz. É isso mesmo, por pouco você não perde o direito mais simples de todos: o de respirar.

Você deve estar pensando: "O que é uma Guerreira de Gaia?" Para dizer a verdade, sou uma pessoa comum, como qualquer outra (posso ser inclusive sua conhecida, sua vizinha e, quem sabe, até mesmo sua prima), mas há "alguns dias" aconteceu algo que transformou a mim e a minhas companheiras em guerreiras. Por ainda andarmos pelas ruas como pessoas normais, com nomes normais e casas normais, preferimos manter nossas identidades secretas; portanto, grande parte dos nomes encontrados neste relato são nomes fictícios. Eu, por exemplo, que na verdade me chamo..., ops, não posso dizer, já ia me esquecendo. O leitor pode me chamar de Kitara mesmo.

Pois bem, para saber quem sou eu, quem são as Guerreiras de Gaia, quem é o povo Jedegaia e quem são esses tais Metazeus é preciso conhecer a história desde o começo, desde aquele dia em que eu saía do colégio e...

O amuleto azul

Como eu ia dizendo... o que mesmo eu ia dizendo? Ah, a história das Guerreiras de Gaia. Tenho que parar de pensar no presente e relembrar o passado. Posso dizer que foi há "alguns dias"? Sinceramente, não sei. Depois que me tornei uma Guerreira de Gaia, perdi um pouco a noção de tempo. Bom, vamos considerar que foi mesmo há alguns dias.

Eu voltava para casa superchateada pela nota horrível que tinha tirado na prova de Física (ai, como eu detestava Física!, antes, é claro, de estudar a Física jedegaia). Do portão do colégio que, de tão careta e ortodoxo, eu chamo de "Calabouço do Conhecimento", até o ponto de ônibus, é preciso andar dois quarteirões. Pois bem, lá estava eu andando cabisbaixa, quase no fim do primeiro quarteirão, quando vi meu ônibus passando. Eu costumava correr como louca para pegá-lo e chegar bem rápido em casa para almoçar, tamanha é a fome que sinto quando a aula termina. Além disso, o outro ônibus só passava meia hora depois e, sinceramente, não é nada agradável ficar em pé, plantada no ponto com uma mochila pesando toneladas e debaixo do sol.

Apesar de tudo isso, o engraçado é que naquele dia eu não corri. Estava tão jururu por causa de minha nota de Física que não tive forças. Laura, minha vizinha e colega de sala, pega o mesmo ônibus, mas sempre fica fazendo hora no portão, conversando com os meninos bonitos do colégio. E, naquele dia, como era de praxe, ela passou por mim correndo em direção ao ponto e gritando para que eu corresse também. Vi aquele rabo de cavalo louro todo saltltante, gritando e gesticulando para que o motorista a esperasse, e não tive vontade nenhuma de fazer o mesmo. Resumindo: perdi o ônibus. Tive que esperar o próximo, minhas pernas se cansaram de tanto esperar e fiquei com mais fome ainda...

Que bom! Que bom que perdi o ônibus! Se eu tivesse corrido e pegado o ônibus, não estaria aqui hoje, contando esta história. Ou estaria? Não sei. Sei que perdi o primeiro e esperei o próximo. Ah, como as coincidências acontecem, não? Sim, ou melhor, não... ai, que confusão. O que quero dizer mesmo é que hoje não acredito mais em coincidências. Sei que nada acontece por acaso, nem mesmo ser sorteado em um concurso e ganhar um carro ou uma casa, ou ficar preso em um engarrafamento, ou deixar de viajar quando... iiiiih, já chega, vou parar de enrolar e voltar à história.

Como ia dizendo, eu esperei o ônibus. E esperei. E esperei mais ainda. O suor escorrendo, o estômago colado nas costas, as pernas louquinhas por uma cadeira... por meia hora. Ufa, finalmente o ônibus. "Ah, que bom", pensei, até que enfim iria para casa...

Mas minha alegria logo foi por água abaixo. Foi só dar uma espiada lá dentro para desanimar de novo. Lotado, sem nenhunzinho assento vago. E o pior: várias pessoas também estavam de pé. Pelo visto não sentaria até chegar em casa. "Que pena, o ônibus anterior estava muito mais vazio." Fui com um muxoxo em direção ao fundo. Enquanto tentava me acomodar, olhei sobre os ombros dos passageiros e, para minha sorte, notei que ali bem no meio havia um lugar vago. "Engraçado", pensei, "por que será que ninguém tinha se sentado ali?" Depois de ser esmagada aqui, esmagada ali, consegui finalmente me aproximar do banco.

Mas, infelizmente (quero dizer, felizmente), não pude me sentar. Sobre o assento havia um saco plástico preto, provavelmente esquecido por alguém. Bom, do senhor sentado ao lado não poderia ser, pois ele estava voltado para a janela, interessado em qualquer coisa menos naquele saco plástico, e ninguém seria capaz de colocar alguma coisa sobre um banco de ônibus com tanta gente querendo se sentar. As pessoas ao redor olhavam para o assento, algumas reclamavam, e ninguém sabia o que fazer com o tal pacotezinho. Ah, como eu gostaria de me sentar, faminta e mal-humorada como estava. "Que se dane!", pensei, e, num impulso, peguei o embrulho, coloquei no colo e ufa!, me sentei.

Os outros passageiros olharam assustados e também com inveja. Mas logo se esqueceram. E eu também. Pensava de novo na nota de Física e na horripilante possibilidade de perder um pedaço das férias estudando para a recuperação. Ah, tudo menos isso. A coisa que menos queria era perder aquela liberdade boa para fazer o que quisesse na hora que bem entendesse. Se bem que, naquela época, tudo andava tão monótono...

Aos poucos, o ônibus foi esvaziando e o meu ponto se aproximando. Da janela, avistei minha tão sonhada casa. Já bem mais animada, apertei o sinal e desci. Mas, quanto mais me aproximava de casa, mais me lembrava da nota de Física, só que, dessa vez, eu não pensava apenas nela. Pensava também em minha mãe. Não poderia contar a ela, não naqueles dias. Mamãe não é brava, mas andava meio doente, sentindo muita falta de ar e não havia médico que conseguisse diagnosticar o problema, o que a deixava um tanto nervosa. Além disso, ela me pedia sempre que estudasse muito, pois gostaria que eu fosse uma profissional de sucesso e para isso era preciso estudar e...

Ah, finalmente em casa. Abri o portão e, no momento em que pensava em mamãe brigando comigo por causa da nota baixa, senti vindo lá de dentro o maravilhoso cheiro de bife com batata frita. Nesse mesmo momento, olhei distraída para a minha mão direita e o que vi? O tal pacotezinho preto. Eu tinha me esquecido de deixá-lo no assento. Olhei para a rua e pensei em correr atrás do ônibus, mas ele já tinha virado a esquina. "E agora? E se fosse alguma coisa importante para alguém?"

Comecei a examiná-lo por fora, quem sabe o nome do dono não estaria por ali, em algum lugar? Apalpei o pacote. Dentro parecia haver uma caixinha. Sacudi para saber o que poderia ser e escutei um barulho, era algo duro que pulava lá dentro. "Ah, quer saber?" Decidi abrir o pacote. Depois explicaria ao dono e pediria desculpas.

O pacote tinha um plástico resistente, preso por grampos. Arranquei um por um com todo o cuidado, até conseguir enfiar a mão lá dentro. Fiquei encantada com o que encontrei. A tal caixinha era um lindo porta-joias de madeira coberto com veludo azul-marinho. Pendurado por uma cordinha dourada, havia um pequeno cartão. Ah, finalmente, ali deveria encontrar alguma indicação do dono daquele misterioso presente. Abri o cartãozinho e então... Minha nossa! Impossível acreditar.

Para cada um de nós está reservada uma missão, e eu não poderia fugir da minha. Então, naquela hora quente do mês de dezembro, dei o primeiro passo ao encontro dela. Abri o cartão. Lá dentro, para minha surpresa, encontrei as seguintes palavras: "Para você, Kitara. Cuide bem dele."

Meu corpo estremeceu todo. Não era possível, como um pacote esquecido no ônibus por algum desconhecido poderia ser para mim? E o pior, não havia indicação alguma de quem poderia ter me enviado aquele presente. Seria mamãe? Ou algum dos meus irmãos? Bom, por mais estranho que fosse, Já que era para mim, resolvi abrir a caixinha. Lá de dentro, uma intensa luz se desprendeu e recuei, fechando meus olhos. Depois, fui abrindo bem devagarzinho e... Caramba! Nossa!... aquilo... aquilo era realmente lindo. Sem saber, eu via pela primeira vez o presente mais importante de toda a minha vida.

Era uma espécie de cordão no qual uma pedra azul bem pequenina balançava. A pedra mais bela que já tinha visto, de um azul tão vivo e tão bonito, mas tão bonito que mais parecia um pedaço de água lapidado. Uma raridade inexplicável, com um formato não menos surpreendente que a cor. De um lado sua superfície se arredondava, mas do outro parecia ter sido recortada de propósito, formando uma espécie de meia-lua irregular. Já o cordão era bem simples, feito de fios de palha entrelaçados.

Passei a mão sobre a pedra e, no mesmo instante, senti um delicioso e inexplicável arrepio na espinha. Algo como... não sei bem dizer... como uma chuva de coisas boas caindo sobre mim. Ao retirar o cordão da caixinha, notei que por trás do pingente de pedra havia alguma coisa escrita, com umas letras tão miudinhas que não dava para ler. Só ao aproximar bem os olhos, vi que o escrito era em uma outra língua, uma língua que eu nunca tinha visto. Mesmo não entendendo nadica de nada, pude perceber que se tratava de uma mensagem incompleta, pois as letras do canto se interrompiam bruscamente, bem onde a pedra parecia quebrada.

Fiquei observando por um bom tempo aquele inusitado presente e observaria ainda mais se não fosse a minha fome, já insuportável àquela altura. Decidi pensar depois na tal pedra (que mais tarde resolvi chamar de Amuleto Azul), e guardei-a na caixinha, que por sua vez guardei no saco plástico, que por sua vez guardei na mochila e que por sua vez joguei no sofá da sala. Fui direto para a mesa da copa sem nem mesmo lavar as mãos. Mamãe, meu irmão e minha irmã já tinham almoçado, papai almoçava no escritório e só voltava para casa à noite.

Peguei meu prato toda esfomeada, sem pensar na prova nem na pedra, ao ver aquele mar de comidinhas gostosas e cheirosas esperando por mim. Servi uma montanha de arroz, uma de feijão, outra de batata frita e, é claro, um bifão, o maior que tinha na travessa. Dava garfadas e mais garfadas sem mastigar direito, imersa naquela felicidade que era comer, até mamãe chegar na copa e, em vez de dizer: "Você é magra de ruim", comentário que sempre fazia, foi logo perguntando: "E a prova de Física?"

Um pedaço do oceano

Naquela semana, não fiz nada além de estudar para os exames finais do colégio. Menti para a minha mãe. Disse a ela que ainda não sabia o resultado da prova de Física. Para dizer a verdade, fingi até para mim mesma que não sabia, pois tinha que me preocupar em ter boas notas nas provas que viriam. Apesar da ansiedade, também tentei esquecer o Amuleto Azul e a forma inexplicável como ele me foi dado. Coloquei-o em um lugar bem seguro para que meus irmãos xeretas não o encontrassem: o fundo do armário. Antes, é claro, coloquei a caixinha de veludo dentro de uma sacola de supermercado, cobri com um tanto de roupa embolada e ainda tranquei a porta, mesmo ouvindo as reclamações de Kipan, minha irmã de treze anos que divide o quarto comigo e adora usar minhas roupas. E, entre um livro e outro, quando ia esticar as pernas e descansar a vista, subia até o quarto para dar uma espiada.

Sua beleza ainda me impressionava como no primeiro dia, mas, com o passar do tempo, fui notando que seu azul se tornava cada vez mais sujo e opaco, até o dia em que, ao abrir a caixinha, encontrei-o completamente sem cor. Não era branco, não era preto, nem era cinza. Mas uma cor que é realmente falta de cor, como água poluída. Que decepção. Todo aquele ar místico de pedra rara havia sumido, restava somente um pedaço de pedra comum como qualquer outra, a não ser pelos escritos que, pelo menos isso, continuavam lá. Fiquei tão desapontada com aquela mudança que comecei a esfregá-lo, sacudi-lo... até fazer carinho eu fiz, e nada, aquele azul mágico tinha realmente desaparecido.

De repente Kipan abriu a porta do quarto com Juliana, sua amiga. Eu não tive outra opção a não ser enfiá-lo o mais rápido que pude dentro do bolso da calça. Ela ainda me perguntou o que eu estava escondendo ali dentro. Disse a ela que não interessava, fiz uma careta e saí. Ah, e agora? Quando Kipan entrava afoita daquele jeito no quarto com alguma amiga, era para ficar fofocando sobre os acontecimentos do colégio. E aquilo demorava uma eternidade.

Desci para o jardim, que fica nos fundos da minha casa, e fiquei olhando para a janela do quarto, esperando o momento em que a luz se apagasse e

Kipan saísse. Mas, aos poucos, sem perceber, fui me esquecendo da janela e comecei a contemplar o jardim. Mamãe cuidava muito bem dele. Aliás, toda a minha família sempre gostou muito de plantas. Tanto minha avó inglesa e meu avô indiano por parte de mãe quanto meu avô português e minha avó japonesa por parte de pai sempre cultivaram o hábito de cuidar de jardins. E, quando vieram para os trópicos, fugindo de tantas guerras e desavenças, passaram a gostar ainda mais.

Mamãe, é claro, não poderia ter deixado de herdar esse hábito. Ali, cada canteiro se desenhava com harmonia pelo espaço. O pequeno caminho de pedras cortava a grama que tudo cobria. Bem no meio do jardim, ficava a enorme goiabeira, minha alegria desde pequena, principalmente naquela época de verão, quando costumava dar seus deliciosos frutos. E foi ali mesmo, debaixo da goiabeira, que eu tinha me sentado.

Enquanto observava o jardim, agora quase num cochilo, senti alguma coisa esquentando minha coxa esquerda. Um calor preciso, esquisito, acompanhado por uma leve coceira que... seria algum bicho? Não, não era um bicho, mas sim o... que estranho, o amuleto. Enfiei a mão no bolso da calça e, para minha surpresa, ele estava mudando de novo de cor. Para ver melhor, fui para debaixo do sol. E então, de uma hora para outra, ele começou a esquentar a minha mão e foi esquentando, esquentando até que, de repente, saiu uma rajada tão forte de fumaça dele, que meu corpo foi empurrado para trás e caí de costas na grama. O amuleto caiu do outro lado do jardim e continuou pulando no chão, soltando aquela fumaça brilhante, espessa e barulhenta, mas de uma beleza inacreditável.

Só quando a pedra maluca se acalmou tive coragem de ir me aproximando, mas com cautela, devagarzinho. E, ao chegar bem perto, pude ver surpresa que ela estava novamente azul, o mesmo azul intenso do dia em que a encontrei, a não ser por uma pequena diferença: agora, por mais incrível que pudesse parecer, uma espécie de rio passava dentro da pedra! Sim, aquela cor azul estava se movimentando. Pisquei forte os olhos para acreditar no que via e só então notei que, sob o amuleto, havia uma poça d'água. Ah, não podia ser, o amuleto estava vazando! Dentro dele, a água agora se movimentava violentamente, como se fosse ondas do mar. Aquela água era de um azul tão denso e tão profundo que não dava para entender como cabia dentro de uma pedrinha. Aquilo não podia ser de um rio nem mesmo de um lago. Aquele pedaço de pedra estava parecendo um pedaço do oceano.

É claro que não tive coragem de colocar o amuleto de novo dentro da caixinha, não depois de tudo o que eu tinha acabado de presenciar com estes meus olhos (que, aliás, cabe dizer, são um pouco diferentes, já que um é esverdeado, herança da minha avó inglesa, e o outro é azulado, herança do meu avô português). Afinal, eu poderia até mesmo considerar que o amuleto estava vivo e seria como prender um pássaro na gaiola. Mas também não poderia deixá-lo por aí e correr o risco de perdê-lo. Sob a goiabeira, havia um pedaço de pedra que se encaixava de forma irregular, mas discreta, entre duas raízes da árvore. Ah, seria ali mesmo. Tomei todo o cuidado para não arranhá-lo. Ali ele estaria seguro, pois meus irmãos, ao contrário de seus antepassados, se divertiam muito mais em frente ao computador do que no jardim.

Entrei em casa para voltar aos estudos, mas fui acometida por uma crise horrível de falta de ar, bem parecida com as que mamãe sofre. Tão forte que quase cheguei a desmaiar. Ah, não era possível que eu estivesse para ficar doente, bem na portinha das férias... Consegui ir cambaleando até a cozinha, com a respiração curta e sentindo uma fraqueza enorme no corpo. Depois de tomar um copão d'água, a falta de ar pareceu passar e minhas forças aos poucos foram voltando. Apesar de ter ficado um tanto preocupada, tentei esquecer aquele assunto e disse a mim mesma que devia ser tensão por causa dos estudos. Mas, confesso: não tirava da cabeça aquele acontecimento fantástico com o amuleto e, com isso, não conseguia me concentrar na matéria da prova que faria no dia seguinte. Seria a última do ano letivo e a mais difícil de todas: a de Matemática.

$\mathcal{A}$ cartomante

Log ½ (3x + 2) − log $_2 \sqrt[3]{32}$ + colog (x − 1)... não gosto nem de lembrar daquela prova. Se bem que, para quem não tinha estudado praticamente nada, até que a nota não foi tão ruim assim. O importante é que passei de ano.

Ufa! Finalmente as férias, que maravilha! Ou melhor, pelo menos até que a nota final saísse, pois provavelmente receberia um resultado desastroso em Física. Contava apenas com a colaboração da professora para me dar todos os pontos de participação. Sendo assim, não iria sofrer por enquanto e desci as escadas do colégio correndo para a minha liberdade.

Em frente ao portão, já se encontravam todos os meus colegas. Laura e Denise, até então minhas melhores amigas, davam risinhos, paquerando os meninos do terceiro ano. Laura alisa e tinge os cabelos de louro e Denise tem os cabelos pintados de vermelho e encaracolados nas pontas com *baby liss*. E as duas ficam o tempo todo insistindo para que eu mude os meus também, só porque eles são pretos, muito lisos e compridos até a cintura, herança do meu avô indiano. Isso sem contar que elas não vão para o colégio sem passar batom, dá para acreditar?

Bem, como ia dizendo, assim que cheguei ao portão, as duas vieram correndo e nem me perguntaram sobre a prova. Disseram que os meninos do último ano iriam para uma lanchonete que ficava no centro da cidade. Contaram também que elas foram convidadas para ir, mas tinham vergonha, pois da turma das meninas só as duas iriam, no meio daquele bando de meninos. E então elas falaram com voz interesseira que gostariam muito que eu fosse também. Para dizer a verdade, não estava nem um pouco a fim de ir. Primeiro porque alguns daqueles garotos bobos e antipáticos ficavam me chamando de Japa, Japinha, China, Kioto, Miojo, Toshiba, só por causa dos meus olhos puxados, herança de minha avó japonesa, mãe de meu pai. Segundo, porque não parava de pensar no amuleto e não via a hora de chegar em casa e pegá-lo sob a pedra no jardim. Disse a elas que não iria porque tinha prometido ir ao mercado fazer compras com minha mãe, mas elas não aceitaram minha desculpa. Disseram que eu nunca saía com elas, que não demonstrava minha amizade por elas e que andava muito estranha naqueles dias e também... "ai, tudo bem", disse. E fui como uma prisioneira para a cela.

Já no ponto de ônibus começou a minha tortura. Denise gostava de Eduardo, um menino de olhos claros, alto e muito metido do último ano e me arrastou com ela para puxar papo com ele e um amigo, enquanto um outro menino ficava puxando e soltando a alcinha do sutiã de Laura, que ria escandalosamente, como se aquilo fosse a coisa mais engraçada do mundo. Apesar de querer matar Denise, sorri forçada para os dois.

Os meninos ficaram olhando para nós e cochichando. E Denise, é claro, numa alegria imensa, certa de que o tal Eduardo comentava algo a seu respeito. De repente, para a felicidade de Denise, eles se aproximaram e um deles virou-se muito sério para mim e perguntou: "Oi, Kitara, você poderia nos informar se na China tem montanha?" E logo em seguida explodiram em gargalhadas. Ai, quanta bobagem. Se não bastasse eles desprezarem minhas outras características físicas, que mesclam um pouco da Índia, um pouco de Portugal e um pouco da Inglaterra, e só se lembrarem de meus traços japoneses, aqueles meninos, desde que viram meu pai (que possui fortes traços orientais) me buscar na escola, não me deixavam em paz. Era aquele assunto de China, Japão, zen, arigatô, sushi o dia inteiro. Denise não perdeu a oportunidade e riu com eles. Eu não sabia se fazia uma cara de desprezo ou se ria da imbecilidade daqueles garotos. Como rir poderia fazê-los achar que eu também tinha achado aquela piadinha idiota engraçada, fiquei muito séria e fingi que não era comigo.

Entramos no ônibus e me sentei logo em um daqueles bancos de apenas um assento. Todos passaram por mim e se sentaram lá atrás, sem sequer notar a minha presença ali na frente, animados que estavam em rir dos defeitos uns dos outros. Achei ótimo não ter sido vista, afinal não tinha a mínima vontade de conversar com eles. Pelo menos poderia ficar quietinha, até alguém me descobrir ali e recomeçar a série de deboches.

Encostei a cabeça na janela e só então notei como me sentia desanimada. O engraçado é que, por ser o primeiro dia de férias, era para eu estar supercontente e até quem sabe me divertir com as bobagens daqueles meninos. Mas naqueles dias eu andava muito estranha, sem paciência não apenas com os garotos, mas também com minhas amigas. O que estaria acontecendo comigo? Será que estava ficando adulta antes de todo mundo? Ou apenas cansada por causa da semana de provas? Para dizer a verdade, desde que encontrara aquele amuleto, alguma coisa tinha mudado, eu não sabia dizer bem o quê.

Até aquele momento, me deslumbrava toda vez que lembrava que o pacote no assento do ônibus era um presente para mim. Além disso, toda aquela fumaça brilhante e a água se movimentando dentro da pedra no dia anterior tinham me deixado um pouco perturbada. O que seria aquilo tudo? Sabia que havia alguma coisa acontecendo e eu precisava descobrir o quê. Só não sabia por onde começar.

Enquanto pensava, olhava distraída para a rua pela janela do ônibus. As pessoas, as lojas, os carros... tudo me causava mais desânimo ainda e eu queria cada vez mais voltar para casa. Entre as lojas comerciais daquele bairro, notei uma pequena ruela cheia de pequenos estabelecimentos com roupas e objetos bastante exóticos enfeitando as portas. Sobre a entrada do beco, havia um duende com cara de espertalhão talhado em uma placa de madeira apontando para o seguinte escrito: "Vila Esotérica". Engraçado, sempre passava por aquela avenida, um dos principais pontos comerciais da cidade, e nunca tinha reparado naquela ruela.

Voltei a descansar a cabeça na janela e a pensar no amuleto. Ah, precisava descobrir alguma coisa sobre ele, o que era, quem o tinha enviado e por quê. O problema era que não fazia ideia de quem poderia me dar aquela espécie de presente. O amuleto parecia ser mágico e... "Espera aí", pensei de repente, "qual o melhor lugar para conseguir auxílio?" Onde mais poderia encontrar pessoas que se interessam por aquele tipo de objeto? Lojas de artigos esotéricos, é claro! Olhei para trás, mas a tal ruazinha esotérica já tinha passado.

Nesse momento, alguém deu o sinal e o ônibus parou no ponto. As portas se abriram e alguns passageiros começaram a descer, enquanto outros subiam. Sem pensar, desci correndo pela porta da frente em meio às pessoas que entravam e, só quando já tinha corrido alguns metros em direção à ruela, me lembrei que não tinha pago a passagem. Olhei de volta para o ônibus, que já começava a sair, enquanto o motorista esbraveja pelo retrovisor e, colados ao vidro traseiro, as expressões abobadas de Denise e Laura em meio às gargalhadas dos meninos do colégio. E, é claro, todos os dedinhos apontados para mim.

***

Andei um bocado até encontrar, entre a infinidade de lojas de tudo quanto é tipo de coisas, desde roupas para grávidas até comida de passarinho, a entrada da Vila Esotérica.

A primeira loja em que entrei estava tão enfumaçada de incenso de sândalo que mal dava para ver os artigos. Quando meus olhos se acostumaram à fumaça, notei, à esquerda, uma jovem com os cabelos louros até a cintura, partidos ao meio e enfeitados por um cordão de prata que envolvia a testa. No meio das sobrancelhas, ela trazia uma pequenina pedra vermelha, exatamente no local onde possuo uma pinta de nascença. A moça estava descalça, sentada com as pernas cruzadas sobre um almofadão indiano e, de vez em quando, abria e fechava a boca emitindo sons para lá de esquisitos, mas que, de alguma forma, prendiam a minha atenção e me traziam uma espécie de sensação boa e, ah, não conseguia mais pensar em nada, a não ser no som que vinha da moça e naquele cheiro de sândalo e...

– Posso ajudá-la, irmã?

De repente, uma voz grossa, porém mansa, me trouxe de volta à loja. Olhei superassustada para trás e um homem, já um pouco mais velho, com alguns fios grisalhos na cabeleira desordenada que descia até os ombros e uma barba que lhe ia quase à altura do peito, segurava entre as mãos um incenso e olhava serenamente para mim.

– É, n-não, é, é, q-que eu...

– Ela está meditando – ele disse, notando a minha cara abobada.

Sim, claro, meditando. Agora eu me lembrava que, quando pequena, a minha avó me levava para meditar todos os fins de tarde no jardim de sua casa. Só que a meditação de vovó era um pouco diferente, silenciosa e sem todo aquele cheiro de sândalo. Ah, minha querida avó, que saudades sentia daqueles tempos em que ela estava conosco antes de ter desaparecido, um fato que abalou muito toda a família.

– Ela está entoando um mantra para esvaziar a mente e equilibrar os *chakras* – completou o homem, mais uma vez me trazendo de volta à loja. Senta aí, fica à vontade, disse, apontando alguns bancos de madeira talhados em forma de duendes, cogumelos e outros símbolos que eu nunca tinha visto.

– Obrigada – disse, mais acostumada com aquele ambiente. – Acho que o senhor pode me ajudar, sim.

– Não precisa me chamar de senhor, irmã. Aqui ninguém é senhor de ninguém, somos todos irmãos.

– Ok... irmão, na verdade estou procurando um colar (não queria entregar de cara o meu segredo para um estranho).

– Colar

– É, para dar de presente...

– Presente...

– Para a minha amiga...

– Amiga...

Ai, que irritante aquele homem repetindo as últimas palavras das minhas frases!

– Olha aqui, irmão, estou procurando um colar para dar de presente para a minha amiga, é um colar com uma pedra azul tão bonita que nunca vi na vida, uma pedra que parece ter sido recortada ou quebrada de propósito e...

– Calma, a irmã não precisa ficar estressada. A irmã tá precisando dar uma meditada, acender um incenso, abraçar uma árvore... calma que encontro o colar para você.

E me levou para um balcão de vidro no fundo da loja, onde havia tudo quanto é tipo de colares artesanais.

– Olha, a irmã pode levar este que fiz com ágata azul que eu mesmo encontrei no fundo da cachoeira lá em Riacho Velho, que vai trazer paz e felicidade para a amiga da irmã.

Então ele me mostrou um lindo colar trabalhado em prata, mas que nem se comparava à beleza do meu amuleto.

– Também tenho este aqui feito de água-marinha, que aumenta o poder psíquico, suaviza e acalma, e este aqui feito de amazonita, que atrai dinheiro e sucesso, se é o que a amiga da irmã tá precisando, e se a irmã quiser levar com a pedra quebrada, eu posso quebrar a pedra, e tenho também este lindo cordão de prata, se a irmã quiser eu posso pendurar um quartzo azul nele, que é uma pedra rara como a irmã tá querendo e que ainda por cima aumenta a longevidade, ou então penduro neste daqui, se a irmã...

– Olha, o senhor, ou melhor, o irmão me desculpe, mas estou procurando um colar que já vi antes... é isso, que já vi antes no pescoço de uma senhora que passava na rua, um colar... mágico.

– Mágico...

– É, mágico. Um colar que parece ter água dentro.

– Água...

– Do oceano.

– Oceano...

Ah, chega! Já dava para ver que daquele mato não ia sair nenhum cachorro. Além disso, ainda tinha muitas lojas para visitar.

– O irmão me desculpe, mas me lembrei de um compromisso urgente em que não posso chegar atrasada e eu tenho que ir embora e...

– Então beleza pura. A irmã tem sangue bom, sangue de muitas raças, tá convidada para voltar à nossa casa. Ah, leve isto aqui, é presente de irmão para irmão.

Ele tocou no próprio coração e tirou de dentro de um pote de vidro violeta um saquinho de chá com o escrito: "Chá de camomila, *para acalmar os nervos*".

Fingi que não entendi a piadinha e saí. Nossa, naquele dia todo mundo parecia estar disposto a rir da minha cara.

Entrei em mais algumas lojas da Vila, cada hora inventando uma história diferente, mas sem descobrir nada sobre o Amuleto Azul. Ninguém conhecia uma pedra que pudesse ter água dentro. Lá pelo meio da ruela, havia entre duas grandes lojas uma terceira sem placa de identificação. Até aí, tudo bem. Só que a entrada era tão estreitinha e tão miúda que mais parecia ser uma loja de artigos esotéricos para bonecas. Precisei me abaixar um pouco para conseguir entrar. Por dentro, tudo também era minúsculo e apertado. A dona, uma senhora negra, robusta e, ao contrário da loja, um bocado alta, veio me atender com muita simpatia, mas disse que infelizmente não possuía nem conhecia um cordão assim. Disse também que era cartomante e só através das cartas eu conseguiria encontrá-lo. E, é claro, isso tinha um preço. O preço era exatamente os vinte reais que eu tinha no bolso. Justo agora que a fome começava a chegar e eu já pensava em ir à padaria comprar algo para comer. Bom, adeus, lanchinho, e lá fui eu escutar o que as cartas tinham para me dizer.

A senhora deixou uma menina bem magrinha, de olhos esbugalhados e com traços indígenas tomando conta do estabelecimento, fez um sinal para que eu a seguisse e abriu uma porta nos fundos que dava para uma escadinha de ferro bem estreita em forma de minhoca. Antes de subir, não pude deixar de notar que a menina me encarava de um jeito sério, apesar de infantil. E também não pude deixar de notar como era feinha, a coitadinha, com sua cabeleira negra e pesada cobrindo o rostinho fino.

De tão grande, pensei que a senhora ficaria enganchada naquela escada mínima, mas ela subiu tranquilamente, enquanto eu me agarrava ao corrimão morrendo de medo de cair. Lá em cima havia um quartinho quase tão estreito como a escada, todo de madeira e coberto por um carpete vermelho da mesma cor do vestido da cartomante, que tinha rendas brancas no decote e nas mangas e babados coloridos na saia, combinando com seus brincos e inúmeros colares e pulseiras de todas as cores possíveis. No fundo havia uma mesinha com uma toalha também vermelha e, sobre ela, uma bola de cristal, diversos baralhos, velas coloridas e cinco ou seis essências acesas que criavam juntas um aroma gostoso, mas um pouco sufocante. Atrás da mesa havia uma cadeira, mas aquele quartinho era tão apertado que seria impossível alguém se sentar ali sem antes arrastar a mesa. Por isso, mal pude acreditar quando aquela senhora fortona e enorme, que devia ter quase um metro e noventa de altura, passou tranquilamente pela mínima fresta lateral. Resolvi esconder o meu espanto e forcei uma cara de quem achava aquilo e todos aqueles badulaques perfeitamente normais.

– Pegue esse banquinho aí, minha filha – ela apontou para a parede de madeira.

Fiquei sem entender e voltei a olhar para ela, que já embaralhava superconcentrada as cartas sem olhar para mim. "Que loucura", pensei, "como alguém pode sentar na parede?" Resolvi ficar em pé mesmo, mas então vi uma pequena argola entre uma tábua e outra. Ao puxá-la, um pedaço de madeira se desencaixou dos demais, como uma gaveta. Continuei puxando e um banco forrado de veludo também vermelho saiu de dentro da parede. Eu me sentei e a cartomante pediu que me concentrasse e cortasse o baralho. Depois começou a distribuir as cartas.

– Hum, hum – murmurou coçando o queixo – sim, começo a enxergar o cordão de que você está falando...

Eu me enchi de expectativa.

– É realmente um cordão muito bonito, com uma pedra de um azul muito profundo...

Tornei-me a expectativa pura.

– É uma pedra quebrada, bastante exótica e... espera! Tenho uma informação importante sobre esse cordão.

Ah, não podia mais me segurar de tanta aflição.

– Ele está escondido nesta cidade. Em um bairro arborizado desta cidade. Em uma casa amarela desse bairro. No jardim dessa casa. Sob uma pedra desse jardim. Uma pedra, sim, eu vejo, uma pedra debaixo de, huum, que delícia, uma goiabeira carregadinha.

E, ao dizer isso, pareceu sair do transe e começou a juntar as cartas do baralho.

– S-só isso? – perguntei indignada.

– E você ainda quer mais? – ela respondeu, já se levantando e passando pelo pequeniníssimo espaço ao lado da mesa.

Ao chegarmos lá embaixo, tirei com muita raiva a nota de vinte reais do bolso e joguei-a amassadinha em cima do balcão. Ela então segurou forte a minha mão, olhou nos meus olhos de forma vigorosa e disse com uma calma que contradizia a sua força:

– Não precisa pagar. Eu sei que você está com fome e precisa deste dinheiro. Escute, vá comer alguma coisa, mas antes não deixe de passar por todas, TODAS as lojas da Vila, pois alguém pode ter uma informação muito importante para você.

Não pude esconder o alívio que senti por não gastar aquele dinheiro. Dei um risinho meio cínico de agradecimento e fui o mais rápido que pude em direção à saída. Antes, porém, ela segurou de novo o meu braço com uma força que parecia espremê-lo e disse em tom de cumplicidade:

– Não estou cobrando nada, mas tenho uma paixão neste mundo, e essa paixão é por goiabas. Então, se você por acaso encontrar o amuleto sob a pedra embaixo da goiabeira, eu ficarei agradecida de ganhar algumas. E abriu um sorriso guloso com uma piscadinha.

Dei um segundo risinho falso e saí da loja. Mas, foi só colocar os pés na rua, escutei uma voz de criança dizer: "Kitara". Olhei para trás e a indiazinha de olhos esbugalhados se aproximou e me entregou um papelzinho, dizendo com timidez:

– É um lembrete que dou para os clientes da loja. – E correu de novo para dentro.

Enquanto andava pela ruela, li o pequeno bilhete escrito com enormes letras de criança que dizia: "Esteja atenta a toda e qualquer palavra". Eu, hein, o que será que aquilo queria dizer? Bom, como ainda faltavam algumas lojas para visitar, guardei o bilhete no bolso e evitei pensar na cartomante e naquela criança esquisita.

Nas outras cinco lojas da Vila em que estive, nada fiz além de recusar cordões, colares e amuletos de todos os tipos, tamanhos e preços. Uma rua inteira de lojas e nenhuma informação sobre o Amuleto Azul. A não ser, é claro, a informação da cartomante que eu já conhecia.

No final da Vila, encontrei o único estabelecimento por ali que não vendia artigos esotéricos. Sobre uma bela entrada ovalada, trabalhada em madeira e com portas de vidro, uma placa dizia: "Doceria Seu Bolota, *doces e salgados*". Lá de dentro, os mais variados e deliciosos cheiros vinham tentar os clientes da ruela. Cheiro de brigadeiro, torta de morango, pudim de leite, pão de queijo, torta de frango, pastel assado... huuum, lambo os lábios só de me lembrar. É claro que não iria resistir, ainda mais com aquela fome. A tarde já havia chegado e eu ainda não tinha almoçado. Ufa, ainda bem que a cartomante poupou meus vinte reais, assim poderia gastá-los ali.

Logo ao entrar, um senhor bem gordo e supersimpático sorriu todo animado para mim, perguntando:

– Posso ajudá-la, jovem senhorita?

Ah, aquele provavelmente era o tal Seu Bolota. Atrás do balcão, duas crianças na ponta dos pés, um menino e uma menina bastante gordinhos, também sorriam para mim. E, na frente deles, uma infinidade das maiores delícias e gostosuras que se possa imaginar. Salgados folheados, fritos e assados, doces de coco, chocolate, limão, amendoim e muitas outras maravilhas envoltas por cremes, glacês e castanhas, pedaços de torta cobertos com caldas e cereja... huuum, não posso continuar falando dos quitutes do Seu Bolota, senão paro de escrever agora mesmo para ir até lá e fazer um lanchinho.

Pedi uma torta de frango, uma coxinha e um refrigerante. A segunda parte, a dos doces, viria depois. Escolhi uma mesinha no canto e, enquanto lanchava, fiquei pensando na cartomante. Bom, pelo menos ela era uma boa profissional, já que sem que eu dissesse uma palavra, adivinhou que havia um amuleto debaixo da pedra sob a goiabeira. Mas de que me adiantava aquela informação? O que queria mesmo saber, quem o havia enviado e por quê, ela não disse. E o engraçado é que ela não cobrou. Será que ela já sabia que a goiabeira era minha? Se sabia, então por que ela me deu uma informação que eu já conhecia? E a menina, que engraçada... "Esteja atenta a toda e qualquer palavra". O que será que ela quis dizer com isso? Foi tão esquisito ela me chamar lá fora só para entregar o bilhete e... "Oh, minha nossa!", disse de repente derramando refrigerante no uniforme tamanho o susto que levei. Tinha acabado de me lembrar de uma coisa. A menina me chamou pelo nome: Kitara. O estranho é que, em nenhum momento, eu disse o meu nome dentro da loja.

Ao notar o acidente que tinha causado, derramando refrigerante não somente na roupa, mas também na mesa e em cima dos salgados, uma senhora também rechonchuda e muito simpática saiu do fundo da loja com um pano na mão, veio até mim e disse:

– Não se preocupe, acidentes acontecem. – E deu um sorriso tão largo, mas tão largo, que pareceu me engolir. Ela tinha os cabelos vermelhos e enormes bochechas muito rosadas, o que lhe conferia ainda mais simpatia. Por um momento, até me esqueci da menina e da cartomante. Aquela senhora tão compreensiva e cuidadosa, enquanto limpava a mesa, sorria com tanta ternura para mim que parecia me conhecer há anos. Ali, próxima a ela, senti uma espécie de segurança estranha, inexplicável.

E foi então que, de repente, enquanto ela se abaixava para limpar o assento da cadeira, vi algo que me assustou. Sob o decote daquela senhora havia um colar. Quando ela se abaixou um pouco mais para limpar o chão, pude confirmar com toda certeza o que via: ao redor de seu pescoço estava um colar idêntico ao Amuleto Azul.

Ela me viu embranquecer na hora, pois veio me perguntar se estava tudo bem.

– ... O am-amuleto... Também tenho um! – disse apontando para o seu pescoço com um misto de vergonha e surpresa.

Ela me fitou por um tempo, um tanto assustada. Depois recolheu com uma mão os salgados molhados e me estendeu a outra, bastante animada e algo afoita e estabanada.

– Meu nome é Demétria, mas todos me chamam de Dona Dedê. Entre, vamos conversar. Fez um sinal para Seu Bolota tomar conta da doceria e seguiu para a porta dos fundos.

Demétria (ou melhor, Dona Dedê)

Ao contrário de uma sala ou de um depósito, o que se revelou quando Dona Dedê abriu a porta dos fundos da Doceria Seu Bolota foi um quintal que, apesar de pequeno, tinha vários pés de frutas. No terreno havia uma casa antiga, modesta e bastante descascada, mas que parecia ser bem espaçosa. De fato, fiquei assustada com o que via, pois, no meio daquele bairro comercial tão movimentado, cheio de prédios e lojas, ainda existia um ambiente como aquele, que mais parecia um sítio. Na varanda repleta de vasos de plantas e tripés de samambaia, duas meninas gordinhas brincavam de boneca enquanto uma mulher muito gorda mesmo dormia na rede. Isso sem contar a infinidade de gatos de todas as raças que passavam por ali.

Dona Dedê me levou até a sala, um cômodo amplo e simples, cheio de móveis bastante usados, entre eles uma grande televisão, dois sofás, uma enorme mesa de refeições e muitos quadros com figuras de frutas e grãos.

A simpática senhora me ofereceu uma cadeira e sentou-se à minha frente. E, mais uma vez, me abriu um sorriso bonachão e delicioso, daqueles que, pude confirmar mais tarde, só Dona Dedê poderia dar. Eu, que estava ali um tanto aflita e envergonhada, me acalmei na hora.

– Então – ela puxou o assunto com carinho e cheia de curiosidade – você disse que também tem um amuleto...

E retirou do pescoço o seu colar. Apesar do cordão ser diferente, a pedra era exatamente igual à minha, dentro dela também parecia haver a água escura do oceano.

– Sim – disse – e até agora ninguém parecia saber de que amuleto eu estava falando.

– Como você conseguiu o seu? – ela perguntou, enquanto um gato cinza se enrolava em sua perna.

– Bom, eu estava voltando da escola, quando perdi o ônibus, então esperei pelo próximo ônibus, que estava muito cheio, mas havia uma cadeira vaga e, sobre ela, tinha um pacote plástico preto que... – e contei a ela o que tinha acontecido até então, inclusive sobre a fumaça brilhante no jardim.

– Quando isso aconteceu? – Dona Dedê parecia ter se interessado sobretudo pela água que derramou do colar.

– Ontem à tarde – disse.

Dona Dedê passou a mão sobre seu amuleto e ficou olhando para ele, meditativa. Em seguida, deu um longo suspiro e começou a contar:

– Por volta de um mês atrás eu estava preparando a massa dos pastéis ali no forno...

Então Dona Dedê se levantou, foi até a janela, abriu parte da cortina e me mostrou, à direita do quintal, um enorme forno caseiro.

– Como ia dizendo, eu estava preparando a massa e, como de costume, primeiro a estiquei sobre a mesa, passei o rolo, cortei, separei os recheios de carne, de frango e de queijo e depois distribuí sobre as formas. Verifiquei a massa do recheio antes para ver se não tinha caído um fio de cabelo ou alguma coisa assim. Sempre verifico, sabe.

E, ao dizer isso, ela se sentou de novo e fez uma cara de quem olha o passado para ter certeza daquilo que lembra. Depois de confirmar a sua própria memória, ela continuou:

– Fechei com cuidado cada pastel, dobrando e amassando as beirinhas com o garfo e depois coloquei todos no forno para assar. Como a gente sempre experimenta os pastéis antes de servir aos clientes, separei um de cada sabor, dei o de frango e o de queijo para as crianças provarem e fiquei com o de carne, o meu preferido.

Ela passou a língua nos lábios e me perguntou, quase levantando da cadeira, se eu gostaria de tomar um cafezinho com pastel. Disse logo que não e ela percebeu minha impaciência em querer saber o resto da história.

– Bom, o fato é que mordi o pastel de carne e...

– E...

– E então... e então meus dentes bateram em algo muito duro. Fiquei assustada porque, como já disse, e tenho certeza, eu tinha verificado a massa do recheio. Então abri o pastel e...

– E...

– Ah, minha filha, você não vai acreditar. Encontrei o amuleto dentro do pastel.

– O quê? O amuleto estava dentro do pastel?

– Sim, minha filha – e ela fez uma cara de quem até hoje não entende nada.

Ah, aquilo não era possível. Para dizer a verdade, era bem mais improvável do que encontrar o amuleto em um assento de ônibus.

– Não contei a ninguém como encontrei o amuleto. Disse que comprei em uma dessas lojinhas da rua. Ah, eles não acreditariam em mim, diriam que não verifiquei direito a massa e que...

– A senhora descobriu alguma coisa sobre o amuleto? – interrompi ansiosa.

– Até agora, não. Sei que de vez em quando ele muda de cor, mas não sei bem a razão, acho que...

– Que...

– Não sei, pode ser bobagem, mas... acho que... bom, acho que o amuleto gosta de tomar sol. Quando ele está debaixo do sol, ele fica muito mais brilhante e azul.

Não, não era bobagem, aliás, fazia muito sentido. Ora, eu tinha visto o amuleto pela primeira vez sob o sol do meio-dia e ele estava superazul. Depois, enquanto estava dentro do meu armário, ele foi perdendo a cor e, quando o levei para o jardim, tornou a ficar azul.

– E sei também que... – ela continuou – sei que ontem...

– Ontem...

– Ontem à tarde eu atendia uma freguesa e, de repente, senti uma água escorrendo pela minha barriga. Achei que fosse suor, afinal, esse calor... – e ela abanou sua blusa florida. Mas depois senti alguma coisa esquentando meu peito e uma fumacinha começou a sair de dentro da blusa. Larguei a moça e corri para o banheiro, achando que estivesse sofrendo um infarto!

Nessa hora, ela soltou uma gargalhada tão alta que eu não resisti e ri também.

– E, ao me fechar no banheiro, vi que o amuleto que soltava fumaça, uma fumaça dourada, como você falou.

– Então a água que escorria...

– ... não era suor, a água também vinha do amuleto.

Nos olhamos com cumplicidade e dúvida. O que seria aquilo, um amuleto que escorria áqua!? Dona Dedê virou seu amuleto para me mostrar que na parte posterior da pedra também havia aquela espécie de escritos, exatamente como o meu.

– Você sabe que língua é essa? – perguntei.

– Não, ainda não descobri. Venho pesquisando, até sânscrito e aramaico investiguei, mas não encontrei nada parecido com isso. Além disso, as palavras estão repartidas e...

– É isso! – Gritei de repente, o que fez Dona Dedê pular da cadeira e a moça gorda deitada na rede dar um murmúrio pedindo silêncio. – É isso, repeti, analisando as bordas do amuleto de Dona Dedê e relembrando as do meu. – Os dois amuletos se completam. Vamos juntá-los, quem sabe não descobrimos alguma coisa?

Dona Dedê arregalou os olhos de surpresa e deu mais um daqueles sorrisões.

– Ah, minha filha, que ótima ideia. Volte na segunda com o seu amuleto. Vou esperá-la com um café no ponto e uns salgadinhos.

Oba! Eu me perguntava se ficaria mais contente por juntar os dois amuletos ou por comer os salgadinhos, enquanto Dona Dedê me acompanhava até a porta da doceria e voltava a ajudar Seu Bolota com os fregueses.

Saí toda feliz pela rua. Era realmente incrível! Depois de entrar em todas aquelas lojinhas esotéricas sem encontrar nenhuma resposta, foi em uma doceria que descobri alguma coisa sobre o amuleto. E se não tivesse parado para comer ali? Afinal, estava pensando em ir à padaria do lado de fora da Vila. Bem que a cartomante havia dito para só ir comer depois de passar por todas, TODAS as lojas da Vila, pois alguém poderia ter uma informação importante para mim. A menina também sabia das coisas, pois me disse para prestar atenção em toda e qualquer palavra. E as palavras mais importantes tinham sido essas da cartomante, ditas na saída, e quase não prestei atenção. Ah, é claro que levaria as goiabas para ela. Se possível, levaria todas as goiabas do pé. Mas, quando já pensava em entrar de novo na loja da cartomante e dizer que levaria as goiabas para ela na segunda-feira, quase caí para trás ao me deparar com aquilo. Era realmente assustador: a portinha estreita não estava mais ali. A loja havia desaparecido.

O anúncio

Durante o fim de semana, nada mais fiz a não ser descansar daquela semana de provas assistindo a programas bobos na TV com meus irmãos. No sábado, Laura, que morava em frente à minha casa, foi me visitar e levou Denise. As duas me perguntaram por que saí correndo naquele dia. Inventei uma desculpa e disse que vi na vitrine de uma loja um vestido lindo em promoção. Elas ficaram superempolgadas e me pediram para vê-lo. Depois de gaguejar um tanto, disse que tinha ficado na loja para apertar. Denise, toda emperiquitada de minissaia e sandália de salto alto, disse logo que tinha ficado com o tal Eduardo. Nessa hora, notei que Laura deu um disfarçado muxoxo.

Na tarde de segunda-feira, como combinado, passei no jardim, peguei o amuleto sob a pedra e fui até a Vila Esotérica me encontrar com Dona Dedê. Ao entrar na Doceria Seu Bolota, além das duas crianças que estavam atrás do balcão, mais três crianças gordinhas sentadas no fundo da loja se empanturravam de pipoca. Seu Bolota abriu um largo sorriso quando me viu e disse que Dona Dedê me esperava em casa.

Ao atravessar o quintal, encontrei Dona Dedê e mais duas senhoras bem gordas juntas ao forno. Ela foi logo me recebendo com um abraço e me apresentou às suas irmãs, Dona Neném e Dona Didica, ambas tão simpáticas quanto Dona Dedê. As duas continuaram a trabalhar no forno, enquanto Dona Dedê me levou para dentro de sua casa. Ao passar pela varanda, notei que a moça muito, mas muito gorda mesmo, que vi na rede no outro dia, ainda estava lá. Dona Dedê, percebendo minha cara de curiosidade, disse que se tratava de sua irmã mais nova, Betinha, e que ela era um pouquinho preguiçosa. Fui cumprimentá-la, mas ela roncava, imersa em um sono tão profundo, que achei melhor deixar para outra ocasião.

– Vocês todas moram aqui? – perguntei, esperando não ter sido indelicada.

– Sim, moramos eu mais o meu marido, Seu Bolota, e nossos dois filhos, Tobias e Claudinha, mais Neném e o marido dela, Seu Joaquim, e os quatro filhos deles, Joaquinzinho, Jonas, Joana e Joelma, mais Dona Didica com o marido, Armando e o filho, Marco Aurélio e mais Betinha, que é nossa irmã solteira.

– Uau... – disse sem conter o espanto de ver tantas pessoas morando naquela casa que, se não era tão pequena, também não tinha nada de grande.

Dona Dedê sorriu e, ao entrarmos na sala, um menino de uns cinco anos, também gordinho, desenhava em um papel pardo sobre a mesa de refeições. Ao me ver, ele disse:

– Olha o meu desenho! Essa é minha família.

Sobre o papel, havia uns círculos desenhados com caneta esferográfica azul. Mas, bem no cantinho, estava desenhado um traço.

– Ah, mas que desenho lindo. E quem é este? – perguntei apontando o traço.

– É o meu pai.

– É o Armando, pai de Marco Aurélio – disse Dona Dedê, afagando a cabeça do menino. – Sabe como é, ele é diferente... não gosta muito de comer... – ao dizer isso, Dona Dedê ficou um pouquinho corada.

Depois, levou Marco Aurélio para brincar no quintal, fechou as cortinas da sala e sentou-se comigo na grande mesa.

– E então, posso ver? – Ela perguntou com a voz sussurrada, cheia de mistério.

Retirei da mochila a caixinha de veludo e mostrei a ela o amuleto. Ao vê-lo, Dona Dedê quase caiu para trás de tanto susto. Tirou seu amuleto do pescoço e o colocou sobre a mesa, ao lado do meu.

– É incrível, eles são praticamente idênticos.

Então, sem cerimônia, uni os amuletos. Uma leve fumaça se soltou e, para o nosso espanto, vimos que as rachaduras laterais se completavam perfeitamente, como se ambos os amuletos fossem da mesma pedra partida ao meio. Também notamos que a água misteriosa tinha se tornado ainda mais azul e as pedras tinham aumentado de tamanho.

Por algum tempo, ficamos caladas a contemplar aquela incrível coincidência que tinha se revelado diante dos nossos olhos. De alguma forma, as pedras possuíam algo de mágico e desconhecido, pareciam nos atrair para um outro mundo. Foi Dona Dedê quem quebrou o silêncio:

– Precisamos fazer alguma coisa – disse com ares de preocupação.

– Como assim?

– Essa pedra... isso não é nada normal. Precisamos descobrir o que é isso, alguém deve saber alguma coisa...

– Bom, como a senhora sabe, já fui a todas essas lojinhas esotéricas e ninguém ouviu falar desse amuleto. Acho que não vai adiantar nada se nós formos a outras lojas da cidade, até mesmo porque ninguém quer saber do colar do outro, todo mundo só quer vender o seu, e digo isso porque em uma dessas lojas aqui da Vila, por exemplo, a vendedora disse qu...

– Espera! – Dona Dedê me interrompeu – Olha aqui! – Disse mostrando as laterais da nova pedra que havia se formado.

– O quê? – eu perguntei não vendo nada demais.

– Olha, aqui desse lado tem uma rachadura, e desse outro também, a pedra ainda não está completa.

Só então nos lembramos dos escritos que tinham no verso. Viramos depressa o amuleto e, realmente, a mensagem não havia se completado. As palavras ainda estavam pela metade em ambas as laterais. Mesmo sem entender a tal língua, dava para ver que aquele escrito tinha sido interrompido de maneira brusca, provavelmente pelo rompimento da pedra em diversos pedaços.

– E agora? – perguntei.

– Agora precisamos encontrar as outras partes da pedra.

– Mas como? Esta pedra pode ter sido quebrada em mil pedaços! Além disso, não temos onde procurar.

Dona Dedê segurou forte a minha mão e disse:

– Mesmo por acaso você me encontrou, não foi?

Nessa hora, Dona Didica abriu a porta e disse a Dona Dedê que tinha um moço lá fora querendo comprar a bicicleta de Tobias. "Ele disse que leu o anúncio no jornal."

Quando Dona Didica disse essas palavras finais, eu e Dona Dedê nos entreolhamos. Será que tínhamos pensado a mesma coisa? Sim, claro. Ela avisou a irmã que já estava indo, pegou um pedaço do papel pardo que Marco Aurélio tinha desenhado e começou a escrever. Então empurrou o papel na minha direção e disse:

– Agora tenho que ir. Sabe, não temos nada a perder. Vou já pedir ao Tobias que leve isso à redação do jornal antes de vender a bicicleta.

No pedaço de papel pardo, estavam escritos os seguintes dizeres:

Procura-se um cordão. Possui uma pedra de cor azul partida nas laterais que contém uma substância líquida e brilhante. Obs.: Oferece-se recompensa.

Foi só quando já tinha ido embora que me lembrei de uma coisa muito, mas muito importante mesmo: não tinha comido os salgadinhos de Dona Dedê.

Felícia

Naquela mesma tarde de segunda-feira, Felícia deixava a Escola Saber, onde lecionava Física. Como todos os dias, fazia um rápido lanche em um bar ali perto, que, de fato, era bastante humilde para a maneira como ela se vestia, elegante, porém discreta. Não gostava de comer em casa. Achava que perdia muito tempo preparando as refeições e lavando as vasilhas, tempo que ela poderia estar, é claro, estudando. Além disso, no bar havia pessoas, as quais ela podia ao menos observar enquanto comia. Conversar, ela não conversava, porque, além de achar que os relacionamentos humanos a faziam perder grande parte de seu tempo, dedicado exclusivamente aos estudos, era realmente tímida, embora fizesse um enorme esforço para não demonstrá-lo.

Felícia era uma mulher de pele morena, alta e bastante magra e, se não carregasse um semblante fechado e até mesmo um pouco severo por trás dos óculos de grau, seria dona de uma beleza única. Sentava-se no fundo da lanchonete e, em meio aos cálculos e teorias científicas que vivia repassando em sua cabeça, ficava pensando nos minguados acontecimentos de sua vida.

Como de praxe, naquele dia, ela saiu do bar, atravessou a rua e tomou o ônibus em direção ao centro da cidade. De lá pegou o metrô, depois outro ônibus, andou um quarteirão e meio e finalmente chegou em casa. Tinha escolhido aquele apartamento em um bairro bem distante, com a desculpa de ser o lugar mais silencioso que ela encontrara para estudar, mas, na verdade, queria mesmo ficar longe do pai e do irmão. A mãe morreu quando ela ainda era muito pequena e por isso foi criada pelo pai, um comerciante rigoroso e católico que, além da missa aos domingos, só pensava nos negócios. Ele dedicava toda a sua atenção e todos os seus cuidados ao irmão de Felícia, seu futuro sucessor na empresa que vendia lajes e caixas d'água. Acostumada a ficar sozinha em casa praticamente o dia inteiro, Felícia, em meio às suas obrigatórias rezas diárias, encontrou nos estudos o seu melhor amigo e, quanto mais se dedicava aos livros, mais se tornava distante de seus deveres religiosos e de sua família.

Ao chegar em casa naquela noite, ela tomou um rápido banho, escovou os dentes e foi dormir. Ela dormia bem cedo, pois costumava acordar por volta das três horas da manhã. Segundo ela, a madrugada era o melhor horário para ler, coisa que ela fazia excessivamente. Aliás, no pequenino apartamento que tinha apenas um quarto, não havia muito mais do que livros. Ela gastava todo o salário de professora na livraria e, com o tempo, teve que se livrar dos móveis para não precisar se desfazer de suas preciosidades. Restaram apenas duas estantes, recheadíssimas de livros, uma cama, uma pequena mesa de estudos com uma cadeira, uma TV e, na cozinha, o fogão. A sala tinha se tornado um depósito de livros. Ela sempre dizia que iria organizá-los em prateleiras, mas seu tempo era tão cronometrado que nunca encontrava uma folga para fazê-lo.

Pois bem, naquela madrugada, ela acordou às três em ponto, ferveu a água para o cafezinho e iniciou a leitura de *O princípio antrópico*: *pés humanos na maturação do universo*. De repente, no meio da leitura, ela se desconcentrou, coisa que raramente acontecia. E começou a relembrar o episódio. Ah, por que aquilo tinha acontecido justo com ela? Ajeitou os óculos e tentou retomar a leitura, ... *pois o universo não possui um poder total de previsão e as leis da natureza não podem ser determinadas unicamente por...*, mas não adiantava, vinha-lhe novamente à cabeça a imagem daquela, daquela... não queria falar. Não gostava de assumir que tinha visto aquela aberração, senão, iria dar para si mesma o atestado de louca. Apesar disso, ela tinha certeza, aquilo não tinha sido um sintoma de loucura, nem fantasia, nem mesmo um sonho. Sim, ela se lembrava, estava bem acordada. E, por isso mesmo, o único remédio era tentar esquecer aquela noite: a noite em que uma anãzinha entrou em sua casa para lhe entregar um colar.

Mas o que ela queria esquecer mesmo era que a anãzinha havia aparecido flutuando na janela do seu apartamento, que ficava no quinto andar. E, como se não bastasse, já que ela tinha fechado a janela de tanto susto, aquele pigmeu de saias apareceu então debaixo de sua própria cama. Por ela ter corrido de medo para a cozinha, a anãzinha apareceu, pela terceira vez, saindo de dentro do forno. Àquelas horas, Felícia já estava tão petrificada de pavor que nem conseguiu se mexer quando a tal aberraçãozinha estendeu calmamente a mão e colocou entre as mãos de Felícia um colar, dizendo com uma voz delicada, apesar de grave: "Você agora é a dona deste cordão mágico. Cuide bem dele."

Ao dizer isso, ela arrumou com sobriedade o lenço com estampas florais que estava amarrado em sua cabeça, caminhou até a sala, levantou-se na ponta dos seus pés gordinhos, girou a chave e saiu calmamente do apartamento pela porta da frente, como uma visita qualquer. Felícia permanecera em choque, sem mudar de posição até os primeiros raios de sol invadirem as basculantes da cozinha.

Aquilo já havia acontecido há algum tempo. Mas, desde então, Felícia não perdeu mais o hábito de olhar debaixo da cama e dentro do fogão antes de dormir. E não havia sequer um dia em que ela não pensasse no acontecido. Mas não daquela forma, bem no meio de um estudo importante. Nem mesmo com tanta insistência como lhe vinham agora aquelas lembranças. Resolveu ir até a cozinha tomar outro cafezinho e então notou que já amanhecia. "O tempo é realmente relativo. Passa absurdamente mais rápido quando estamos imersos em um pensamento", disse para si. Desceu as escadas do prédio e o seu *Diário da Manhã* já estava no *hall* de entrada. Gostava de pegar o jornal bem cedo, pois o lia de cabo a rabo. Menos, é claro, a sessão de anúncios, afinal ela nunca queria comprar nada além de livros.

Enquanto tomava o café, leu seu caderno preferido, o de Ciências e Tecnologia. Depois leu o de Política, Sociedade, Comportamento, Esportes, Cultura e, por fim, largou o jornal sobre a mesa e foi tomar banho. Naquele momento, ela ainda não sabia que aquele jornal trazia um anúncio de extrema importância e que os Jedegaias fariam o possível para que ela o lesse ainda naquela manhã.

Madame Babaiuca

Enquanto abria o chuveiro, Felícia já tinha voltado a pensar nos pontos mais interessantes do livro *O princípio antrópico: pés humanos na maturação do universo*. Seus pensamentos, porém, foram interrompidos por um barulho de livros caindo na sala. "Preciso organizar aquela pilha de livros", concluiu, e não se preocupou mais do que isso com o barulho. Na sala, porém, Madame Babaiuca se escondeu rapidamente embaixo da mesa, depois de ter trombado por distração em uma das dezenas de pilhas de livros que havia naquele cômodo. Não queria ser vista por Felícia. Sabia que se ela a visse de novo ou se atiraria pela janela ou se internaria em um manicômio. Pensaria que aquela anãzinha a perseguindo dentro de sua própria casa se tratava de uma neurose, uma esquizofrenia ou algo parecido.

Passado o susto, Madame Babaiuca se levantou, puxou a cadeira e a colocou próxima à estante. Ali, bem no fundo da mais alta prateleira, estava enrolado em um pedaço de seda velha e um tanto desfiada o amuleto. A pequena senhora ajeitou mais uma vez o lenço que vivia escorregando de sua cabeça, suspendeu a saia de brim e começou o difícil exercício de escalar a estante. Ah, se ela tivesse se dedicado mais à ginástica jedegaia, não seria necessário tanto esforço. Já bastava o aperto que teve que passar para conseguir se pendurar na janela do quinto andar e entrar no forno, naquela outra noite.

Lá em cima, depois de todo o sufoco, ela enfiou sua mãozinha entre dois livros bem velhos e encontrou escondido o tal pano de seda branca que, para dizer a verdade, estava mesmo marrom de tanta poeira. Tentou limpá-lo um pouco na blusa e depois o guardou no avental xadrezinho que sempre levava na cintura.

Já começava a descida quando escutou a porta do quarto se abrir e passos vindos em direção à sala. Espremeu-se o mais rápido que pôde entre os livros e pensou como era bom ser pequenininha nessas horas. Felícia, já arrumada, passou pela sala, largou a bolsa sobre a mesa e foi até a cozinha para tomar outra xícara de café. "Ah, preciso fazer alguma coisa agora", pensou Madame Babaiuca, pois sabia que todos os dias, depois da terceira xícara de café, Felícia saía para trabalhar.

Enquanto escutava os ruídos na cozinha, Madame Babaiuca desceu a estante, agora sim, com silêncio e cautela. Com os pés firmes no chão, ela retirou o amuleto da seda e logo notou como ele estava sem vida. Fechou então os olhos e apertou o amuleto entre as mãos.

Uma luz azul começou a jorrar das mãos de Madame Babaiuca. Quando essa luz se tornou tão forte a ponto de iluminar toda a sala, ela colocou o amuleto dentro do jornal, sobre o caderno de anúncios, e se escondeu rapidamente atrás de uma pilha de livros. Felícia, ao ver toda aquela luz vinda da sala, achou que se tratava de um incêndio, esquecendo-se que o primeiro sinal do fogo é a fumaça. Seu coração disparou quando viu que toda aquela luz vinha de dentro do jornal. Abriu-o apavorada e, quando encontrou o amuleto, a primeira reação que teve foi olhar para cima. Ao ver os livros bagunçados e a seda caída no chão, deu um grande suspiro de alívio. Muito simples: aquela estante carcomida por cupins não aguentou o peso daquele amontoado de livros. A prateleira, então, inclinou-se um pouco para a frente, o que fez alguns livros tombarem, dando espaço para o amuleto escorregar e cair sobre a mesa. "Por isso aquele barulho...", concluiu. E a seda? Simples: ao escorregar do fundo da prateleira, a seda ficou presa em algum livro, mas, por estar bastante velha e puída, não aguentou o peso do amuleto, que caiu sobre a mesa. Pouco depois, graças à lei da gravidade, o pedaço de seda também caiu. E, por ser mais leve, sofreu a ação do vento, desviando-se da mesa e indo parar do outro lado, no chão.

Felícia nem quis verificar se a prateleira tinha realmente tombado para a frente, se a janela da sala estava aberta para possibilitar a entrada do vento e, principalmente, se seria possível o amuleto ter caído sobre o jornal e este ter se fechado sozinho. Para dizer a verdade, não queria saber de nada sobrenatural em sua vida, nada que não pudesse explicar com a lógica dos fatos. Concentrou-se em memorizar fórmulas, agora as de Química. Isso sempre a acalmava. E foi para o banheiro escovar os dentes, sem sequer dar uma olhada no caderno de Anúncios. Enquanto isso, Madame Babaiuca estava possessa. "Ah, mas que moça difícil", pensava, tentando encontrar alguma forma de fazer Felícia ler o anúncio. Antes que ela saísse para o trabalho, pegou o jornal e o colocou no avental. Na rua pensaria em novas possibilidades.

***

No último horário da manhã, Felícia dava aula para os alunos do sétimo ano. Naquele dia, ela tinha programado uma aula demonstrativa, na qual passaria, como revisão antes da prova final, alguns *slides* de exemplos dos estados físicos de diversas matérias. Pois bem. Àquelas horas, como já foi dito, Madame

Babaiuca estava mais do que ansiosa para cumprir a sua missão o mais rápido possível. Enquanto os alunos bocejavam entre imagens de barras de gelo, chuva e vapor d'água saindo de um bule, a nossa querida anãzinha entrou pé ante pé na sala, tirou de dentro do avental um camundongo, o qual ela chama carinhosamente de Leopoldo, e o colocou sob a carteira de uma menina. Não demorou muito até que os gritos histéricos invadissem a sala e as meninas subissem nas carteiras pedindo socorro. Aproveitando a confusão, Madame Babaiuca retirou a imagem do bule que estava sobre o projetor e colocou o anúncio do amuleto. E, antes que um menino metido a valentão desse uma cadernada na cabeça de Leopoldo, ela se esgueirou pelas paredes até a saída e, lá fora, assobiou três notas de uma canção que Leopoldo logo reconheceu, fugindo da sala rapidamente por uma fresta da porta.

Só então os ânimos se acalmaram e as garotas desceram das carteiras e se sentaram. Mas, antes que Felícia pudesse recomeçar a aula, percebeu que vários alunos davam risinhos e apontavam para o *slide*. Ela lançou um rápido olhar para a projeção na parede, um olhar que se voltou mais uma vez e outra vez e outra e ainda mais outra até que Felícia pudesse finalmente acreditar no que via. O quê? Não era possível! Aquilo parecia um pesadelo. Aquele amuleto, aquela anã, aquele anúncio! "Como isso veio parar aqui?", ela se perguntava assombrada, pegando o pedaço de jornal sobre o projetor. E, sem pensar (o que ela praticamente não fazia, pois sempre mirabolava diversas linhas de raciocínio antes de agir), saiu correndo, largando os alunos sozinhos na sala. Algumas meninas, achando que o camundongo tinha voltado, também correram. Já os meninos correram de liberdade mesmo.

Então, sentada na última mesa do rotineiro botequim, escondida no seu canto, no seu refúgio, Felícia pediu a refeição do dia, mas antes, é claro, tomou um cafezinho. Estava em estado de choque. Aquilo parecia uma perseguição. Será que ela estaria realmente ficando louca? Ok, tudo bem, ela se entregava: precisava mesmo de uma diversão. Há meses só vivia para trabalhar e ler livros e mais livros (disse *meses* para si mesma para não ter que enfrentar a dura realidade de dizer *anos*). É, quem sabe naquele fim de tarde ela não pegaria um cineminha? Tentou se distrair lembrando-se dos últimos filmes a que tinha assistido, tudo para encobrir os acontecimentos espantosos daquela manhã. Mas a verdade era que os pensamentos não conseguiam fugir do tal amuleto. Por que tudo aquilo? Ele parecia de alguma forma persegui-la, e só agora ela admitia as desculpas esfarrapadas que tinha inventado naquela manhã, quando escutou barulhos na sala e encontrou o amuleto dentro do jornal, também quando fingiu não ver a tal anãzinha pregando um lambe-lambe com o anúncio no poste, entregando bilhetinhos dentro do ônibus ao vender balas, servindo café no refeitório da escola e fingindo ser uma de suas alunas do quinto ano. Se aquela realidade a perseguia, Felícia cedo ou tarde teria que enfrentá-la. Releu o anúncio. *Procura-se um cordão. Possui uma pedra de cor azul partida nas laterais que contém uma substância líquida e brilhante. Obs.: Oferece-se recompensa.*

Felícia, pela primeira vez, pareceu se interessar pelo anúncio, principalmente por causa da recompensa. Bom, quem escreveu aquele anúncio provavelmente tinha perdido o cordão e gostaria muito de recuperá-lo. Será que a tal anãzinha tinha roubado o colar? Mas, se fosse isso, por que ela insistiria tanto em lhe mostrar o anúncio?

Felícia leu o telefone no canto do pedaço de jornal. "Ah, quer saber?" Ela iria telefonar, sim. Queria acabar de uma vez por todas com aquela novela cheia de esquisitices. Além disso, aquele cordão não servia para nada mesmo, qualquer que fosse a recompensa já seria lucro. Marcaria com a pessoa um encontro para o dia seguinte, afinal, apesar de ser aquela sua única tarde livre na semana, não tinha o cordão em mãos.

Almoçou um pouco mais tranquila, inclusive se distraiu pensando em ir à livraria depois do cinema para comprar o último lançamento da coleção *Curiosidades da Astronomia*. Dirigiu-se ao balcão e abriu a bolsa para pegar a carteira e pagar o almoço. Então ela viu o jornal. Ah, não, mais essa. Ela nunca levava o jornal para o trabalho, e disso ela tinha certeza. E, antes que ela pudesse fazer qualquer especulação a respeito daquele fato, percebeu um brilhozinho azul que se revelava sobre o tecido preto da bolsa. Desdobrou o jornal e lá no meio estava ele, o amuleto.

Madame Babaiuca sabia que era necessária uma certa urgência em apressar os fatos e, apesar de não ser uma Jedegaia exemplar, não era nada boba.

O peixe de pedras preciosas

– Por favor, gostaria de falar com a Kitara.

– Dona Dedê?

– Kitara?

– Sim.

– Oi, minha filha, como vai?

– Eu vou bem, e a senhora?

– Tudo bem. Ah, você não vai acreditar... o anúncio. Acaba de ligar uma moça aqui para casa dizendo que tem em mãos o cordão e está trazendo agora para mim.

– Será que é mesmo outro amuleto?

– Creio que sim. Espero que seja mesmo. Já não basta a quantidade de colares, cordões, pedras, pingentes e até brincos e pulseiras que vieram trazer hoje. Até o pessoal daqui da Vila aproveitou para tentar me vender umas bijuterias. Ai, ai, ai...

– E por que a senhora acha que agora é realmente o amuleto?

– Não sei, simplesmente acho que sim. Alguma coisa na voz daquela mulher me passou uma mistura de tensão e alívio...

– Já que é assim, vou aí agora mesmo.

– Só tem um pequeno problema...

– Qual?

– Nós não providenciamos uma recompensa.

Cheguei à casa de Dona Dedê uma hora depois. Seu Bolota parecia já ter se habituado à minha presença e disse com a intimidade de quem está por dentro do assunto:

– Pode entrar, a moça já chegou.

Uma leve apreensão tomou conta de mim. E se aquela mulher tivesse realmente um terceiro amuleto que... que se encaixasse ao meu e ao de Dona Dedê? Não seria estranho? Está certo, existiam diversos colares iguais por aí, inclusive feitos de uma mesma pedra, mas, por acaso, eles soltavam fumaça quando se emendavam?

Atravessei o quintal de Dona Dedê, cumprimentei os filhos de Dona Neném, que jogavam bola no quintal, e Betinha que, apesar de ainda estar na rede, agora estava bem acordada, devorando um saco de batatas. Logo ao entrar, vi Dona Dedê sentada na grande mesa e, à sua frente, de costas para a porta, Felícia.

A primeira coisa que pude notar foram seus cabelos curtos e escovados. Quando ela se virou, descobri um lindo rosto, um rosto que, apesar da expressão ríspida, tinha um desenho harmônico, com traços fortes e ao mesmo tempo delicados. A armação suave de seus óculos combinava com o discreto e alinhado terninho de cor clara, que, por sua vez, contrastava com sua pele morena e lhe conferia uma elegância singular, apesar de não estar usando nenhuma espécie de joia ou maquiagem. Ela me cumprimentou educadamente, para não dizer o mais friamente possível, enquanto Dona Dedê se levantava para me dar um abraço. Só então fomos apresentadas.

– Felícia, essa é Kitara. Ela também está interessada no amuleto.

Me sentei e Dona Dedê repetiu a história que Felícia, com certa restrição, tinha acabado de contar. Contou da anãzinha que flutuava na janela e depois saiu debaixo da cama e de dentro do forno, contou também do amuleto no jornal e do anúncio no projetor. Fiquei embasbacada. Eu não podia imaginar que existia um caso mais inimaginável do que o meu e o de Dona Dedê. Como era possível alguém entrar em nossa casa assim, como mágica? Olhei para Felícia em busca de confirmação, e seus olhos voltados para baixo tinham uma expressão tão tensa que nem por um minuto eu duvidei daquela história. Está bem, confesso: por um minuto duvidei, sim, afinal, aquela poderia ser uma estranha fazendo todo aquele teatro somente por causa da recompensa. O que eu queria mesmo, e, logo percebi, o que também queria Dona Dedê, era ver o amuleto.

Felícia pareceu ter lido nossos pensamentos, pois, nessa mesma hora, ela abriu a bolsa e, antes de mostrá-lo, perguntou com o máximo de objetividade possível, como uma mulher de negócios:

– E então, vocês vão querer ficar com ele?

– Ficar com ele? – perguntamos em coro.

– Sim, vocês não disseram no anúncio que estavam procurando por ele? Pois bem, vocês o encontraram.

Então ela retirou da bolsa o amuleto. Engoli em seco. Dona Dedê arregalou os olhos e levou as mãos à boca. Outro, também igualzinho ao nosso. Por um momento, ficamos surdas e mudas, só não ficamos cegas porque precisávamos dos olhos para admirar o Amuleto Azul de Felícia. Ela, espantada com a nossa reação, pela primeira vez pensou que aquilo deveria ser algo muito valioso. Tanto que rapidamente recolheu o amuleto de cima da mesa, garantindo que aquele bem ainda lhe pertencia.

– E então, vão querer ou não?

Dona Dedê, com todo o amor que pode existir em uma só pessoa, segurou com delicadeza as mãos de Felícia, que, a um primeiro momento, ameaçou se esquivar, não sei se por medo de perder o amuleto ou por medo de carinho mesmo. Acho que aquela sensação boa que senti quando conheci Dona Dedê também se apoderou de Felícia, pois percebi a dureza de sua expressão ficando cada vez mais suave, enquanto Dona Dedê falava:

– Olha Felícia, não se preocupe, não queremos o seu amuleto, já temos o nosso. E acho que você ficaria muito interessada em escutar a história que eu e Kitara temos pra contar enquanto tomamos um cafezinho...

Pela primeira vez, notei uma espécie de um quase sorriso nos lábios de Felícia, também não sei se foi por causa da história ou do cafezinho.

Seguimos até a cozinha, onde Dona Dedê serviu uma mesa cheia de delícias. Então ela contou a sua história do cordão dentro do pastel, enquanto Felícia entornava xícaras e mais xícaras de café goela abaixo e eu comia pãezinhos, salgadinhos, biscoitinhos... depois foi a minha vez de contar a história do ônibus e da junção dos dois amuletos, enquanto Dona Dedê devorava os seus próprios quitutes.

Felícia escutou a nossa história com atenção e um quê de descrença. Entretanto, em certos momentos, ela parecia se lembrar de sua própria história e passava então a acreditar ainda mais na nossa. Acabado o lanche, voltamos para a sala cheias de expectativas, afinal sabíamos que o momento mais importante estava por vir, o momento de unir os três amuletos. A sala agora estava ocupada por Betinha, que se esparramava no sofá, e por aquela infinidade de crianças espalhadas pelo tapete assistindo a desenhos animados na TV. Dona Dedê então nos levou para o seu quarto. Ao contrário do que eu imaginava, a casa de Dona Dedê era enorme, possuía no mínimo uns cinco quartos. Vista de frente, parecia ter no máximo dois. Percebendo minha curiosidade, ela explicou, cheia de sorrisos:

– Sabe como é, a gente vai juntando um dinheirinho e vai puxando um quartinho aqui, outro ali nos fundos...

O quarto de Dona Dedê era o último do corredor. Um cômodo bastante espaçoso apesar de, assim como a sala, possuir apenas móveis antigos, simples e necessários. Uma cama de casal coberta por uma colcha branca de crochê ocupava o centro do quarto, envolta por dois criados-mudos. Ao lado da porta, havia dois armários enormes, provavelmente para guardar as roupas tamanho GG de Seu Bolota e de Dona Dedê. A um canto, uma outra porta revelava um banheiro.

Nos sentamos na cama de Dona Dedê e cada uma de nós colocou seu amuleto sobre a colcha. Felícia, quando percebeu que estava muito à vontade, endireitou a coluna, recuperando sua postura esguia e sentando-se na beirinha da cama. Por alguns segundos, ficamos as três a contemplar aquelas pedras, cheias de ânimo e apreensão sobre o que poderia acontecer. E Felícia, é claro, tentou disfarçar ao máximo seus sentimentos, fingindo objetividade e até um pouco de descrença.

Primeiro eu e Dona Dedê unimos novamente os nossos amuletos. A mesma fumaça brilhante se desprendeu da fusão. Felícia pigarreou um pouco, fingindo mais uma vez estar tranquila diante daquela sobrenaturalidade e fez uma cara de quem-procura-lá-no-fundo-da-mente uma resposta química possível para aquela reação. Eu e Dona Dedê ficamos a olhá-la, esperando que ela fizesse o mesmo com o seu amuleto. Ela permanecia imóvel, apesar de morder cada vez mais forte os lábios, o que possivelmente revelava o medo que tinha do que poderia ver, ou mesmo o medo de admitir que acreditava no que via. Mas, Dona Dedê, não se contendo mais de tanta curiosidade, em um gesto rápido juntou o amuleto de Felícia ao dela pelo outro lado e... e nada de fumacinha. Na afobação, Dona Dedê nem procurou saber se as rachaduras se encaixavam ou não.

Enquanto Felícia se recuperava do espanto causado por aquele gesto brusco e Dona Dedê, levemente corada, pedia desculpas a Felícia, eu fui investigando as outras rachaduras da pedra. Na parte lateral do meu amuleto, parecia haver um desenho contrário ao da parte esquerda da pedra de Felícia, algo como enzima-substrato. Bastou apenas encaixá-las para... sssssssssss. A fumaça! Agora, além de vir mais forte, vinha também com leves faíscas! Só isso já bastou para que Felícia perdesse toda a pose e desse um salto para trás de tanto susto. Dona Dedê, como sempre fazia, levou a mão à boca, como quem teme alguma coisa, admira e reza ao mesmo tempo.

Eu já não estava mais assustada com todos aqueles acontecimentos. Estava completamente maravilhada! Mas ainda não imaginava o que viria a sentir logo depois. A pobre Felícia, nem se fala, virou a própria múmia em estado de choque. Dona Dedê, achei que fosse ter um infarto e cair mortinha ali no chão. Dentro da pedra, agora bem maior, que os três amuletos formavam, de repente pulou... ah, não podia acreditar, pulou um peixe. Um peixe coberto de pedras preciosas. Ele dava saltos e piruetas na superfície e depois mergulhava novamente. Agora ninguém mais poderia dizer que aquilo era uma pedra. As ondas se tornavam cada vez mais visíveis, as águas mais escuras e profundas. Eu poderia jurar que aquilo era a réplica viva de um oceano. Enquanto o peixe (menor que a unha do meu dedo mindinho) nadava, notamos também que algumas partes daquela pedra aquosa iam aos poucos se tornando mais sólidas. Reparei também que a nova pedra formava uma estrutura tridimensional, um pouco mais extensa que um semicírculo, e que as rachaduras laterais nos amuletos de Dona Dedê e Felícia continuavam. Então seria aquela pedra um círculo? Isso significava que havia outros amuletos para completar os dois quintos restantes da esfera.

Naquele instante, bateram à porta. Era o Seu Bolota que precisava urgentemente ir ao banheiro. Cada uma pegou seu amuleto e escondeu no primeiro lugar que viu pela frente. Em qual deles teria ficado o peixe de pedras preciosas? Seu Bolota batia tão forte que quase arrombou a porta. Dona Dedê, com o amuleto escondido dentro do sutiã, abriu a porta para o marido, que entrou de suspensório afrouxado e já quase descendo as calças. Antes de fechar a porta do banheiro, ele ainda disse, bastante sem graça:

– Sabem como é, hoje foi o meu dia de experimentar os pés de moleque.

Saímos do quarto para deixá-lo à vontade e, assim que chegamos ao corredor, caímos as três na gargalhada. Não podia imaginar que Felícia pudesse rir daquele jeito. Até então, ela tinha se mostrado fechada e intocável. Talvez fosse o acontecimento mágico daquele dia que tivesse trazido a todas nós uma leveza sem igual. Eu estava flutuante. Dona Dedê sorria ainda mais do que o normal. E Felícia agora parecia levar diamantes nos olhos, a expressão bem mais leve e jovem do que antes, parecia ter trocado de rosto.

Em pouco tempo, começaria a escurecer e já passava da hora de ir embora. Ao chegarmos na sala, adivinha quem estava lá, deitadona no sofá? É claro, Betinha, enquanto Dona Neném e Dona Didica se sentavam em banquinhos de plástico para assistir TV. Quando elas nos viram, vieram logo nos cumprimentar, cheias de sorrisos e abraços, assim como Dona Dedê sempre fazia. Felícia estranhou um pouco todos aqueles gestos amistosos. Dona Didica disse para Dona Dedê:

– Convide suas amigas para virem aqui no sábado!

Então Dona Dedê nos contou que na noite de sábado seria comemorado o aniversário de Dona Didica, e que uma grande festa aconteceria no quintal, com direito a muitos salgados, doces, bebidas e muito mais. Ao passarmos pela varanda, enquanto Felícia tentava se livrar com um certo quê de desespero dos gatinhos que se enroscavam em suas pernas, Cláudia, a filha de Dona Dedê, e Joana, a filha de Dona Neném, tentavam dar um nó no rabo de um gato preto que procurava desesperadamente desamarrar as suas patinhas de um cadarço de tênis. A brincadeira acabou com um grande sermão de Dona Dedê, que dizia, em resumo, que não se deve prejudicar os animais. Depois, ela nos acompanhou até a saída da doceria e, antes que fôssemos embora, ela se virou para Felícia e disse toda animada:

– Ô, querida, já ia me esquecendo...

– De quê?

– Da sua recompensa. Você acaba de ganhar um dia inteiro para comer o que quiser na Doceria Seu Bolota!

– Não, não, obrigada. É que... não sei se a senhora reparou, mas não gosto muito de comer.

E, realmente, não me lembro qual de nós ficou mais vermelha. Se Dona Dedê, por vergonha de ter oferecido aquela recompensa, se Felícia, por vergonha de recusá-la ou se eu, por inveja de não ter sido a sortuda a ganhar aquele presente.

O mensageiro

Seu nome era Hermânio. Andava por aí com as calças rasgadas e descoradas a espionar os acontecimentos daquilo que, não só ele, mas todos em Gaiatmã, costumam chamar de Quotidiano, para logo depois levar as últimas novidades a Mestre Orgon. Naquele dia, ao ver a moça Felícia e logo depois a menina Kitara (que no caso sou eu) entrarem na Vila Esotérica em direção à casa de Dona Dedê, Hermânio saltou do seu posto de vigia, que se tratava da placa de entrada da Vila Esotérica, aquela mesma em que eu havia reparado um duende de olhos engraçados talhado na madeira (ou melhor, que eu imaginava ser talhado na madeira), e pôs-se a observar o desenrolar dos acontecimentos, escondido atrás da cortina da casa de Dona Dedê.

Quando o grupo seguiu para o quarto, ele fez um trabalho de contorcionista para se enfiar pelo apertado basculante do banheiro e ficou a espionar nós três por trás da porta. E então, coitado, passou um aperto danado quando Seu Bolota entrou às pressas e com as calças arriadas banheiro adentro. A sorte é que Seu Bolota estava tão concentrado que não notou a criaturinha de chapéu verde-bandeira escondida atrás da cortina do chuveiro. Feita essa proeza, Hermânio se dirigiu ao quarto com todo silêncio e cuidado, saltou a janela que dava para os fundos da casa e correu em direção à Toca 3 do Distrito 5, um buraco cavado entre duas bananeiras e coberto por um entulho de materiais de construção. Como sempre, desempenhou uma força sobre-humana, quero dizer, sobrenatural, para empurrar aquele bando de tábuas e tijolos e, mais uma vez, pensou em pedir a Mestre Orgon que substituísse os entulhos por uma simples, discreta e prática porta de alçapão, como já existia na Toca 5 e na Toca 6 do mesmo Distrito. Acendeu sua lanterninha supermoderna de cem kilowatts e passou pela parte mais difícil, os metros e mais metros de terra pura cheios de deslizes, túneis de apenas cinco palmos de altura (palmos humanos, é claro) e descidas íngremes com ângulos beirando os noventa graus, onde ele sempre acabava por sujar o seu macacãozinho de feltro que ele tanto gostava, costurado a mão por Madame Babaiuca.

Logo alcançaria as minas subterrâneas e poderia se banhar nas águas mornas dos lençóis freáticos para, então, continuar bem limpinho a sua jornada. Andaria mais alguns metros por entre os agora gigantescos túneis rochosos cheios de estalactites, estalagmites e colunas de cor azulada, passaria por duas ou três galerias cristalinas e, finalmente, chegaria à Estação das Pedras. Naquela noite, encontrou-a vazia. No saguão (nem é preciso dizer que o saguão da Estação das Pedras era de pedra), havia apenas um jovem sério, de cabelos lisos e usando batina, além dos irmãos Lago-Lago, os quais logo Hermânio cumprimentou. Ambos eram cientistas de renome, respeitados por todos em cima e embaixo da terra, e volta e meia o pequeno mensageiro os encontrava ali, entretidos em discutir alguma de suas extensas pesquisas.

Hermânio pegou a senha e aguardou a sua vez de tomar o Super-Mosquetão. Apesar de o sistema ser para lá de moderno, a viagem no Super-Mosquetão, devido à rápida velocidade que exigia e ao mínimo peso que suportava, só podia ser feita individualmente. Primeiro, foi o jovem de batina que Hermânio nunca tinha visto por aquelas bandas. Depois, cada um dos irmãos Lago-Lago. Então chegou a vez do pequenino Hermânio. Ele abriu a porta oval, sentou-se na cadeira de metal e automaticamente cintos de segurança de todos os tamanhos e espécies foram acoplados ao seu corpinho. Aquele misterioso cheiro de essências de plantas tomou conta do ambiente e o primeiro sinal tocou. Ele respirou fundo e, após prender a respiração, o segundo sinal tocou. O Super-Mosquetão então disparou como um foguete em direção a Gaiatmã.

Apêndice: Para quem se interessar em saber o que vem a ser Toca Fulano do Distrito Beltrano, Estação das Pedras, Super-Mosquetão, Gaiatmã e outros nomes esquisitos.

A Estação das Pedras é apenas um dos caminhos que liga o Quotidiano a Gaiatmã. O que vem a ser o Quotidiano? É a Terra comum, ou seja, os bairros, as cidades, os países e todos os lugares que os seres humanos comuns habitam. E o que vem a ser Gaiatmã? Por enquanto direi apenas que é onde mora Mestre Orgon, aquele que recebe as mensagens levadas por Hermânio.

Além da Estação das Pedras, pode-se também chegar a Gaiatmã por automóveis e aviões, desde que tenham sido especialmente desenvolvidos pela tecnologia jedegaia. Para alguns, também é possível viajar até lá andando, saltando, nadando, voando e, às vezes, até mesmo pelo pensamento. Como Hermânio é um ser que conhece bem as vias terrestres, ele prefere viajar pela Estação das Pedras. Em algumas regiões da superfície terrestre, ou melhor dizendo, do Quotidiano, foram cavados buracos no solo que chegam até essa estação. Esses buracos são conhecidos como Tocas, que foram distribuídas em Distritos. E os

Distritos são, é claro, regiões que contêm determinado número de Tocas. Existem apenas cinco Distritos e cada um deles tem, em média, de cinco a dez Tocas.

Como já fora mencionado, todas as Tocas levam à Estação das Pedras. E na Estação se viaja por meio do Super-Mosquetão. E o que vem a ser o Super--Mosquetão? Trata-se de uma cápsula metálica com o formato de um ovo gigante, dentro da qual existe apenas uma cadeira na qual o passageiro se senta, prende a respiração e viaja. E por que ele prende a respiração? Porque a viagem é tão rápida que não dá tempo de respirar. Caso o viajante arranje um tempinho para respirar, ele vai absorver muito, mas muito mais oxigênio do que pode suportar e então ele vai... é... digamos, não vai lá se sentir muito bem. E por que esse meio de transporte se chama Super-Mosquetão? Porque antigamente ele não passava de um simples equipamento de alpinismo, cheio de cordas e mosquetões. Então veio o progresso tecnológico jedegaia e o tal mosquetão virou Super. Mas como se viaja em um equipamento de alpinismo? Ah, isso já não sei, meios de transporte não são a minha especialidade. Além disso, essa é uma outra história e preciso com urgência voltar à nossa, quando Hermânio pisa no tapete de folhas secas e avermelhadas de Gaiatmã.

Recuperação

Então, como eu dizia, Hermânio pisa no tapete de folhas secas e avermelhadas de Gaiatmã. É... bem, o céu estava... a lua iluminava, o vento ventava, as árvores... a vida... não. Definitivamente não. Não posso descrever como se encontrava Gaiatmã naquele momento. Não agora. De fato, aquela é uma terra tão bonita que é preciso muita inspiração até mesmo para transpor uma leve impressão para o papel. E inspiração é coisa que me falta agora. Então, deixo de lado a descrição de Gaiatmã e prossigo dizendo que Hermânio levou a Mestre Orgon o relato dos fatos desenrolados na casa de Dona Dedê. O Mestre pensou, pensou e decidiu tomar algumas atitudes em relação às futuras Guerreiras de Gaia:

— É preciso que Kitara, Demétria e Felícia conheçam Laia e Liluá o mais rápido possível.

Na verdade, toda essa história de Hermânio, Mestre Orgon e Super-Mosquetão está sendo contada agora, bem no meio da narrativa, para que eu não tenha que relatar o que aconteceu quando cheguei em casa naquela noite, após voltar da casa de Dona Dedê. Foi só colocar os pés na sala de entrada que meu irmãozinho Kito já veio cantando de uma maneira nada amistosa: "Mamãe vai brigar com vocêêê, mamãe vai brigar com vocêêê..." Ih, lá vinha bomba. O que quer que fosse, só esperava que minha mãe não tivesse uma daquelas crises de falta de ar. Entrei na sala de TV, onde a encontrei distraída vendo sua novela. Assim que me viu, ela adquiriu um ar austero de mãe quando quer falar coisas sérias, virou-se para mim e disse: "A coordenadora do colégio ligou. Você precisa ir lá amanhã para se inscrever na recuperação de Física."

Subi as escadas correndo, me tranquei no quarto, deitei na cama e chorei a noite inteira. Bem, na verdade, chorei só um pouquinho. Primeiro, porque minha mãe é mais mãe do que carrasco, e logo veio ao meu encontro dizer que essas coisas acontecem, que sou inteligente e recuperaria fácil os pontos, blá-blá-blá... Depois, porque estava tão entusiasmada com os acontecimentos daquele dia: Felícia, os amuletos, o peixe de pedras preciosas (era mesmo inacreditável), que até me esqueci da recuperação. A cada hora eu me levantava para espiar o amuleto, agora escondido dentro da gaveta do meu criado-mudo. Depois, acabei me deitando com ele amarrado ao pescoço, porque minha irmã, que dorme na cama ao lado, acordou e me perguntou que negócio era aquele de abrir a toda hora a gaveta. Naquela noite, o amuleto não perdeu o azul e, por incrível que pareça, dormi uma das melhores noites da minha vida.

Festa de aniversário

Antes de relatar os fatos estranhíssimos que ocorreram na festa de Dona Didica, é preciso contar três outras coisas também muito-muito-muito estranhas que aconteceram comigo naquela mesma semana. Primeiro, o buquê de rosas...

Na manhã seguinte àquela noite da recuperação, estava me aprontando para ir ao "Calabouço do Conhecimento" fazer a inscrição e saber a data da prova, quando a campainha tocou e minha mãe disse que era um entregador de flores.

Achei que fosse brincadeira de algum engraçadinho rindo às custas da minha recuperação. Afinal, o que mais poderia ser? Eu nunca tinha recebido flores na vida e não fazia o tipo dessas que têm admiradores secretos. Recebi o buquê morrendo de vergonha de mamãe, que estava felicíssima plantada ao lado da porta e supercuriosa para saber quem era o tal príncipe. Abri o cartão, tentando desviá-lo de seu olhar espichado:

Kitara, você é a garota mais linda que eu já vi.

Ah, realmente, só podia ser mesmo uma brincadeira. A garota mais linda... tsc, tsc. Quem tinha escrito aquilo provavelmente era um míope que estava sem os óculos quando me viu. A garota mais linda... só me faltava essa...

O outro fato misterioso foi o seguinte: no dia do buquê, eu tive um sonho tão estranho quanto intenso. Sonhei que uma vaca branca calçando sapatinhos chineses de lótus veio me dar uma flor cor-de-rosa fosforescente, cortou os meus cabelos bem curtos e saiu correndo levando as minhas tranças. Eu fui atrás dela para recuperá-las e nós entramos em um mar de bocas falantes soltas, navegando pelo espaço. Vi uma dessas bocas, que me pareceu familiar. Me agarrei na cauda do peixe de pedras preciosas e fomos nadando em direção a ela e, de repente, tudo se transformou num gigantesco e maravilhoso jardim, com um gramado verde enorme onde me deitei e fui rolando, rolando... até que comecei a sentir uma falta de ar horrível e vi que as plantas do jardim foram desaparecendo e o oxigênio acabando. Minha garganta secou completamente e me engasguei tanto, que já não conseguia mais respirar, quando escutei uma voz me chamando.

Acordei com a minha irmã superpreocupada, perguntando o que estava acontecendo. Mas eu estava engasgada de verdade, o ar não vinha de jeito nenhum, minha garganta tinha se fechado, só melhorei depois de tomar três copos d'água seguidos. Passado o susto, Kipan voltou a dormir, mas não preguei mais os olhos, de tão impressionada que fiquei com aquele sonho. Não sei, de alguma forma ele me deixou uma sensação tão forte, parecia ser tão real...

Porém, o espanto mesmo só veio naquela tarde, quando vi o meu irmão Kito, para variar colado no computador, e me lembrei de olhar os meus e-mails, pois minha caixa deveria estar lotada. De fato, fazia tempo que não a checava e não pude conter o susto quando notei que havia quase 150 e-mails do mesmo endereço, o qual, até então, não conhecia. Quando abri o primeiro não pude acreditar, me arrepio só de lembrar. Uma animação: exatamente o jardim que eu havia sonhado, com todas as árvores desaparecendo. De repente, a imagem congelou e uma mensagem em letras garrafais apareceu: "Precisamos de você, Kitara". Para a minha surpresa, todas as mensagens foram enviadas naquela manhã, ou seja, após o sonho. Quem quer que fosse o autor daquele recado, que lotou a minha caixa, tinha urgência em falar comigo. Tentei responder mas, por incrível que pareça, o tal endereço era dado como inexistente.

Muito estranho, não? Só não foi mais estranho do que aconteceu no sábado pela manhã. Por causa das crises de falta de ar de minha mãe, que não melhoravam e parecia não haver no mundo quem pudesse curá-las, papai nos levou para passear no Parque da Quaresmeira, uma linda e extensa área de reserva natural das encostas das serras, para que minha mãe pudesse tomar ar puro e depois comprar umas mudas de plantas na floricultura que havia por lá. Papai queria mesmo era deixar mamãe feliz. Ao chegar lá, ela começou a sentir mais falta de ar ainda e, aos poucos, por mais inexplicável que pudesse parecer, todos começamos a ficar sem ar também. Como no dia do sonho, comecei a engasgar, ao mesmo tempo que tinha uma sensação horrível, que me arrepiava toda a espinha e parecia arrancar minhas forças. Só que, dessa vez, a crise de falta de ar não passou com nenhum copo d'água, e desmaiei. Acordei em casa, deitada, com o meu pai sentado na beira da cama. Já me sentia bem melhor. Meu pai contou que os funcionários do parque e as pessoas que moram nas redondezas também estavam tendo acessos de falta de ar, e que uma gripe muito forte deveria estar chegando por aqui. "É esse tempo maluco", disse meu pai, olhando a chuva de verão despencar lá fora.

***

Mudando de assunto, voltemos à festa! Tirando que quase não pude ir por causa do desmaio e toda a insistência até meu pai permitir que eu fosse, contanto que me levasse e me buscasse com hora marcada, há tempos não me divertia tanto como no aniversário de Dona Didica. E olha que não tinha por ali ninguém da minha idade. A não ser...

Primeiro, a festa. O quintal de Dona Dedê estava lotado. Além de toda a parentada que mora na casa, havia também alguns vizinhos da Vila Esotérica, inclusive o senhor e a jovem *hippie* da primeira loja. O homem do chá de camomila me reconheceu e veio me cumprimentar todo animado, como se fôssemos amigos íntimos que não se viam há anos. Na verdade, acho que ele não me reconheceu, não, pois, depois, reparei que ele cumprimentava todo mundo daquele jeito, inclusive Felícia, que ele nunca tinha visto antes.

E, por falar em Felícia, confesso que me assustei ao encontrá-la na festa. Primeiro porque ela havia dito, quando a conheci, que não era muito chegada a badalações. Segundo porque ela havia ficado tão vermelha ao recusar a recompensa de Dona Dedê naquele dia, que achei que ela ficaria com vergonha para sempre. Terceiro porque, como já tinha dito, ela não gostava muito de comer e ali o que havia, e de sobra, era comida (e nada de café).

Durante a festa, aconteceram algumas atrações e Dona Dedê foi uma delas. Naquela noite, ela estava vestida com uma elegância de dar gosto, mas, o que me surpreendeu mesmo foi a sua voz. Não sabia até então que Dona Dedê era uma cantora! Depois de Seu Joaquim tocar um chifre de carneiro e todos os sobrinhos terem entoado desafinadamente uma canção em homenagem a Dona Didica (com exceção de Joana e Claudinha, que arriscavam uns desajeitados e pesados passos de dança), foi a vez de Dona Dedê emocionar a todos com seus dotes vocais. Ela cantou uma belíssima música italiana e Seu Joaquim agora a acompanhava no acordeão. Enquanto ela cantava, a festa inteira pareceu parar. É bem verdade que, além de mim, mais algumas pessoas enxugaram discretamente os olhos. Seu Bolota era o que mais chorava e não fazia questão nenhuma de esconder isso.

Logo depois, foi aberta uma roda de dança e todos balançaram o esqueleto, inclusive eu, que não sou muito chegada a danças. Felícia preferiu ficar sentada apenas observando, mas vi seus pezinhos embaixo da mesa se mexendo no ritmo da música. Apesar de estar me divertindo, uma coisa me chamou a atenção. Enquanto todos dançavam, um senhor calvo e magricelo, sentado na varanda, retorcia as mãos de forma nervosa, bastante mal-humorado. Resolv perguntar a Dona Dedê quem era o tal senhor, mas ela estava tão ocupada em entornar umas pingas que achei melhor não interrompê-la.

Perguntei, então, ao pequeno Marco Aurélio, o filho de Dona Didica, que comia um pé de moleque atrás do outro. Ele me disse que aquele era o seu pai, pegou a minha mão e me levou até ele para nos apresentar. O senhor, ao me ver se aproximar, fechou mais ainda a cara e disse um quase inaudível "como vai?". Ah, então aquele era o palitinho que Marco Aurélio tinha desenhado. Bom, toda regra tem a sua exceção e, por isso, nem todos na casa de Dona Dedê podiam ser tão simpáticos quanto ela.

Tentei esquecer aquela inesperada e estranha falta de educação, até mesmo porque aquele mau humor podia ser por causa do cansaço, já que Dona Dedê havia dito que o marido de Dona Didica era viciado em trabalho e que muitas vezes virava noites e mais noites no escritório. Ou então aquela cara fechada podia ser apenas ciúmes da mulher, já que Dona Didica dançava com todos os convidados da roda. Bom, voltei a dançar também, acompanhando os passos com Dona Dedê, Dona Neném, o jovem casal de *hippies*... ninguém parava um minuto sequer, e até mesmo Betinha sacudia toda aquela preguiça.

Então Seu Joaquim começou a tocar forró com seu acordeão. Um jovem que eu não tinha visto até aquela hora me convidou para dançar. Devia ser da mesma idade que eu e tinha os cabelos castanhos escuros. Nada estranho, a não ser por um pequeno detalhe: ele estava usando batina. "Deve ser algum sobrinho de Dona Dedê pretendente a padre", pensei. Quando a música estava quase terminando, resolvi perguntar o seu nome. Ele não respondeu, acho que nem escutou, com o som alto daquele jeito. O forró acabou, ele agradeceu a dança e foi embora. Confesso que o procurei até o fim da festa, mas não o vi de novo. Muito-muito-muito estranho... mas não tanto quanto o que ocorreu logo depois.

Eu estava à procura do jovem de batina, Felícia a me procurar por simples curiosidade e Dona Dedê a procurar nós duas para se certificar de que estávamos nos divertindo. Depois de vasculhar a parte da frente do quintal, resolvi ir até os fundos, em uma última tentativa de bisbilhotagem. E, quando percorria a lateral da casa, escutei logo à frente um barulho de pés-sobre-folhas-secas. Pensei que se tratava de algum homem fazendo xixi no meio das bananeiras. Resolvi deixá-lo em paz e voltar à festa, mas, ao me virar, trombei em alguém, o que fez meu coração disparar. Ah, ufa, logo percebi que era Felícia, que tinha trombado em Dona Dedê, que, por sua vez, também não estava enxergando nada naquele escuro

— O que vocês estão fazendo por aqui? — Dona Dedê perguntou forçando a vista.

É claro que eu não iria falar do rapaz. Antes que eu pudesse inventar qualquer desculpa, escutamos o barulho de pés-sobre-folhas-secas, dessa vez mais forte, somado a um barulho de dentes mastigando alguma coisa. Eu pensei em sair dali, Dona Dedê em perguntar quem estava ali e Felícia em ficar petrificada mesmo. Mas ninguém fez nada. Ou melhor, depois do que vimos, eu e Dona Dedê resolvemos nos juntar a Felícia e ficar petrificadas também. Poucos segundos depois de escutarmos o barulho, alguém, provavelmente Seu Bolota, entrou no banheiro de Dona Dedê e acendeu a luz. É difícil de acreditar, porque eu mesma vi e não acreditei. Com a pequena claridade que veio do banheiro, nós três vimos um pequeno duende de bochechas vermelhas e chapéu de feltro verde, sentado sob uma bananeira, comendo os salgadinhos da festa de Dona Didica.

Não sei quem ficou mais assustado, se fomos nós ou se foi ele. Sinceramente, acho que foi ele, pois assim que nos viu, o duende (que ainda não sabíamos que se chamava Hermânio) deu um pulo gigante e foi correndo se esconder no meio dos entulhos. Na pressa, deixou cair algumas coisas. Mas, antes que o espanto pudesse se dissipar, ele ainda colocou a cabecinha para fora e disse:

– Um duende, não, um mercúrio.

Só bem mais tarde viemos saber que em Gaiatmã havia muitas raças de duendes, e Hermânio pertencia à raça dos Mercúrios, os mensageiros da natureza.

Depois que deixamos de ser pedras e voltamos a ser gente, fomos ver o que eram as tais coisas que o pequeno mercúrio tinha deixado cair no chão: uma pequena e moderna máquina fotográfica tipo Polaroid, um pedaço de papel pardo e uma sacola cheia de docinhos e salgadinhos da festa. "Ah, seu ladrãozinho miserável!", disse Dona Dedê já um tanto embriagada, e começou a remexer nos entulhos procurando o duende. Não o achou. Encontrou foi uma enorme cratera no chão de seu próprio quintal.

O bilhete insistente

Blumbisssck... que barulho engraçado ela fazia. Apesar da medrosa da Felícia dizer para eu não mexer com aquela máquina fotográfica, pois ela poderia "liberar na atmosfera substâncias indesejáveis", e da precavida da Dona Dedê avisar que era melhor eu não me meter com os objetos roubados daquele duende, lá estava eu no Parque Recanto Verde com o meu novo brinquedo a tiracolo. A verdade é que eu sempre gostei de tirar fotografias e, desde que o pestinha do meu irmão Kito tinha vendido a máquina fotográfica da mamãe para comprar, segundo ele, o melhor jogo de computador de todos os tempos, eu nunca mais tinha usado uma câmera profissional. É claro que não iria deixar aquela oportunidade passar e, ao acordar naquela linda manhã de domingo (na verdade, eu acordei ao meio-dia, mas tudo bem), notei que aquele dia limpo, azul e sem uma nuvem sequer estava mais do que ideal para ser fotografado.

O Parque Recanto Verde era realmente um... recanto verde. Ficava bem próximo à minha casa. Lá os imensos pinheiros se deitam no gramado em sombras, os jardins explodem em cor, as flores espreguiçam, sossegadas, com seus insetos. Bem próxima a prédios, carros e fumaças, a natureza consegue, enfim, descansar. No Recanto Verde existe um pinheiro de um macio verde-escuro e, sobre ele, uma planta trepadeira que insiste em abraçá-lo mais e mais. Era dezembro e a planta florescia, estalando em belíssimos tons de rosa e laranja, coroando assim o seu suporte.

"Ah, é essa mesmo", eu pensei com minha inspiração poética e aqui eu volto ao esquisito "blumbisssck" inicial, quando bati minha primeira foto com a câmera do duende, quero dizer, do mercúrio. Poucos segundos depois, lá estava a foto instantânea em minhas mãos. "Que estranho, deve ser por causa da sombra", eu pensei, notando que as flores não tinham saído na foto. Já entardecia e àquela hora o sol não iluminava mais aquele lado do pinheiro. Sendo assim, resolvi praticar meu antigo hábito fotográfico em outras bandas.

Logo atrás do parque, há um mirante e de lá é possível enxergar toda a cidade entre as montanhas. Para dizer a verdade, as montanhas já estão tão desgastadas e acuadas e a cidade tão crescida que, infelizmente, acho mais correto dizer que ao redor do mar de prédios dá para enxergar alguns morrinhos. Sobre um desses morrinhos, havia uma solitária nuvem a tomar um banho de sol, tão pequenina, que mais parecia um fino dedo de ouro. Bati então minha segunda fotografia e dessa vez fiquei realmente assustada. A nuvenzinha não estava lá. E agora não tinha mais a desculpa da sombra. A montanha e parte da cidade se encontravam exatamente como eu as havia fotografado. Olhei para o céu, lá estava a nuvenzinha, agora sobre a cidade. Bati então outra foto, dessa vez centralizando bem a nuvem e...

Minha nossa. Incrível, mais uma vez ela não estava lá, e dessa vez não foi só isso o que me assustou. Olhei para a cidade, olhei mais uma vez para a foto. Realmente espantoso. Alguns prédios tinham, simplesmente, desaparecido! O que seria aquilo? Uma fotografia não podia escolher retratar algumas coisas e ignorar outras. Tirei outra foto idêntica àquela, com a cidade ao centro e duas montanhas formando uma espécie de U ao seu redor. Ah, inacreditável. Agora não só outros prédios tinham sumido, como também frondosas árvores ocupavam seus lugares. Não me dando por satisfeita, bati outra foto, depois outra e outra e ainda outra... A cada uma delas, mais a civilização desaparecia e mais a paisagem natural ocupava o seu lugar. Além disso, as montanhas pareciam crescer lentamente a cada fotografia. Quando meu telefone tocou:

– Você não vai acreditar – disse uma voz sussurrada e apreensiva.

– Acreditar no quê?

– No bilhete...

– Que bilhete?

– Do duende...

– Que duende?

– Você sabe, Kitara, o duende...

– Ah, é claro – eu respondi, obviamente me lembrando do duende, aliás, mercúrio. Estava tão entretida com minhas fotografias que não tinha prestado atenção em uma palavra de Dona Dedê.

– Pois então, o bilhete... o bilhete do duende... você não vai acreditar... o bilhete está me perseguindo.

– O quê?

E Dona Dedê contou que, depois de ter apanhado o pedaço de papel pardo no chão, viu que nele estava escrito um endereço, mas não se importou muito com isso, o que ela queria mesmo era se livrar de qualquer coisa que viesse daquele duende ladrão. Então ela o jogou no meio dos entulhos e voltou para a festa. Quando ela me disse isso, fiquei com vontade de jogá-la no entulho também. Como teve a coragem de descartar uma pista daquela? Poi bem, na manhã seguinte ela acordou com uma dor de cabeça danada, segundo ela porque tinha bebido um tanto além da conta (eu bem vi que o tanto de Dona Dedê foram umas dez pingas). Além da dor, ela tinha uma sensação engraçada na cabeça, como se fosse uma leve pressão entre as sobrancelhas. Então ela levou a mão à testa e não pôde compreender muito bem o que encontrou ali. Lá estava ele, o papel pardo amassadinho, equilibrando-se na linha do seu nariz. "Eu, hein", pensou Dona Dedê, achando que ainda estivesse um pouco alcoolizada, levantando-se em seguida e jogando o bilhete no lixo.

A segunda surpresa aconteceu quando ela preparava o café na cozinha (e, por sinal, bem forte). Foi abrir a geladeira e lá estava o papel pardo, agora esticadinho e preso por um ímã de elefante em meio a variados programas de dieta. "Ah, mais uma dessas loucuras", ela pensou, lembrando-se dos casos de Felícia e concluindo que, daqueles acontecimentos misteriosos, não tinha como fugir. Leu então o endereço: "Rua dos Celtas, 22, Bairro Jasmim". Não sabia onde era aquele bairro, muito menos aquela rua. De qualquer forma, foi até o quarto e guardou o bilhete dentro da gaveta para que ele não a atormentasse mais. Foi só passar pela sala para, agora sim, quase desmaiar de susto: lá estava ele, o bilhete, em cima de um catálogo de endereços que misteriosamente apareceu sobre a mesa.

"Ai, Meu Deus, será um *carma?*", pensou Dona Dedê, possessa da vida com aquela perseguição. Sentou-se para procurar o tal endereço no catálogo. Verificou pelos mapas que aquele bairro era bem distante, praticamente fora da cidade, e para chegar lá seria preciso pegar a estrada. Ela então se virou para o bilhete e disse com uma ligeira impaciência:

– Olha aqui, meu bem, agora já sei onde é o tal lugar. Se você quiser que eu vá até lá, tudo bem, irei amanhã. Agora me deixa em paz. (Quando Dona Dedê me contou isso, eu fiquei imaginando se algum de seus familiares a viu sentada à mesa, com uma baita ressaca, discutindo com um pedaço de papel.)

Mesmo com a bronca de Dona Dedê e mesmo depois que ela prendeu o bilhete dentro do catálogo que, por sua vez, guardou dentro de uma caixa, que, por sua vez, amarrou com um barbante e trancou dentro do armário sob uma porção de caixas de sapato, ele não a deixou em paz. Ela varria o quintal junto com Dona Didica, Dona Neném e sua solidária prima Jurema, quando chegou Armando, que conversava com Seu Bolota enquanto ele lavava o "Anilina" (uma Kombi azul encarregada de levar as encomendas da doceria) e disse, com seu mau humor habitual, que tinha visto um bilhete endereçado a Dona Dedê preso no para-brisa do automóvel. Ninguém entendeu por que ela arrancou o papelzinho pardo da mão do cunhado e começou a esbravejar, correndo para dentro da casa. Suas irmãs e a prima, preocupadíssimas, foram atrás de Dona

Dedê. Encontraram-na com um catálogo de endereços nas mãos dizendo a elas que precisava ficar sozinha e que mais tarde explicaria tudo.

"Não é possível, eu o prendi direitinho", dizia Dona Dedê procurando o bilhete guardado dentro do catálogo dentro da caixa dentro do armário. E, ao abrir na página certa, para sua surpresa, viu que o bilhete ainda estava lá. "Mas como?" Então ela abriu o papelzinho preso no para-brisa do Anilina e nele estava escrito:

Hoje à noite. Suas amigas também devem ir.

Enquanto eu voltava a pé para casa, olhando a cidade e as serras alaranjadas do sol poente, eu tentava compreender o incompreensível, explicar o inexplicável e crer no incrível relato de Dona Dedê. Como ela, eu também não ousaria desobedecer, afinal estava claro que existia Alguém ou Alguma Coisa por trás daquilo tudo e que não teríamos paz enquanto não fizéssemos o que Ele ou Ela pedisse. Pensei em quantos outros bilhetes, anãs, duendes, e-mails iriam nos atormentar se não comparecêssemos na tal rua dos Celtas nº 22 naquela noite.

Já Felícia disse com um misto de educação e medo que não iria. Achava que aquele "amigas" escrito no bilhete não a incluía. Além disso, ela havia comprado um livro novo e gostaria muito de lê-lo naquela noite. Foi só Dona Dedê dizer a ela que ficasse então com sua anãzinha saída de dentro do forno, para Felícia perguntar com uma baita insegurança, mas sem perder o orgulho:

– E-está bem, mas só desta vez. Onde posso me encontrar com vocês?

A dúvida

Combinamos de nos encontrar às oito da noite em frente à farmácia da praça do Comércio, área central da cidade e de fácil acesso para todas. É claro que o nosso compromisso noturno seria cheio de empecilhos. O primeiro deles e o mais difícil: convencer Seu Bolota a deixar Dona Dedê sair com o Anilina, afinal, ela raramente o dirigia durante o dia, quanto mais à noite. Parecia mesmo existir alguma força que fazia com que todas as portas se abrissem em direção à nossa missão. Só havia uma coisa que Seu Bolota gostava tanto quanto Dona Dedê e, é claro, tanto quanto comer: futebol. E justo naquele fim de tarde iria acontecer uma partida decisiva de um campeonato superimportante. Seu Bolota já estava plantado em frente à televisão com Seu Joaquim, os filhos e os sobrinhos. Dos homens da casa, apenas Armando achava futebol uma bobagem e lia o jornal, sentado em um canto da sala.

Dona Dedê se aproximou devagarzinho de Seu Bolota e fez o pedido. Naquele momento, ele estava tão concentrado na cobrança de uma falta a favor do seu time que, sem pensar, tirou as chaves do bolso da bermuda e entregou a Dona Dedê. E ela, ainda sem acreditar, chamou Dona Didica em um canto e disse:

– Esta noite preciso sair pra resolver um problema, uma coisa muito importante...

– É outro homem?

– Claro que não! – e Dona Dedê deu uma gargalhada tão alta que fez até Betinha espichar a cabeça da rede, mas não fez, é claro, os homens desviarem os olhos do futebol.

Ela disse que por enquanto não poderia contar, mas pediu que a irmã inventasse uma desculpa qualquer, desde que respeitável, caso Seu Bolota perguntasse alguma coisa.

– Ai, ai, ai, que abacaxi – Mas, como além de irmãs as duas eram muitíssimo amigas, Dona Didica topou segurar essa barra.

O segundo empecilho: em pleno período de recuperação escolar e também de faltas de ar e desmaios, conseguir convencer minha mãe a me deixar sair por duas noites seguidas. Eu não gostava de mentir, mas esse se tratava de um caso muito especial. Então disse a ela que iria dormir na casa da Denise, porque a irmã mais velha dela era muito boa em Física e iria nos ajudar (Denise também estava em recuperação nessa disciplina). Minha mãe disse apenas: "vai que confio em você", o que deixou a minha consciência pesada.

Nesse aspecto, Felícia não teve problema nenhum para sair, já que não precisava dar satisfação a ninguém. Havia, entretanto, um terceiro empecilho que atormentava a todas nós, tratava-se, na verdade, mais de uma preocupação do que um obstáculo: a dúvida. Seria essa aventura segura? E se fosse algum engraçadinho tentando pregar alguma peça? Ou pior, e se fosse a cilada de alguém com más intenções? Afinal, há tanta violência por aí, não se pode confiar em ninguém...

Nenhuma de nós poderia imaginar o que nos esperava, mas uma coisa era certa: tínhamos visto um duende, ou melhor, um duende ladrão e maltrapilho da raça dos mercúrios, e isso não se via todos os dias. Tínhamos também visto, e isso era ainda bem mais difícil de se ver, um peixe de pedras preciosas nadando dentro de nossos amuletos, sem contar as outras tantas espécies de acontecimentos sobrenaturais que há tempos nos sucediam. Alguma coisa nos chamava. "Precisamos de você, Kitara", dizia o e-mail. E no momento eu só poderia ajudar de uma forma: confiando.

O automóvel preto

Dona Dedê chegou às 8 horas em ponto e lá estávamos eu, apreensiva, e Felícia, de fato quase desfalecida de tanto medo. Tivemos de nos sentar na frente com Dona Dedê, pois o Anilina foi adaptado de maneira especial para as entregas da doceria, e Seu Bolota tinha retirado os bancos traseiros para aumentar o espaço das encomendas de docinhos e salgadinhos. Mesmo assim, pudemos espichar nossas pernas de forma confortável, enquanto saíamos da cidade em direção à estrada.

No caminho, contei a elas sobre as fotografias batidas no Recanto Verde. Como Felícia havia dado atenção especial a esse episódio, apesar de sua habitual incredulidade, resolvi mostrá-las para provar que não se tratava de nenhuma invenção. Eu tinha guardado todas elas dentro de um envelope e, enquanto tentava achá-lo dentro da bagunça da minha mochila, Felícia dizia com ar professoral: "Eu bem que avisei que essa máquina não é digna de nossa confiança". Finalmente encontrei o envelope com as minhas fotografias mágicas. Como à tarde, mal pude acreditar no que vi. As fotos tinham se tornado manchas, borrões de todas as cores, em sua maioria cinza e azul-esverdeado. "Que coisa esquisita, será que eu deveria ter deixado secar?"

O pior, além, é claro, de ter perdido minhas fotos, era fazer com que Felícia e Dona Dedê acreditassem no caso que eu havia acabado de contar. Felícia ajeitou os óculos e examinou uma por uma as fotos, com a expressão dura, concentrada e desconfiada de um cientista ao examinar o erro de um experimento. Dona Dedê não disse nada, estava muito entretida em olhar o mapa e acertar as ruas em plena escuridão.

Foi então que me lembrei que a máquina também estava dentro da mochila. Achei que seria uma ótima oportunidade de fazer a mente cética e milimétrica de Felícia acreditar em mim. Coloquei parte do meu corpo para fora da janela e comecei a procurar algo que pudesse ser fotografado, enquanto Dona Dedê dizia em uma aflição danada: "Isso é perigoso, desce daí, menina". Não se via a lua, mas o céu daquela noite estava deslumbrante, completamente estrelado. "Quem sabe não faço desaparecer as estrelas", pensei, e tirei uma foto do céu. Porém, a foto saiu exatamente como eu a havia tirado, negra e cheia de estrelas. Não sei se foi impressão minha, mas notei um leve risinho de vitória nos lábios de Felícia. Não me dando por vencida, resolvi fotografar outra coisa.

Ao chegarmos na estrada e Dona Dedê dizer um aliviado *ufa!* por ter acertado o caminho, notei um automóvel preto parado no acostamento. Ah, seria ele mesmo. Mostrei o carro a Felícia e logo depois bati a foto. E para o completo sumiço de cor no seu rosto, o automóvel tinha, agora sim... desaparecido. Ela ajeitou os óculos e verificou mais uma vez a foto, depois olhou novamente o carro, para conferir o ângulo. Não havia dúvidas, o automóvel ainda estava ali, parado no acostamento, mas na fotografia, não. Felícia ficou por longo tempo séria e confusa a examinar repetidas vezes a foto bem próxima de seus olhos incrédulos, quando foi a vez de Dona Dedê ficar branca como papel:

– Estamos sendo seguidas.

Atrás de nós se encontrava, agora a uma distância constante, nada mais, nada menos que o automóvel fotografado. Dona Dedê diminuiu a velocidade do Anilina para deixar o carro ultrapassá-la, mas ele também freou. Então ela acelerou bruscamente, e o tal automóvel começou a correr também, mantendo sempre cerca de dez metros de distância. A essas alturas, Dona Dedê, coitada, já não sabia se tremia toda ou se continuava a dirigir. Eu, por minha vez, tinha certeza de que aquele carro havia começado a nos perseguir por ter sido fotografado. Já Felícia, essa me surpreendeu. Não digo que estava calma, mas gesticulava dizendo:

– Bom, estamos sendo seguidas, certo? Isso é um fato. Portanto, estando esse determinado fato concluído e estabelecido, é preciso tomarmos algumas medidas estrategicamente bem pensadas, mesmo que radicais, para corrigi-lo e, dessa forma, pouparmos nossas pessoas de desastrosas e infelizes consequências. A medida que sugiro, banhada em límpida e segura conclusão, devido ao fato de ir ao encontro da proteção advinda dos agrupamentos sociais em oposição às possíveis mazelas causadas pela intransigente e inaceitável solidão noturna, mesmo que grupal, de mulheres a dirigir em uma estrada, seria voltar e...

Irrrrrrrrrrrrrrrrrrrrrrrrrr! Dona Dedê, motivada por uma repentina animação de espírito, virou bruscamente à direita, o que fez Felícia, além de interromper o seu discurso, cair em cima de mim e quase me esmagar. Não satisfeita, notando que o tal automóvel já dava ré para entrar também à direita, Dona Dedê fez cantarem os pneus na estradinha de terra e levantou uma nuvem de poeira que cobriu toda a vista atrás de nós. E começou a penetrar aquele bairro rural, entrando em diversas ruelas, espantando galinhas e fazendo latir os cachorros. Logo depois, ela deu uma segunda virada brusca e invadiu dessa vez o mato, arrebentando uma fina cerca de arame e quase estourando os pneus do Anilina. Seguiu em silenciosa e enérgica obstinação por entre o capim alto e as escassas árvores, parando, então, no final do lote, onde uma outra cerca nos impedia de continuar.

Dali não se via nem sinal do automóvel preto. Dona Dedê girou a chave e desligou o motor. Por alguns segundos, repousamos nossas tensões em um silêncio de expectativa, cansado em seus bafos rápidos e sinceros. Nos sentíamos quentes, suadas, vivas... Aqueles acontecimentos, agora sabíamos, jamais findariam. Dona Dedê preenchia todo o volante com o peso de seus braços, e em suas calmas bochechas rosadas um novo vermelho estalava, cheio de coragem e juventude, sedento daquela realidade nova que a todas nós impressionava. Felícia nunca estivera tão... Felícia. As defesas haviam se rompido e o peito inquieto arfava sob a blusa, enquanto os dedos finos, transbordando alívio, descansavam sobre a coxa. E eu me enfiava naquele acontecimento de forma a nunca mais sair, completamente renovada pelo medo, pela luta contra o medo, pela vitória sobre o medo.

Mantivemos o máximo aquele silêncio, tão bom e revelador. Mas logo irrompemos em uma gargalhada, as três, de uma só vez, eliminando qualquer receio que ainda pudesse restar. Ríamos, ríamos, ríamos dentro de um carro chamado Anilina, dentro de um lote coberto pelo mato, dentro de um bairro rural, dentro de um distrito, dentro de um Estado, dentro de um país, dentro de um continente, dentro de um Planeta, ainda sem saber que, de algum lugar, alguém nos espiava e ria conosco, enquanto Dona Dedê dizia:

– Estou me sentindo o Indiana Jones...

***

E, por falar em Indiana Jones, um fato cinematográfico se desenrolou logo em seguida. Após verificar que o tal carro perseguidor não se encontrava mesmo por ali, descemos do Anilina e passamos por debaixo da cerca. E qual não foi a nossa surpresa ao notar que aquela rua, que começava em frente ao lote, era exatamente a tal rua dos Celtas. Bom, se o endereço dizia número 22, o tal lugar não deveria estar tão longe assim. E realmente não estava. Logo o imenso muro de pedras que havia do outro lado da rua foi se arredondando e desembocou em um portão enferrujado, onde, a um canto, se encontrava uma também enferrujada caixa de correio e, sobre ela, em ferro trabalhado, o número 22. Através do portão, podia-se ver a casa. Era uma construção grande, praticamente toda coberta pela hera. Já à primeira vista, notava-se que em outros tempos fora uma bela residência. As partes da casa não cobertas pela vegetação se encontravam descascadas, encardidas, quase sem cor, e, só de olhar, era possível escutar o ranger das janelas e das portas. Ali no portão não havia campainha, sino, interfone, nada para nos comunicar com alguém lá dentro. Mas isso também não foi preciso. Só de pensar em bater palma ou gritar "ô de casa", uma luz fraca se acendeu na janela da varanda do segundo andar. A porta se abriu e uma figura incrível apareceu. Segurando um lampião, uma jovem por volta dos seus vinte anos, loura, de olhos azuis e cabelos compridos, revelando a alvura de seu corpo através de um camisolão branco, com uma certa inocência de quem nunca viu dor, tristeza ou maldade nessa vida, fitou as três mulheres paradas no portão e, simplesmente, sorriu.

Lua

A lenda, repetidas vezes contada e temida pelos habitantes daquele bairro rural, fala sobre um riquíssimo coronel, dono de numerosas terras e que habitava um casarão, na época afastado algumas centenas de quilômetros da estrada de terra da cidade. O coronel era casado com uma linda e recatada senhora irlandesa e pai de três filhas. A beleza da mãe parecia transferir-se para as filhas e, a cada gestação, uma filha se revelava ainda mais bela que a anterior. Sendo assim, a mais jovem delas era dotada das mais harmoniosas feições. Os cabelos macios, ondulados e castanhos faziam uma belíssima moldura para o rosto alvo e delicado como a mais preciosa porcelana. Este, por sua vez, ostentava duas magníficas joias. Seus olhos eram de um azul tão claro e tão intenso que faziam qualquer homem, ao olhá-los, desviar os seus.

Quando se tornou jovem, o pai logo percebeu os perigos de levar a filha mais nova até a cidade. A moça, além de um rosto deslumbrante, já insinuava a perfeição do corpo que o longo vestido escondia. Não que as irmãs também não despertassem o desejo dos homens, afinal seus traços angelicais e os cabelos louríssimos, diferentes dos cabelos da irmã, já haviam levado pretendentes de várias regiões a bater à porta do coronel a fim de pedi-las em casamento.

Mas Lua, a mais nova das filhas, trazia por trás de sua figura simples e perfeita, uma certa luz enigmática, uma realeza singular que lhe conferia o aspecto místico de uma deusa. Tanta beleza, segundo a lenda, fazia com que os homens interrompessem o que estavam fazendo para vê-la passar. E assim o era. Sua mãe, tomada por colérica inveja da própria filha, ao notar que a sua beleza e a das outras filhas ficavam ofuscadas quando a jovem passava, pegou aversão da menina e reclamou o quanto pôde ao marido. O pai, influenciado pela esposa, mas também enciumado e receoso, proibiu a jovem de sair de casa. A mãe, que só de vê-la era vítima de horrorosas crises de enxaqueca, pediu ao marido, em comum acordo com as duas filhas mais velhas, que transferisse os aposentos de Lua para o porão. O coronel que, ao contrário da sua autoridade enérgica para com os peões da fazenda, se tornava submisso sob as ordens de sua esposa, obedeceu prontamente e ordenou que fossem construídos para a filha um quarto e um banheiro no largo porão.

Lua, que se expressava mais por sua beleza do que por palavras, assistiu a tudo de maneira passiva, sem nada dizer, com uma majestade que só ela sabia ter, até ser levada pelo pai aos novos aposentos, onde foi trancada. O quarto e o banheiro eram belos, ricamente decorados como os outros aposentos da casa. Mas, era só atravessar a porta, que se via uma infinidade de velharias banhadas pelo pó e com cheiro de mofo, além do ruído de cupins, baratas e ratos.

Em meio a tudo isso, Lua ia se tornando mulher. E que ninguém pense que ela era submissa e triste. Pelo contrário, a sua mais íntima beleza, que era responsável por aquele semblante tão singular e magnífico, consistia exatamente em fazer do lixo um paraíso, da prisão um templo, da solidão um espírito livre. E assim ela fez. O pai havia construído uma janela com grades para que a jovem filha pudesse tomar um pouco de ar. Da janela, se via o jardim lateral da casa e ninguém conhecia melhor cada flor, cada matinho, cada arbusto do que Lua. De seu pequeno universo, ela acompanhava o crescimento das mudas, o primeiro desabrochar das flores, a primeira folha a secar e, finalmente, o fenecer de cada planta. Ninguém mais do que ela sabia da rotina das abelhas a buscar seu alimento no pólen espalhado pelo jardim, do voo radiante das borboletas ao deixarem para trás os casulos e do amor materno e incondicional que Irina, a jardineira, distribuía por todas as plantas. Esta logo se apiedou da menina encarcerada a observar eternamente o jardim e, sob o olhar vigilante da patroa, travaram uma profunda amizade, mesmo que silenciosa.

Mas a felicidade do universo limitado de Lua não se resumia apenas ao jardim. Em suas longas explorações pelos cacarecos do porão, ela descobriu aquilo que seria seu melhor passatempo, o principal alimento de sua alma e seu brinquedo preferido: caixas e mais caixas repletas de livros antigos. Assim, Lua aprendeu sobre Política, Economia, Filosofia, Sociologia, Geografia, História, Matemática, Mitologia, Misticismo, Artes, Religião, Literatura Mundial e até mesmo Jardinagem e Culinária. Leu, um por um, os mais de mil livros ali encontrados, e os títulos preferidos ela os lia repetidas vezes. Quando os livros a incitavam a ler algum outro que não havia naquelas caixas, ela discretamente passava, pelas grades da janela, o nome do livro para Irina, que faria qualquer coisa que ela pedisse.

A mãe constantemente mandava uma criada ir até o porão verificar como estava a aparência da filha, esperando que a solidão e a falta de cuidados tivessem dizimado de vez aquela beleza incomparável. E que, sendo assim, a filha pudesse voltar a viver com a família. A criada retornava dizendo que a jovem se encontrava mais bela do que nunca, o que encolerizava ainda mais a mãe. Esta exigiu, então, que a porta do porão só fosse aberta para despejar as refeições de Lua, e que ninguém mais ousasse visitá-la ou dar-lhe roupas novas. Mas a menina se mostrava inatingível e a sua beleza inabalável.

Foi então que, certo dia, seu pai conseguiu adquirir do coronel vizinho as numerosas terras que ele, há tempos, cobiçava. Extremamente feliz, resolveu realizar um desejo da esposa e de cada uma de suas filhas, inclusive de Lua, não importando quão caros e impossíveis fossem esses desejos. A esposa pediu uma grande reforma no casarão, com direito a novos móveis importados da Europa, além de tapeçarias e objetos de arte trazidos do Oriente. A filha mais velha pediu que o pai arranjasse o mais rápido possível o seu casamento com o filho de um renomado senhor de terras da região, o qual ela andava namorando escondida pelos campos. A filha do meio pediu que lhe concedesse uma longa estada na França, onde ela aperfeiçoaria o seu curso de piano.

Quando chegou a vez de Lua fazer o seu pedido, as outras estremeceram. A mãe se apavorou só de imaginar que o pedido da filha fosse voltar a conviver com a família no interior da casa. Ela sabia que, dessa vez, nem adiantaria persuadir o coronel, pois ele estava contente demais para negar a felicidade de qualquer uma de suas filhas. A irmã mais velha estava receosa pelos mesmos motivos da mãe, pois sabia que, com Lua por perto, não haveria maneira de controlar o seu marido, tão hipnotizante era a beleza da menina. Já a irmã do meio temeu que Lua pedisse também uma viagem à Europa, pois, caso isso acontecesse, não haveria estrangeiro que, ao ver sua irmã mais nova, não tombasse de amor a seus pés. Mas, logo depois, ela desconsiderou essa hipótese, pois imaginava que a coitada da irmã nem soubesse o que era Europa.

O pai, como há tempos não fazia, atravessou a pequena portinhola, desceu a estreita escadinha cheia de teias de aranha e seguiu até o quarto de Lua através do caos de entulhos, enquanto as três mulheres da casa se espremeram atrás da portinhola para tentar escutar o perigoso pedido da infeliz. Entretanto, o que ela pediu era mais simples do que qualquer uma delas poderia imaginar: disse ao pai, com sua melódica voz, que lhe permitisse assistir a uma peça de teatro, pois, apesar de ter lido tantas, não fazia ideia de como tal espetáculo poderia ser. O pai, impressionado com a simplicidade daquele desejo, mandou que Joel, o seu braço direito, fosse imediatamente até a cidade e trouxesse ao casarão o melhor grupo teatral que encontrasse, para representar especialmente para a sua jovem filha. Enquanto isso, a mãe e as irmãs, aliviadas, debochavam em segredo do absurdo daquele pedido.

No dia seguinte, Joel retornou ao casarão, trazendo consigo uma trupe de mais ou menos dez artistas: uns andavam sobre pernas de pau, outros faziam malabarismo e acrobacias e moças de vozes aveludadas cantavam ao som do acordeão, da flauta e do bandolim tocados pelos músicos. Lua, durante toda a tarde, havia se preparado especialmente para aquela ocasião. Tomara um banho de rosas com as mais sedosas pétalas do jardim escolhidas a dedo por Irina, deixara de usar o bule de leite no café da manhã para lavar com ele os seus cabelos e, por fim, colocara a sua melhor e mais bonita roupa, um magnífico vestido azul da cor do céu que realçava ainda mais a beleza esplêndida dos seus olhos. Até então, aquele vestido tinha sido cuidadosamente preservado no armário e por isso não se encontrava mofado nem mesmo puído. Mas a jovem havia crescido e ele já estava um bocado curto e, de certo modo, infantil.

Isso não impediu que Lua subisse as escadas feito uma deusa que sai dos Infernos e volta a espalhar seu esplendor sobre a Terra. Seus enormes cabelos, magnificamente soltos, iam contra os costumes das jovens da época, mas combinavam perfeitamente com aquela imagem bela e assustadora que reaparecia, depois de anos, no saguão principal do casarão, vestindo trajes azuis e trazendo os pés descalços (afinal, aqueles sapatos de menina já lhe não cabiam mais).

Diz a lenda que, ao passar pelos cômodos interiores, os criados se deslumbraram tanto com aquela imagem divina que, um por um, se curvaram diante daquela "rainha mais bela entre todas as rainhas". E ela, agradecida, beijou com delicadeza a face de cada um deles, o que fez com que todos sorrissem, sentindo-se presenteados por uma dádiva dos céus. Ao abrirem as portas do cômodo central, onde a família e alguns convidados das redondezas se reuniam ao redor de um improvisado palco, todos os olhares do ambiente se desviaram em direção à moça, por espanto, por admiração e também por respeito. A mãe e as filhas comprovaram mais uma vez, assim como os outros presentes, que não existiria em todo o mundo uma beleza que chegasse aos pés do majestoso esplendor de Lua.

Solaio

A peça a ser representada seria *Romeu e Julieta*, de William Shakespeare, uma das preferidas de Lua, a qual ela havia lido repetidas vezes e memorizado, inclusive, algumas partes. Mas os integrantes da trupe, ao verem a jovem donzela, recearam não conseguir dizer o texto; afinal, suas gargantas secaram, seus corações dispararam e suas mentes se tornaram confusas diante daquela maravilhosa aparição. Apenas um deles não baixou os olhos: Solaio, o flautista, um belíssimo jovem de origem espanhola. Sem que ninguém percebesse, por uma fração de segundo, os dois trocaram olhares tão intensos e fulminantes que, se alguém tivesse notado, teria sido atingido por faíscas.

Assim que Lua se sentou, o coronel exigiu que fosse iniciado o espetáculo. Assim, os atores não só recuperaram suas vozes e se lembraram de seus textos, como fizeram uma excelente apresentação, a melhor de suas vidas, talvez inspirados pela luz de Lua, ou mesmo lisonjeados por representarem diante daquela bela raridade. Solaio interpretava Romeu e nunca o fizera com tanta vontade. De fato, seus lindos olhos verdes emoldurados por revoltos cabelos foram enfeitiçados pelos olhos de Lua e ele não conseguia mais dizer o seu texto para a atriz que representava Julieta. Seu rosto se fixava na jovem da plateia enquanto recitava palavras de amor. Lua, por sua vez, também se entregava àquela repentina paixão dizendo, ao olhar o seu Romeu, os trechos da fala de Julieta que sabia de cor.

Ao notar a troca de olhares, a sempre vigilante mãe exigiu que o coronel interrompesse o espetáculo. Mas promessa era promessa e ele permitiu que Lua o assistisse até o final. Logo após os aplausos, o pai segurou a filha mais nova pelo braço de forma rude e, na frente de todos, arrastou-a de volta ao porão, menos pela raiva invejosa da esposa e mais por não querer ver nenhuma de suas filhas engraçar-se com um saltimbanco vagabundo. A mãe se despediu dos convidados com a mesma desculpa de sempre, dizendo que a filha estava louca e aquela era a hora de mais um de seus ataques de insanidade mental e, portanto, precisava ser isolada imediatamente. É claro que nenhum dos presentes acreditava naquela mentira, principalmente Solaio que, completamente indignado, não deixaria aquilo por menos.

Naquela mesma noite, fugia o jovem espanhol, levando entre suas mãos as mãos de sua futura esposa. Segundo os mais fantasiosos do bairro rural, foram as plantas do jardim que ajudaram a bela Lua a fugir. As trepadeiras usaram a força de todos os seus braços para arrancar as grades da janela. O gramado amorteceu silenciosamente os pés descalços da fugitiva e uma enorme mangueira inclinou os seus galhos um a um, criando, então, uma escada e facilitando a subida da jovem até o grande muro. Do outro lado, já a esperava o jovem, e as heras, agarradas à parede externa, uniram-se em um resistente cipó, de modo que Lua pudesse escorregar tranquilamente.

A verdade é que não foi bem isso o que aconteceu. Os criados, há tempos revoltados com os péssimos salários que recebiam, além de encantados com a nova patroa e apiedados de sua condição de eterna prisioneira, colocaram sonífero na comida de Joel, o carrasco responsável por trancafiar o porão. Enquanto este roncava alto, roubaram-lhe as chaves e libertaram a jovem, que fugiu sob a proteção de Irina. O que ninguém poderia imaginar era que Lua, desde pequena muito observadora, sabia até dos segredos de um dos cofres do pai, que ficava atrás de um grande quadro de batalha. Por alguma vontade do destino, ou mesmo por imprudência do coronel, os tais segredos nunca tinham sido alterados e ninguém poderia imaginar que aquela linda jovem, acompanhada por um maltrapilho e por uma velha criada, a correr pelos campos perfurando a noite, levava consigo uma fortuna em dinheiro capaz de comprar uma fazenda inteira.

Sabe-se que o coronel nunca mais viu a filha fugitiva. Dizem alguns que ele morreu de desgosto pouco depois, ao ver o cofre arrombado. Contudo, a versão mais conhecida é que, de tão rico que estava, ele não sentiu falta daquele dinheiro e, quando notou o sumiço, desconfiou não de Lua, mas de sua tão amada esposa, que tinha um caso com Joel, o capataz.

Laia e Liluá

Bom, isso é o que diz a lenda. Mas o que se pode realmente confirmar é que ali, naquele bairro rural, foi construída a grande casa onde nasceram Laia e Liluá. Apesar da recém-adquirida liberdade, Lua estava acostumada demais ao confinamento e, por algum motivo adoecia. Por isso, o apaixonado Solaio, que havia abandonado o teatro e se dedicava em tempo integral ao amor de sua esposa, mandou construir gigantescos muros de pedra ao redor da casa para impedir os ventos de resfriarem a bela Lua. E, entre a casa e os muros, Irina havia plantado um deslumbrante jardim, de forma a embelezar a casa e aromatizar os ares de sua jovem patroa.

Entretanto, nada disso impediu que a saúde de Lua piorasse de vez com o parto de suas filhas, as gêmeas Laia e Liluá. Dizem que a gravidez demorou dez meses, o parto cerca de uma semana e, quando finalmente as duas meninas saíram de seu ventre, um brilhante líquido prateado e incandescente também se desprendeu. Alguns acreditam que a vida de Lua se esvaiu por esse líquido. O que realmente impressionou Solaio, Irina, o médico, a enfermeira e as duas parteiras presentes não foi o líquido, mas, sim, as meninas. Além de trazerem consigo toda a beleza da mãe, elas também traziam do útero de Lua algo inacreditável: sobre o pescoço de cada uma delas havia um cordão. Os cordões estavam presos por uma magnífica pedra azul e, para separar as gêmeas, foi preciso quebrar a pedra ao meio.

Esse acontecimento logo se espalhou pela vizinhança que, desde a chegada dos forasteiros, se dividia entre idolatrar e temer aquela estranha mulher de beleza ímpar. A partir de então, os comentários se tornaram ainda mais polêmicos. Alguns poucos juravam se tratar de algum anjo que desceu à Terra para salvar os homens. A maioria a tomou como uma feiticeira perigosa que se vestia com uma bela máscara para atrair e amaldiçoar os homens e, assim, nunca mais se aproximou de sua casa. Solaio, entretanto, não se incomodava com a hostilidade da vizinhança, queria apenas salvar a vida de sua amada. Poucos dias depois, Lua virou-se para o marido, que jamais deixava o seu leito, e disse:

– Solaio, meu amor, eu já estou morta. Mas não se preocupe, não abandonarei meu corpo enquanto não ensinar às nossas filhas tudo o que elas precisam saber.

E assim se fez. Durante seis anos, as meninas permaneciam horas sentadas no colo da mãe, que não podia sair da cama, a escutar suas palavras e a receber o seu carinho e o leito do seu peito. Exatamente no sexto aniversário das gêmeas, após uma longa conversa com suas tão preciosas filhas, a mãe disse:

– É isso. Vocês já aprenderam tudo aquilo que é necessário para se viver com tranquilidade, dignidade e harmonia. Agora estou cansada e preciso ir. Adeus.

E assim ela se foi. O pai, que já havia sido avisado pela esposa que aquele seria o dia de sua despedida, arrumava, completamente desolado, os preparativos para o enterro que seria feito ali mesmo, no quintal, em meio aos belos pés de jasmim plantados por Irina. Esta chorava sem consolo, ainda sem acreditar no que há muito já era previsto. Apenas as meninas permaneciam calmas.

Poucas horas depois, Solaio, magro, sombrio e barbudo, chamou Laia, a mais esperta das filhas e a mais apegada ao pai, entregou-lhe um grande caderno com todas as anotações sobre a administração do dinheiro da família (ainda aquele, retirado do cofre do coronel), feita de uma maneira que jamais deixasse as filhas passando necessidades, além de um documento que cedia a Irina os cuidados sobre as gêmeas. Feito isso, o coração de Solaio parou de bater voluntariamente e ele seguiu a esposa, tão desgostosa era a vida sem ela.

Com os pais enterrados no jardim, as meninas cresceram. Laia se tornava cada vez mais parecida com o pai, cuidando da administração da casa, dos negócios e, assim como Solaio, quando trabalhava como ator, dedicando-se à ginástica. Laia se interessava por atividades físicas que proporcionaram a ela vários méritos. Foi repetidas vezes campeã de natação, ginástica olímpica e atletismo, sobressaindo-se também nas quadras em jogos de vôlei, basquete e futebol. Isso sem contar que, desde bem cedo, Laia se dedicava várias horas por semana às aulas de balé. Apesar de tudo isso, ela ainda encontrava tempo para zelar por sua irmã. Liluá parecia ter herdado todo o lado introspectivo e sensível da mãe, passando horas no jardim a conviver com as plantas, insetos e pequenos animais. Diziam os vizinhos que a menina, por mais incrível que pudesse parecer, flutuava. Às vezes Irina a amarrava na cama para que não saísse flutuando por aí e, mesmo assim, Liluá acordava no telhado. E como todos naquela casa pareciam saber a hora certa de morrer, pouco depois do aniversário de dezoito anos das gêmeas, morria tranquilamente a velha Irina, a descansar também sob uma sombra no jardim. A partir daquela idade as meninas estavam livres de cair nas mãos do Juizado de Menores, ou mesmo da avó e das tias invejosas, de quem puxaram os cabelos claríssimos.

A Pequena Gaia

Aquela que víamos ali na varanda, como uma aparição divina, era a bela Liluá. De tão acostumada com cada sussurro da natureza, tinha sido despertada pelo ruído dos nossos passos sobre as pedras e algumas folhas secas. Nossas vozes também chamaram a atenção de Laia, que já vinha desconfiada em nossa direção. Só quando ela se aproximou, pudemos notar como era absurdamente bonita. Os cabelos escorridos e dourados caíam de forma alinhada sobre os ombros, apesar do moderno repicado da franja e das pontas. Os enormes olhos azuis se harmonizavam com os traços delicados do seu rosto que, por sua vez, contrastava com o corpo. Revelados por uma malha de ginástica, as pernas, os braços e o abdômen se mostravam delineados por músculos rígidos e trabalhados. Apesar do físico vigoroso e da expressão forte e destemida, aquela menina possuía algo manso no olhar, algo que nos deixava, de certa forma, à vontade.

– Pois não? – Laia perguntou fria, porém educadamente. Antes que pudéssemos responder qualquer coisa, ela notou os amuletos que trazíamos em nossos pescoços, talvez ao mesmo tempo em que notamos o dela. Sua expressão se aliviou e então disse com espantosa tranquilidade:

– Entrem, por favor.

E desacorrentou o portão gigantesco. Apesar de se encontrar bastante escuro àquelas horas, o jardim nos revelou pequenos detalhes, como as três lápides à esquerda em meio aos pequeninos jasmins caídos pela grama. Como ainda desconhecíamos a história de Lua, Solaio e Irina, ficamos um pouco apreensivas, afinal nunca tínhamos visto um cemitério em meio a um jardim doméstico. Para aumentar o suspense, a enorme e um pouco carcomida porta de madeira, ao ser aberta, rangeu de forma assustadora.

A residência se encontrava iluminada apenas por velas, o que dava uma claridade dançante aos móveis que, apesar de serem poucos e antigos, eram aconchegantes, de uma beleza ao mesmo tempo rústica e imperial, além de estarem bem distribuídos pela grande sala, mergulhada em um forte cheiro de jasmim e madeira úmida.

– Nós não usamos energia elétrica – explicou Laia, notando o nosso estranhamento.

Mas não eram apenas as velas que davam àquele ambiente um ar meio fantasmagórico. Em uma poltrona ao fundo, com seu camisolão branco, frouxo e um pouco transparente (o que revelava a ausência de roupas íntimas), além da brilhante pedra azul enfeitando o pescoço, estava Liluá, a moça da varanda, sorrindo como se esperasse por nós. De perto, sob a luz de três grandes velas na mesinha em frente, pudemos ver o quanto aquele rosto era idêntico ao da irmã. Os mesmos traços, os mesmos olhos, os mesmos cabelos, apesar destes serem mais inteiros e revoltos, como se não gostassem de pente. Também na pele se via diferença: Laia era bem queimada do sol, enquanto Liluá era dona de uma alvura tão transparente como suas vestes. Mas nada que as colocasse em dois pontos distintos. Somente aos poucos, fomos percebendo a verdadeira diferença entre as duas, talvez uma maior subjetividade neste semblante, um maior ímpeto naquele outro... não sei bem o que era, sei que mais tarde percebi que aquelas gêmeas iguaizinhas eram bem diferentes, sim.

Laia, com sua fala objetiva e doce, pediu educadamente para que nos sentássemos, enquanto Liluá nos examinava com olhos serenos, porém admirados, como se pela primeira vez estivesse vendo outros seres humanos.

– Mamãe, antes de morrer, avisou que vocês viriam nos procurar, só não sabíamos que seria hoje, disse Laia com desembaraço.

– Então não foram vocês que pediram para virmos aqui esta noite? – perguntei sem entender.

Laia balançou a cabeça negativamente.

Ficamos nos olhando com cara de "então-o-que-fazer-agora?", menos Liluá, que parecia compreender tudo, mas não dizia uma palavra sequer, apenas sorria. Foi Dona Dedê quem quebrou o silêncio, indagando às irmãs:

– Como vocês conseguiram os amuletos?

Laia contou a história de seu nascimento, o que nos deixou espantadas. Contou também sobre a mãe que, mesmo morta, permaneceu por seis anos sobre a terra para ensinar às filhas tudo o que sabia e que, em vários momentos, mencionou os amuletos. Vendo nossas expressões perplexas quase explodirem de tanta curiosidade, ela disse de forma muito cotidiana e natural, sentada na beira do sofá com a coluna mais do que ereta, revelando sua postura de bailarina:

– Mamãe dizia para jamais nos livrarmos do amuleto, porque nele estaria contida a nossa força e que um dia ele seria muito importante para uma grande transformação em âmbitos mais elevados. Dizia também para estarmos atentas ao melhor que temos a dar, que somente assim despertaríamos o poder do amuleto. Ela nos avisou também que três mulheres de bom coração nos procurariam por causa dos amuletos quando tivéssemos 22 anos. E é por isso que o número da nossa casa, que foi construída no mesmo ano do nosso nascimento, é 22, porque mamãe dizia que o Grande Acontecimento seria dali a 22 anos.

– Que Grande Acontecimento? – perguntamos eu, Dona Dedê e Felícia em uníssono.

– Isso eu não sei. – ela disse.

Olhei para Liluá que, apesar de não ter dito uma palavra até então, confirmava todo o relato da irmã apenas pelo olhar. Com aquela expressão tranquila, parecia saber alguma coisa a mais, algo óbvio que explicaria tudo aquilo, mas que ainda não tínhamos notado. Quando já pensava em indagar qualquer coisa, Laia perguntou se também tínhamos nascido com os nossos amuletos. Então, cada uma de nós, assustada com a excentricidade daquela pergunta, explicou como tinha adquirido o seu. Agora não achávamos mais nada absurdo tê-lo encontrado com o nosso próprio nome em um assento de ônibus, tê-lo mordido dentro de um pastel ou tê-lo recebido de uma anãzinha que tinha saído de dentro do forno. Até mesmo uma loja que desaparece e o fato de ter aparecido um peixe de pedras preciosas quando unimos os três amuletos não parecia mais ser estranho. Decerto, bem mais estranho que aquilo tudo era ter nascido com um colar pendurado no pescoço.

As duas escutaram atentamente os três relatos e não pareceram se espantar com nenhum deles, sustentando um olhar de quem acha tudo aquilo perfeitamente possível. Depois de ouvi-los, nada disseram. Por um momento, achei que a sala mergulharia mais uma vez naquele silêncio banhado por luz de velas, silêncio que, ao menos para mim, estava sendo difícil. Mas nem foi preciso pensar em algo para dizer. Liluá, que até então permanecera calada, e ainda permaneceria por muito tempo, retirou lentamente o seu amuleto (o que me assustou, pois pelo que Laia tinha explicado, havia entendido que os amuletos delas eram grudados no pescoço) e o colocou sobre a mesa.

Claro que nós entendemos o que ela quis dizer com aquele gesto. Logo em seguida, Laia unia o seu amuleto ao da irmã. As pequenas faíscas brilhantes se soltaram e a linha divisória entre os dois pareceu ficar menos visível. Examinamos a nova pedra que se formou sobre a mesa e logo percebemos que era a parte que faltava para completar o círculo com os nossos amuletos. Por trás deles também havia a mensagem interrompida.

Felícia, para a minha surpresa, foi a primeira a tomar a iniciativa. E eu pensava que ela fosse amarelar. Com uma expressão fria e séria de quem pensa "agora-já-estou-aqui-vamos-ver-o-que-acontece", ela retirou seu amuleto do pedaço de seda e o juntou ao das irmãs. As faíscas mais uma vez se soltaram, agora com mais força, e isso era a prova de que um encaixe perfeito havia acontecido. Empolgadas com o que víamos e sedentas para saber o que aconteceria, eu e Dona Dedê retiramos nossos amuletos do pescoço e os unimos àquela maravilhosa bola azul que aos poucos se formava.

Foi quando a coisa mais fantástica e mais absurdamente linda de tudo o que eu já tinha visto aconteceu. Gigantescas faíscas brilhantes e incandescentes se soltaram com tanta intensidade, que tivemos que proteger nossos olhos e nos afastarmos para não nos queimarmos. Uma fumaça clara, densa e luminosa também se desprendeu da pedra e se espalhou por toda a sala, a ponto de não conseguirmos mais enxergar umas às outras. Além disso, luzes ao mesmo tempo azuis, douradas e prateadas começaram a pipocar como fogos de artifício de um lado para o outro. Sem contar o barulho de água que, de repente, inundou o ambiente, como se ondas do mar estivessem invadindo a casa. Toda a sala tremia e, se por acaso aquelas paredes tivessem quadros, provavelmente já teriam se quebrado. Aquilo era ao mesmo tempo belo e espantoso, aterrorizante e divino. Parecia que estávamos em meio a um dilúvio, amparadas por raios de sol e imensas nuvens que flutuavam sobre o oceano.

Eu havia me escondido atrás da poltrona e, depois de algum tempo, a fumaça foi se dissipando, os tremores diminuindo e as faíscas recuando. Aos poucos voltei para o centro da sala, enquanto as outras também se aproximavam. Quando apareceram as primeiras brechas, vimos a esplêndida forma gerada pela união das cinco pedras. As linhas divisórias tinham desaparecido e aquela rocha azul, uma esfera quase perfeita, parecia ter triplicado de tamanho. Sobre a mesa e sob os nossos olhos, a mais perfeita réplica da Terra, com seus polos, continentes, suas ilhas e, responsáveis pelo barulho das águas, o que ainda se ouvia com nitidez, lá estavam eles, os rios, os mares e os oceanos, com seus golfinhos, baleias e os mais variados tipos de peixes a emergir das águas, para logo depois mergulharem de novo. Sem contar o mar de nuvens que cobria aquela pequena atmosfera terrestre e se misturava à fumaça que ainda restava no ambiente, o que nos tornava parte daquele conjunto e dava a impressão de sermos gigantes ao redor da Terra.

Ficamos caladas, felizes e deslumbradas a observar de fora aquele espetáculo que era o Planeta Terra, até percebermos que Liluá não contemplava todo aquele esplendor. Seus olhos se voltavam para o alto. Dali de cima, uma voz de criança de repente soprou:

– Ela se chama Pequena Gaia.

Há alguns metros sobre nossas cabeças, com as pernas cruzadas como as de um Buda, lá estava... não era possível. Lá estava aquela menina, a da loja que sumiu, a da loja da cartomante que gosta de goiabas. Lá estava aquela criança de olhos esbugalhados, agora com o aspecto de uma rainha. Inacreditável. Aquela menina mirradinha que havia me dado um bilhete no Beco Esotérico bem ali, vestida em trajes indígenas feitos de uma palha reluzente, que mais parecia ouro, e toda enfeitada por colares, pulseiras e pinturas. E o mais estranho, flutuando sobre minha cabeça. Além disso, apesar de ser a mesma criança, agora aquela indiazinha parecia ter muitos e muitos anos, tamanha a majestade e a sabedoria de seu semblante.

Ficamos as cinco a olhar para cima, algumas, como Felícia, assustadas e outras, como Liluá, simplesmente encantadas com aquela aparição magnífica. E ela, que mais tarde veio nos dizer que seu nome era Pequena Ci, nos contemplava com um olhar saudoso e contente, de quem há tempos não via um ente querido. Ainda lá de cima, quase a tocar no altíssimo telhado, disse com sua vozinha infantil, mas com a satisfação calma de um monge:

– Parabéns! Vocês fizeram o que tinha de ser feito. Agora, mesmo sem saber, um número incontável de seres vivos poderá dormir mais tranquilo.

Dito isso, Pequena Ci desceu lentamente, parando a mais ou menos um metro de altura daquele incrível e pequenino globo terrestre. Então ela olhou cada uma de nós profunda e demoradamente, com um sorriso cheio de ternura, e completou:

– Kitara, Demétria, Felícia, Laia, Liluá, provavelmente vocês ainda não compreendem o que está acontecendo. Vocês ainda desconhecem os poderes desses amuletos, bem como os motivos pelos quais vocês os receberam. Mas é bom que saibam desde já que nada disso aconteceu por acaso e que mesmo antes de vocês nascerem, já haviam sido as Escolhidas.

– Escolhidas? Para quê?, perguntou Felícia, ao mesmo tempo cética, curiosa e horrorizada.

Pequena Ci respondeu com calma, porém sóbria e misteriosamente:

– Escolhidas para serem as Guerreiras de Gaia.

Por um momento, mergulhamos em um silêncio vibrante e, pela primeira vez desde que a Pequena Gaia havia surgido sobre a mesa e tudo aquilo tinha acontecido, nós nos olhávamos, todas com um semblante de quem finalmente dava a importância merecida ao que ocorria ali naquela sala. Mesmo Liluá, que até então não havia mudado a expressão serena uma única vez, trazia em seu olhar uma enorme excitação de ver tudo aquilo acontecendo. Olhávamos umas às outras com novo interesse porque agora éramos as Guerreiras de Gaia, e o que quer que aquilo significasse, nos concedia respeito e importância, além de um novo papel perante todas as coisas. Nos olhávamos e víamos não mais um grupo de mulheres, mas um grupo de guerreiras, guerreiras que lutariam por... bem, por...

– Guerreiras de quê? – perguntou de novo Felícia com sua incredulidade e curiosidade habitual.

Pequena Ci pela primeira vez deu uma risada, o que me fez relaxar um pouco e me sentir mais à vontade diante daquela aparição sobrenatural.

– Guerreiras de Gaia. Vocês agora são responsáveis por lutar pelo bem--estar do planeta.

– Mas como? – interrogava Felícia, sempre formulando perguntas mais depressa do que todas nós.

– Essa é uma longa história... posso me sentar?

Então Laia, em um gesto único, largo e ágil, puxou uma cadeira para Pequena Ci. Ela desceu de onde estava e, como qualquer outro ser humano, colocou os pés no chão e andou até a cadeira. Eu tinha mesmo me esquecido que já conhecia aquela menina e que ela não passava de uma criança. E era tão pequena que, ao se sentar entre Felícia e Laia, reparei que os seus pezinhos ficaram balançando sem tocar o chão. Completando a roda de mulheres que havia se formado ao redor da Pequena Gaia, ela começou a narrar...

Era Geminiana

"Há muito tempo atrás, aliás, em um tempo inimaginavelmente distante, quando os continentes sequer tinham se separado e formavam um único e imenso pedaço de terra, que hoje nós conhecemos como Pangeia, havia uma outra... vamos dizer assim, uma outra Era chamada Geminiana, em que existia uma humanidade bem parecida com esta daqui, mas com uma pequena diferença: todos os seres humanos daquela Era, sem exceção, viviam em prol do progresso tecnológico.

Podemos dizer que aqueles homens, bem... podemos dizer que eles eram mais espertos do que os homens de agora. E, por isso, eles conseguiram, com todo o progresso industrial e científico, poupar a humanidade da miséria, da fome, das guerras e de outras mazelas, fazendo com que todos, desde que trabalhassem, pudessem comprar o que quisessem. E havia trabalho para todos, afinal a população era equilibrada e não existia entre eles alguém que tivesse mais de um filho.

Além disso, ao desenvolverem suas indústrias, eles conseguiram algo que para nós é difícil de imaginar: preservar o meio ambiente, poupando a água e a atmosfera da poluição, bem como a vida de plantas e animais.

Os Centros Urbanos se desenvolviam em harmonia pela Pangeia e não existiam megalópoles se opondo a cidadezinhas, mas, sim, grandes e pequenos Centros Urbanos. Dessa forma, o bem-estar da população era geral. Todos, sem exceção, tinham acesso ao alimento, à água, à educação e à saúde, e a grande maioria dispunha de conforto e bens tecnológicos.

Entretanto, nada pode ser perfeito, nem mesmo essa sociedade que, contando assim, mais parece um conto de fadas. Para que esse esquema funcionasse, algumas regras eram necessárias. E uma delas era que todos os seres humanos, exceto os velhos e as crianças, trabalhassem durante determinado tempo que, na atual Era, seria algo como doze horas por dia durante seis dias na semana. Como todos trabalhavam, a engrenagem social funcionava e, quando chegava a noite e o único dia de folga, as pessoas permaneciam em casa, desfrutando de seus prazeres tecnológicos. Todos aceitavam essas condições de trabalho porque sabiam que só assim tudo funcionaria pacificamente e todos teriam o dinheiro para comprar as novas invenções do mercado.

E tudo realmente funcionava muito bem, é certo. Todos realmente tinham um bom nível de vida. Isso também é certo. Foi aí que houve um pequeno porém que mudaria drasticamente tudo o que fora construído até então.

Havia um homem que, mais tarde, todos chamariam de Poeta, apesar de na época não existir poesia e nem qualquer outro tipo de arte. Como todos os outros homens, Poeta era um trabalhador. Seu trabalho consistia em operar a máquina que encaixava um pequeno parafuso em uma minúscula rosquinha de um aparelho de secar cabelo, e eram encaixadas cerca de 2.400 rosquinhas por hora, ou seja, quarenta rosquinhas por minuto.

Ao voltar do trabalho, Poeta, como todos os outros, bebia apenas uma garrafa (a única permitida) da bebida da época, uma espécie de cerveja, com alguns colegas no bar ao lado da fábrica, e depois ia para casa onde morava com sua mãe. Apesar de ser um operário, na casa de Poeta havia tudo de bom que se possa imaginar. A tecnologia deles era um pouco diferente da atual, mas podemos dizer que Poeta tinha um tipo de computador que lhe servia de namorada, um micro-ondas e um refrigerador que preparavam comidas e bebidas, uma cama que massageava a coluna em seiscentos pontos diferentes, um limpador bucal que fazia a escovação de seus dentes enquanto dormia, um automóvel portátil que cabia no bolso, entre outras, muitas outras coisas.

Até o dia em que o parafuso que se encaixava na rosquinha do aparelho de secar cabelo se tornou desnecessário e Poeta perdeu o emprego. É claro que ele não ficaria desempregado, pois para os comandantes do Estado da Era Geminiana, que se chamavam Metazeus e eram formados em sua maioria por grandes cientistas, encabeçados por um Metazeu conhecido como O Capitão, todos os consumidores eram importantes e, portanto, arrumariam para ele qualquer cargo, mesmo que fosse para limpar as ruas do Centro Urbano que, de tão varridas e lavadas, mais pareciam um espelho.

Entretanto, naquele dia, Poeta não quis pedir um novo cargo. Contrariando as leis, ele resolveu tirar um dia de folga e, furtivamente, começou a andar por sua cidade, o Centro Urbano FXZ#333/189&JJ. De tanto andar, acabou chegando em uma estrada, que era margeada por um lindo bosque.

A regra mais importante daqueles tempos, e que eu ainda não contei a vocês, era a seguinte: não somente os bosques, mas toda e qualquer espécie de paisagem natural, fossem praias, montanhas, geleiras ou florestas, eram áreas estritamente proibidas. Ou seja, os Metazeus proibiam os seres humanos de ter qualquer tipo de contato com a Natureza, a não ser com os belos, impecáveis e milimetricamente planejados jardins que havia pelas casas e pelas ruas dos Centros Urbanos. Todos estavam tão acomodados em suas casas confortáveis, que ninguém até então tinha questionado o porquê dessa regra.

Naquele dia, porém, Poeta parou em um canto e pôs-se a observar o bosque que se revelava atrás das grossas barreiras de aço, que, por sua vez, se encontravam atrás de alguns policiais. Começou a admirar as jabuticabas pretinhas e rechonchudas penduradas em uma jabuticabeira próxima à cerca metálica e então sentiu uma súbita vontade de comer aquelas frutas. 'Mas é impossível', ele pensou, olhando novamente para os policiais que vigiavam a cerca.

'Mas por quê?', ele se perguntou então. 'Por que é impossível?' Não encontrando nenhuma resposta, ele foi motivado por uma força incontrolável, que nunca tinha sentido antes, e começou a andar em direção à cerca. Um policial mais próximo percebeu aquele louco se aproximando e pediu a ele que se afastasse. Mas Poeta não obedeceu e continuou a andar em direção à cerca, apesar de agora sentir uma espécie de vertigem que aumentava à medida que ele avançava em direção ao bosque. Os outros policiais se aproximaram, gritando para que ele parasse, e colocaram as mãos em suas armas (que praticamente não eram usadas), mas Poeta não parava, e sua vertigem ia se tornando cada vez mais intensa até que, de repente, ele desapareceu.

Sem entender bem o que havia acontecido, com a cabeça zonza, Poeta se surpreendeu quando viu que estava agora do lado de dentro da cerca metálica em meio às jabuticabeiras e atrás dos olhares vigilantes e espantados dos policiais. Ainda assustado com aquele acontecimento, Poeta se levantou sem fazer barulho e, depois de encher as mãos de jabuticabas, começou a caminhar, observando a vegetação que, quanto mais distante da cerca, mais densa se tornava, indicando que ali era provavelmente onde o bosque começava a se tornar uma floresta. Como ainda era cedo e o sol nem tinha começado a sua descida, Poeta resolveu saber o que era uma floresta.

Andando em meio à densa vegetação, ele começou a observar as flores, as árvores, a mata e aqueles pequenos e médios animais que nunca tinha visto. Viu os macacos que, saltando de um galho para o outro, de vez em quando encontravam alguma fruta, que mastigavam de um jeito demorado. Reparou também nas formigas do solo que trabalhavam em grupos na busca pelo alimento, na infinidade de insetos que zuniam em seus ouvidos, no canto dos pássaros, que cortava o canto mais alto das cigarras escondidas sob as folhas, nas árvores que cresciam de forma preguiçosa, procurando pelo solo o espaço para espichar suas raízes, na sombra que ofereciam e nas frutas que cediam aos seres que ali moravam. Poeta passou horas mergulhado na contemplação daquilo tudo, completamente encantado com a simplicidade e a beleza harmônica da tão proibida Natureza.

Para o espanto de sua mãe, naquele dia, Poeta não voltou para casa e, para o espanto de todos, também não foi procurar o seu novo emprego no dia seguinte. Passou a noite recostado em uma árvore, absolutamente alerta a todos aqueles sons que ele nunca tinha ouvido antes. Na manhã seguinte, andou, andou, andou até que, de repente, encontrou uma cachoeira que desembocava em um imenso lago.

Achou aquilo impressionante. Ele jamais imaginaria que pudesse existir tanta água junta daquela forma e com tanta força. Uma intensa vegetação com árvores de enormes cúpulas margeava o lago, enquanto os salgueiros banhavam suas extremidades na superfície da água e, atrás delas, erguiam-se as gigantescas rochas cobertas por tapetes verdes, formando uma majestosa cadeia montanhosa.

Poeta escolheu uma pequena praia com uma velha árvore para se sentar. Mais uma vez, se pôs a contemplar aquela constante festa da fauna e da flora. E, de tanto contemplar, começou a questionar. Para que toda aquela parafernália dos Centros Urbanos se, como aqueles seres que ele ali observava, o homem provavelmente seria capaz de sobreviver apenas com o realmente necessário? Por que os homens trabalhavam o dia inteiro para depois se enfurnarem em suas casas? E o principal: por que o convívio com a Natureza era proibido?

Ele se pôs a pensar em tudo aquilo e não encontrou razões suficientes para voltar. Então, naquela noite, Poeta permaneceu ali, na praia, dando voltas e mais voltas ao redor da árvore, suportando o frio e sem se alimentar, apenas se perguntando por que os homens tinham sido privados do contato com a Natureza. E o mesmo ocorreu no dia seguinte e na noite seguinte, e por outros dias e noites que se seguiram até que, no sétimo dia, ele descobriu a resposta. Já bastante magro e barbudo, um pouco cambaleante por causa da fraqueza e da cãibra nas pernas, Poeta se levantou do buraco que tinha criado na areia (afinal, ele havia passado aqueles sete dias dando voltas ao redor da árvore, apenas pensando).

Poeta, entre todos os outros homens, havia finalmente acordado. Ele tinha acabado de descobrir que toda aquela estrutura rica e organizada dos Centros Urbanos era apenas uma bonita fachada para esconder a verdade. E a verdade era a seguinte: os Metazeus proibiam o contato dos homens com a Natureza para que eles não descobrissem que era desnecessário trabalhar doze horas por dia e fazer parte de toda aquela engrenagem absurda dos Centros Urbanos, pois a Natureza oferecia tudo aquilo que era essencial para o homem sobreviver.

Naquele dia, Poeta apareceu novamente em casa, o que deixou sua mãe aliviada e, ao mesmo tempo, assustada com sua aparência e todas aquelas estranhas ideias do filho. Mas, pouco depois, era ela e um pequeno grupo de conhecidos de Poeta que, inexplicavelmente, também desapareciam na beira da cerca para logo depois aparecerem do outro lado. Em pouco tempo, como uma peste benigna que logo se espalhou, muitos souberam daquele episódio e foram se unir a Poeta e sua comunidade, que agora moravam entre as montanhas, na beira do lago com a cachoeira."

– Como assim, desapareciam e apareciam do outro lado? – indagou Felícia, não vendo um pingo de lógica naquele fato.

– É realmente estranho, não? – disse Pequena Ci com um sorriso misterioso, não respondendo a pergunta de Felícia.

– Ainda mais estranho, continuou Pequena Ci, é que, mesmo sem ter contato com Poeta e sua comunidade, por todo o mundo, pessoas começaram de repente a abandonar suas casas nos Centros Urbanos e a se adentrar de formas misteriosas pelas regiões naturais, onde eles mesmos preparavam o que comiam e se dedicavam às atividades que mais lhes fossem agradáveis, adotando a filosofia de Poeta, mesmo sem conhecê-la.

"E é claro que os Metazeus não gostaram nada disso, afinal, quanto mais pessoas deixavam de viver nas cidades, mais cargos eram desocupados, menos consumidores havia e, assim, a produção caía de forma quantitativa, desequilibrando o Estado. Eles tentaram levar aquela fatia significativa da população de volta aos Centros Urbanos de todas as maneiras, amenizando as ações policiais contra os rebeldes, oferecendo mais privilégios, diminuindo meia hora da carga horária de trabalho diária, prometendo melhorar a qualidade da alimentação e, inclusive, propondo mais e maiores jardins dentro dos Centros Urbanos, já que aquela gente, da noite para o dia, ficou tão apegada à Natureza.

Mas de nada adiantou. E os Metazeus, não vendo outra saída, fizeram exatamente o contrário daquilo que tinham proposto: começaram a destruir as regiões naturais onde as pessoas tinham ido morar, queimando as flores, as plantas e as árvores que havia ao seu redor, poluindo as águas e matando os animais. A 'população natural', que, àquelas alturas, já era conhecida como o Povo Jedegaia, não deixou por menos. Por mais incrível que possa parecer, armada apenas de bastões, tacapes, força e muita sede de vingança, a maioria dos Jedegaias entrou em guerra contra os Metazeus, invadindo os Centros Urbanos e destruindo tudo o que via pela frente. Os Metazeus, que dispunham das mais perigosas armas nucleares, quando não puderam mais se defender daquela população que, quanto mais era dizimada, mais seguidores conquistava, recorreram a elas como única e última solução. O resto é triste, mas é preciso dizer.

Sobre a Terra, restaram poucos sobreviventes e, os que não morriam logo pelo envenenamento do ar, viviam atormentados por doenças, moléstias e, principalmente, pela fome e pela sede. A água havia praticamente desaparecido. Aqueles infelizes não sabiam que, sob os seus pés, bem lá no fundo da terra, alguns felizardos, ou seja, os Metazeus e suas famílias, desfrutavam de um abrigo nuclear com o ar purificado e um estoque de água e cápsulas comestíveis que duraria por muitos e muitos anos.

E o que os Metazeus não sabiam era que um pequeno número de Jedegaias, de maneira fantástica, havia, bem... como eu posso dizer, havia transcendido a existência."

Vendo as nossas caras de interrogação, Pequena Ci explicou:

"É realmente um pouco complicado para vocês compreenderem tudo isso agora, mas podemos dizer que esses Jedegaias, exatamente os pouquíssimos que preferiram não entrar em guerra contra os Metazeus, de repente, em meio a todas aquelas descobertas, perceberam que não precisavam mais comer, beber ou respirar para sobreviver. Eles se sentiram estranhos, de algum modo rarefeitos, até notarem que seus corpos haviam, de alguma forma, ultrapassado a matéria. Só então eles compreenderam que não precisariam mais de água, alimento e nem mesmo nascer e morrer para existirem, pois nada daquilo que era terreno os afetava mais. Portanto, a bomba não os dizimou. Mas as condições na Terra não estavam nada agradáveis nem mesmo para esses Jedegaias. De repente, assim como havia acontecido na beira da cerca metálica, os Jedegaias restantes, como em um passe de mágica, desapareceram. Só que, dessa vez, eles não chegavam a lugar algum, vivendo em espécies de túneis de luz, até, finalmente, pousarem em um pequeno planeta perto daqui, chamado Blanca."

– O quê? – perguntou Felícia indignada, rindo ironicamente daquele relato absurdo contado por uma criança. Por favor, você não quer que eu acredite nessa historinha de revista em quadrinhos, quer?

– Eu sei que não é fácil para você acreditar nisso, Felícia, mas apenas por enquanto.

– E o que aconteceu com os Metazeus? – perguntou Laia que, ao contrário de Felícia, achava tudo aquilo perfeitamente normal e só queria saber o resto da história.

"Enquanto isso, os Metazeus iam morrendo e deixando para os seus filhos um livro chamado *As palavras do Capitão*, escrito todo em ouro pelo já falecido chefe dos Metazeus, no qual deixou registrados todos os segredos, tratados e teorias sobre o desenvolvimento da ciência e o progresso material, além de avisos e prevenções sobre a ameaça do Povo Jedegaia e seus intuitos. Até o dia em que um deles, já bem velhinho, retornou à superfície terrestre com o livro nas mãos para não deixar que as palavras dos Metazeus desaparecessem entre os homens. Mas, quando aqui chegou, não encontrou nenhum homem vivo para escutá-lo. Ele logo morreu de frio e fome, mas o livro sobreviveu, apesar de, durante milênios e milênios, ir aos poucos desaparecendo sob toneladas de rocha. Até o dia em que *As palavras do Capitão* foi reencontrado, mas as letras iniciais do seu título haviam se soltado e o livro ficou conhecido apenas por *'o Capitão'*. As primeiras mãos que o tocaram, e isso foi há algumas centenas de anos, de alguma forma que ainda permanece um mistério, compreenderam aquelas letras antigas e trabalharam novamente para desenvolver a civilização material. Como uma religião, de pai para filho, foi-se implantando na mente dos homens a ideia da riqueza e da evolução dos bens materiais em prol da subjetividade humana. Esses novos Metazeus seguiram à risca as palavras de precaução dos antigos registradas no livro, gerando o progresso e, dessa vez, sem poupar a humanidade e o meio ambiente. Assim, nasceu a poluição, o desmatamento, e cresceu a fome e a miséria, entre tantas outras mazelas que todas nós conhecemos. De Blanca, os Jedegaias puderam acompanhar tudo o que acontecia aqui na Terra..."

– Como, usando binóculos? – ironizou Felícia.

– Uma das coisas mais importantes que vocês devem aprender a respeito dos antigos Jedegaias – respondeu Pequena Ci muito séria – é sobre sua capacidade de transcender o tempo e o espaço. Ou seja, os Jedegaias podem ir ao passado e ao futuro, como também podem atravessar galáxias inteiras.

Diante de nossas expressões atônitas, ela continuou:

"E quando, depois de muito, mas realmente muito tempo, apareceu novamente sobre a superfície terrestre um lugar com as condições ideais de seu antigo hábitat, os Jedegaias puderam finalmente deixar Blanca e voltar à Terra para nos ajudar. Essa região é constituída por uma natureza exuberante e a ela foi dado o nome de Gaiatmã. Mas, de alguma forma, provavelmente por meio de algo escrito pelos antigos em *'o Capitão'*, os Metazeus logo descobriram a presença dos Jedegaias sobre a Terra. E a história recomeça..."

Quando Pequena Ci terminou de contar tudo aquilo, as chamas das velas haviam se extinguido, mas já amanhecia e os primeiros raios de sol iluminavam o meu rosto embasbacado. Eu a olhava de boca aberta, completamente surpreendida pelo fato de existirem seres com milhares, milhões ou trilhões de anos que desapareciam no ar, habitavam provisoriamente outro planeta e agora moravam de volta na Terra. Além do mais, era difícil acreditar que, antes da nossa Era, havia uma outra muito mais desenvolvida tecnologicamente, sem poluição e desigualdades sociais. Como tudo aquilo era possível?

– E onde nós entramos nessa história? – perguntou Felícia de repente, bastante objetiva, interrompendo minhas divagações.

– Simples – respondeu Pequena Ci – Vocês foram as escolhidas pelos Jedegaias para salvar a Terra nessa nova Era.

– E por que nós? – rebateu ela.

– Essa é uma outra grande história. Logo, logo vocês irão compreender. Por enquanto devo apenas dizer que, a partir de hoje, vocês jamais deverão tirar seus amuletos do pescoço, ela disse, ao mesmo tempo que a Pequena Gaia caía no chão e se espatifava em cinco, deixando um amuleto para cada lado.

– Agora, vamos às instruções para a viagem.

– Viagem? – dessa vez, eu, Dona Dedê e Laia perguntamos com Felícia.

– Sim, dentro de uma semana vocês devem ir a Gaiatmã.

"Mas como?" Pensei que seria impossível. Primeiro porque eu estava em recuperação de Física e a prova seria dentro de uma semana. Segundo porque minha mãe não me deixaria viajar com estranhos. Terceiro porque, como eu já disse, não gosto de mentir e, se por acaso eu fosse, teria que inventar uma desculpa das boas para a minha mãe, afinal, ela nunca iria acreditar que a filha dela era uma guerreira que tinha a missão de salvar o planeta. Enquanto mergulhava em meus pensamentos, Dona Dedê dizia para Pequena Ci que não poderia deixar nem seus filhinhos, nem seus gatinhos, nem suas plantinhas, nem a doceria sozinha, além do mais Seu Bolota iria chamá-la de louca e...

– Para o bem da humanidade vocês devem ir – disse Pequena Ci com doçura, mistério e seriedade – mas não se preocupem com isso por enquanto.

– E o que direi à minha mãe? – perguntei aflita.

– Fácil – ela disse – vá pelo caminho mais simples. Diga a verdade.

O mistério dos bilhetes

Mestre Orgon, apesar de não estar presente no encontro entre Pequena Ci e as Guerreiras de Gaia na casa de Liluá e Laia, soube de tudo o que aconteceu ali, afinal ele era um Jedegaia. Virou-se então para Hermânio, que acabara de retornar a Gaiatmã, e parabenizou o mercúrio por ter sido tão esperto em espalhar os bilhetes pela casa de Dona Dedê, principalmente aquele último, o do para-brisa do carro, que fez com que o encontro logo acontecesse.

– Eu não pensei que você fosse tão rápido – disse o Mestre orgulhoso.

Hermânio coçou o nariz, ajeitou seu chapeuzinho na cabeça, pigarreou algumas vezes e disse:

– Éééé... b-bem, Mestre, a verdade é que não fui eu quem colocou aquele bilhete.

Essa afirmação fez Mestre Orgon unir às rugas que já tinha mais algumas de preocupação.

Ela sabia!

– A Denise ligou procurando por você.

Minha mãe estava séria, fria, sentada no sofá da sala com sua já habitual respiração curta por causa da falta de ar, a olhar fixamente para mim ali, parada na porta de entrada da minha casa, exausta por ter passado aquela noite cheia de acontecimentos loucos sem dormir. Eu não disse nada.

– Por que você mentiu?

Como eu poderia ter feito aquilo? Tinha me esquecido de ligar para Denise e pedir para ela me acobertar. O pior não era isso. Eu tinha me arrependido de ter mentido para minha mãe, ainda mais depois daquilo que Pequena Ci tinha falado sobre o caminho mais simples ser o da verdade. Se o tivesse escolhido antes, não estaria ali, me sentindo tão mal diante da minha mãe. O que faria, então? Aquele papo de Jedegaia e Gaiatmã era por demais louco para ela compreender, acharia que eu estava fazendo hora com a cara dela.

– Por que você mentiu? – ela perguntou de novo, com a respiração ainda mais ofegante.

Coitada da mamãe. Preocupada com aquela doença esquisita da falta de ar que ninguém sabia diagnosticar, pálida e abatida por causa da infinidade de remédios que estava tomando, e eu ainda vinha lhe trazer mais essa. Não aguentando a pressão de minha própria culpa, somada à exaustão que sentia, eu comecei a chorar. Minha mãe, finalmente percebendo que eu também passava por uma situação difícil, colocou minha cabeça em seu colo e acariciou o meu cabelo. Então comecei a contar para ela toda a verdade, todinha mesmo, desde o amuleto encontrado no ônibus até a história de Pequena Ci sobre os Jedegaias e a nossa missão de salvar o planeta. Reinou então um silêncio torturante. Quando, depois de alguns minutos (que mais pareceram horas), criei coragem de levantar a cabeça e encarar minha mãe, achei que fosse encontrá-la com a cara mais incrédula do mundo. Mas para o meu espanto, ela sorria aliviada:

– Eu já sabia.

– O quê?

– Quando eu estava grávida de você, eu costumava passear em uma praça perto da antiga casa de sua avó para observar as crianças brincando em um parquinho que tem por ali. E, um dia, por volta do oitavo mês de gravidez, eu fui até lá como de costume e me sentei no único banco que encontrei vazio. Enquanto eu observava duas menininhas brincando no balanço, um velho senhor de pele queimada do sol e bem baixinho pediu licença para se sentar ao meu lado e começou a puxar papo. Como ele parecia ser bastante educado, eu não me importei e nós começamos a conversar. Conversamos sobre os mais variados assuntos e conversaríamos mais ainda se a noite não tivesse chegado e o seu pai, preocupado, não tivesse aparecido para me buscar. Mas, antes que eu fosse embora, o senhor colocou docemente a mão na minha barriga e disse mais ou menos assim: "essa criança será uma linda menina e antes que ela chegue à idade adulta, o planeta pedirá a sua ajuda e então ela se tornará uma guerreira. Assim será e assim deve ser feito."

Achei que aquele velho, que antes parecia ser tão saudável e educado, não passava de um louco. Tentei não pensar mais no assunto, mas, naquela mesma noite, sonhei com as exatas palavras que ele havia me dito. E também na noite seguinte e em muitas outras noites durante todos esses anos, até o dia em que sua avó desapareceu e, enquanto eu e seu pai atravessávamos a pracinha em um estado de completo pesar e desespero, vi esse senhor novamente, sorrindo para nós de maneira confortante e tranquilizadora. Naquela noite, sonhei mais uma vez com suas palavras e só então compreendi que esse destino deveria estar realmente reservado para você e, como disse o velho, se isso for verdade, assim será e assim deve ser feito.

Àquela altura dos acontecimentos, eu já não me impressionava com mais nada que esses Jedegaias faziam. E, com aquela frase final, eu soube que ela havia me dado a permissão para ir a Gaiatmã. Mas eu estava tão cansada que nem mesmo disse obrigada. Caí em um sono mais do que profundo, ali mesmo no sofá. Só fui acordar no meio da tarde com minha mãe contando que Denise e Laura tinham ligado várias vezes me convidando para ir à sorveteria do bairro. E, antes que eu falasse qualquer coisa, ela disse:

– Pode ir, Kitara, você precisa se distrair...

E completou:

– Contanto que amanhã estude o dia inteirinho para a recuperação.

Ah, e antes que eu me esqueça. Quanto à recuperação, Felícia que, é claro, dominava por completo a matéria da minha prova de Física, prometeu me ajudar nos estudos até o dia do exame, já que ela tinha entrado de férias na escola em que lecionava. Quando se tratava de estudos, Felícia era de uma boa vontade que só vendo para crer.

Luís

Laura e Denise estavam sentadas em uma das mesinhas em frente à sorveteria sem tomarem sorvete nenhum, pois viviam em um eterno regime, apesar de serem magérrimas. Também estava sentado à mesa, de costas para a rua, um garoto de cabelos bem pretos que eu logo pensei ser o novo alvo amoroso de alguma das duas. Enquanto eu cumprimentava Denise, Laura me apresentou:

– Kitara, esse é o Luís.

Quando eu me virei, não pude esconder a surpresa. O tal Luís era ninguém mais ninguém menos que o jovem de batina que havia dançado comigo na casa de Dona Dedê. Laura notou na hora que minha cara ficou vermelha como um tomate e comentou com malícia:

– Ãããh, quer dizer que vocês já se conheciam...

– B-bem, é que...

– A gente já se conhecia de vista, Luís respondeu por mim.

Laura me explicou que elas haviam acabado de conhecer Luís, ali mesmo na sorveteria. Eu também me sentei, mas fiquei dura como uma pedra na presença daquele garoto que me fitava com seus estranhos olhos cinzas, e, por isso, me deixava sem graça. Então eu pedi um sorvete bem grande, o maior que tinha, para me distrair e ter o que fazer com as mãos enquanto estivesse sob o olhar de Luís.

– Onde você estava ontem à noite, Kitara? – perguntou Denise – liguei para você e sua mãe disse que você ia dormir fora.

– N-na casa de uma amiga – respondi, comprovando que não sabia mesmo mentir.

– Você está trocando a gente por outra amiga, Kitara? – perguntou Laura fazendo biquinho, menos por estar ofendida e mais para fazer charme para Luís.

– Claro que não! – disse tentando fazer média – é apenas alguém que sabe muito Física e está tentando me ajudar.

Tanto Laura quanto Denise pegaram três exames especiais cada uma, exatamente o limite para não precisar repetir o ano, o que, caso acontecesse seria realmente horrível, pois o próximo seria o nosso último ano colegial e até mesmo aquelas duas estavam doidas para sair do "Calabouço do Conhecimento". Mas elas não pareciam estar muito preocupadas com a recuperação, pois assim que eu mencionei o exame de Física, elas desviaram do assunto e começaram a perguntar coisas bobas sobre a vida de Luís. Entre outras coisas, ele disse que fazia pouco tempo que tinha se mudado para o bairro. Notei em sua fala um sotaque diferente, mas não pude identificar de onde era.

Como se lesse meus pensamentos, ele logo explicou que, desde pequeno, já havia morado em diversos países, pois a empresa onde seu pai trabalhava vivia transferindo-o de lugar. O que eu queria mesmo saber, mas que, por discrição, não perguntaria na frente das meninas, era por que na casa de Dona Dedê ele estava vestido de batina e ali ele parecia tão normal como qualquer outro jovem da sorveteria, de bermudas, tênis e camiseta. Será que ele era mesmo um aspirante a padre?

Quando o meu sorvete acabou, eu disse que precisava ir embora, pois uma pilha de livros me aguardava pela frente. Apesar da insistência das meninas para eu ficar mais um pouco, recusei, não só pelos estudos, mas porque eu estava realmente precisando refletir sobre todos os acontecimentos daqueles últimos dias. Quando eu já ia me despedir de Luís, para a surpresa de todas nós, ele se levantou e disse que me acompanharia até em casa. Eu disse superenvergonhada que não precisava, mas ele insistiu, então fomos os dois subindo a rua, deixando para trás Laura e Denise sorrindo e dando tchauzinhos, mas por dentro se corroendo de inveja.

Por alguns minutos mergulhamos naquele famoso silêncio, andando lado a lado. Enquanto nada dizíamos, pude reparar de relance como Luís era alto e possuía os braços bem definidos. Também pude sentir que ele me examinava com o rabo dos olhos. Até que não aguentei mais de tanta curiosidade e perguntei, morrendo de vergonha:

– Então... você é um seminarista?

Ele parecia não esperar por aquela pergunta tão direta. Olhou para baixo e por um tempo ficou imerso nos próprios pensamentos. Depois disse que realmente estudava em um seminário, mas havia desistido de ser padre e portanto no próximo ano já não seria mais um seminarista. Eu não disse nada, mas minha vontade foi dar um suspiro de alívio. Então, com a voz um pouco alterada tentando disfarçar a tensão que crescia, de repente ele disse:

– Kitara, você deve estar achando muito estranho eu dançar aquele dia com você e hoje aparecer aqui com suas amigas, mas... a verdade é que... bem... você gostou das flores?

Flores? Sim, eu me lembrava das flores e do cartão e... do que estava escrito no cartão... então era ele. Mas como? Não era possível. Como ele me conhecia se eu nunca tinha o visto por ali?

– Gostei muito, obrigada – eu disse, mais vermelha impossível.

Reinou de novo um silêncio tímido e constrangedor. Eu pensei em perguntar se ele era parente de Dona Dedê, para quebrar o gelo, mas estava tão sem graça que fiquei muda como uma pedra até chegarmos ao portão da minha casa.

– Bom, então tchau – disse sem ter mais nada para dizer.

– Posso me encontrar com você amanhã? – ele perguntou com certa ansiedade.

– Não vai dar, é que eu preciso estudar... – respondi, apesar de querer muito vê-lo de novo.

– E no final de semana?

– Também não vai dar, vou viajar...

Ele pareceu muito interessado em saber para onde eu iria, mas era muito educado para perguntar. Disse apenas:

– Bom, então nós nos vemos por aí...

– Então tá...

– Tchau...

– Tchau...

E, quando já me virava para abrir o portão, ele me pegou pelo braço e me deu um beijo, um beijo que... nem sei como explicar. Um beijo na boca, rápido como um susto, mas que me fez desconcentrar dos estudos a semana inteira. E depois foi embora, sem dizer mais nada.

A viagem

O carro estava parado na esquina do meu colégio, o insuportável "Calabouço do Conhecimento". Fiz a prova o mais rápido que pude e, para o espanto da professora, acostumada a arrancar a prova das minhas mãos quando o prazo terminava, fui a primeira a sair da sala. Desci correndo as escadas e atravessei o portão principal em direção àquele enorme veículo de cor prateada, onde Dona Dedê, Felícia, Laia e Liluá já me aguardavam.

Acomodamos as malas no porta-malas do carro e começamos nossa jornada em direção a Gaiatmã. Não estávamos levando muita coisa, apenas roupas frescas de verão e, seguindo as indicações de Pequena Ci, tênis, roupas de ginástica e roupas de banho. O motorista enviado pelos Jedegaias era um senhor careca e barrigudo que usava uma espécie de luva branca sem dedos em uma das mãos, parecendo cobrir algum tipo de machucado ou cicatriz. Ele se chamava Seu Ernesto e era muito espalhafatoso, não se parecendo nada com a ideia que eu fazia de um Jedegaia. Só depois fui saber que nem todos que vivem em Gaiatmã precisam necessariamente ser um Jedegaia.

Durante o caminho, contei para Felícia como muitas das coisas que ela tinha me ensinado se aplicaram em questões da prova. E no momento em que ela me explicava com uma cara de coisa-mais-fácil-do-mundo a resolução da questão número cinco, que eu havia deixado em branco, nós chegamos à rodovia interestadual. Notei que Seu Ernesto olhou para trás e verificou, um por um, se os nossos cintos de segurança estavam bem colocados. Então ele apertou alguns botões no painel do carro e de repente todas as janelas se fecharam, o barulho do motor cessou e o carro pareceu flutuar em alta velocidade pela estrada, como se estivesse a um palmo do asfalto. E realmente estava.

Vendo a nossa surpresa, Seu Ernesto explicou todo alegre:

– Essa é uma tecnologia jedegaia não poluente. E, a essa velocidade, ninguém do lado de fora percebe a diferença.

Fiquei sem compreender aquele termo "tecnologia jedegaia", afinal, pelo que eu tinha entendido sobre os Jedegaias, eles eram contra a tecnologia, já que acreditavam que na Natureza se encontrava tudo o que era necessário para o homem viver bem.

Mas rapidinho eu deixei aquela dúvida de lado e comecei a aproveitar a viagem. O carro deslizava sobre o asfalto, a vegetação resplandecia por causa das chuvas de verão, diversas espécies de flores enfeitavam a beira da estrada, o céu estalava de tão azul e alguns pássaros pareciam acompanhar a nossa viagem sobre o carro. No banco de trás, enquanto eu não desgrudava os olhos de uma janela e Liluá, recostada na outra, mergulhava em um sono profundo, Felícia lia com máxima concentração um livro chamado *Equações diferenciais elementares e problemas de valores do contorno* e Laia fazia uns alongamentos para lá de esquisitos, segurando as pernas suspensas e mantendo os joelhos bem próximos aos ouvidos. No banco da frente, Dona Dedê devorava um pacote de biscoitos recheados, enquanto conversava toda animada com Seu Ernesto, que soltava sonoras gargalhadas com suas histórias. Se Dona Dedê não fosse casada com Seu Bolota, diria que eles formariam um belo casal.

Por falar em Seu Bolota, coitado, esse quase entrou em desespero com a viagem de Dona Dedê. É claro que não foi por causa das crianças ou da doceria, pois ali havia gente de sobra para cuidar delas. Nem mesmo pelas razões daquela viagem, afinal, Dona Dedê também tinha seguido os conselhos de Pequena Ci: contou a verdade para seus familiares e todos ficaram muito felizes e orgulhosos por terem uma parenta guerreira. O problema era ele ser tão apaixonado por ela, que achou que não poderia suportar um dia sequer longe de sua amada esposa.

Já Laia e Liluá não precisaram dar satisfação a ninguém para viajar, nem mesmo Felícia, que estava de férias. Dessa forma, a viagem transcorria de forma tranquila, sem maiores preocupações. Fiquei tão encantada com a beleza daquele dia tão irradiante, como há tempos não via, que resolvi tirar umas fotos da paisagem. Foi só eu pegar a máquina dentro da minha mochila para Felícia me dar uma bronca, dizendo que não queria saber de carros nos perseguindo naquele dia e que era bom eu tomar muito cuidado. Mas nem precisei tirar fotos para reparar que havia um helicóptero preto voando sobre as nossas cabeças. Seu Ernesto alterava a velocidade em alguns momentos, mas aquele helicóptero parecia continuar exatamente sobre o automóvel.

Pouco depois, paramos em um restaurante para almoçar. Uma simpática garçonete veio nos atender e se assustou quando Seu Ernesto e Dona Dedê pediram os pratos mais calóricos da casa e Laia e Liluá os pratos mais saudáveis e naturais. Mas, o que a impressionou mesmo, não só a ela como a todas nós, foi como a beleza de Laia causou impacto no ambiente. Liluá, apesar de ser tão bonita como Laia, escondia-se por trás de vestes largas e cabelos desgrenhados. Laia, porém, usava malhas justas de ginástica, o que revelava ainda mais o seu corpo perfeito e dourado pelo sol. Sendo assim, quando ela entrou naquele restaurante de beira de estrada, alguns homens que conversavam no balcão ficaram completamente mudos, inclusive três deles caíram de seus bancos. Até os garçons ficaram intimidados diante de toda aquela beleza e nenhum deles teve a coragem de se aproximar da nossa mesa para nos atender. Laia, porém, não se mostrava nem um pouco envaidecida, muito pelo contrário, parecia sequer notar toda aquela admiração.

Quando voltamos para a estrada, percebi que o helicóptero ainda estava lá e só então resolvi avisar Seu Ernesto. Ele colocou a cabeça para fora da janela, olhou o helicóptero e disse:

– Não se preocupem, são apenas os Metazeus.

– Os Metazeus? – perguntou um coro de mulheres assustadas.

– Sim, podem ir se acostumando com as perseguições, meninas, pois eles vivem tentando descobrir onde é o esconderijo dos Jedegaias, mas nunca vão conseguir, he-he.

– E por que não? – quis saber Felícia.

– Logo, logo vocês vão saber.

Tentamos conter a curiosidade, principalmente Felícia, que não se conformava de jeito nenhum com uma pergunta sem resposta.

Eu já imaginava que Gaiatmã deveria ser um bocado longe, mas não imaginava que fosse tanto. Pensei inclusive que teríamos que passar a noite em algum lugarejo na beira da estrada, mas Seu Ernesto disse que naquela velocidade chegaríamos a Gaiatmã no início da noite. O céu já começava a traçar o declínio do sol e o helicóptero continuava a voar, já um pouco atrás, mas ainda nos perseguindo com insistência. Tentei confiar plenamente nas palavras de Seu Ernesto e não me preocupar com os Metazeus. As outras pareciam ter feito o mesmo, apenas Felícia se mostrava um pouco tensa, mas acho que menos por medo e mais pela ansiedade de querer saber a resposta da sua pergunta. No mais, a tarde corria tranquila e eu caí no sono.

Acordei com o carro estacionado na beira da estrada. Dona Dedê, Felícia e Laia, que também dormiram, tinham acabado de acordar. Apenas Liluá permaneceu dormindo.

– O que aconteceu? – dessa vez fui eu quem perguntou.

– Preparem-se, vocês estão chegando a Gaiatmã – disse Seu Ernesto cheio de ânimo, contrastando com aquele bando de rostos sonolentos e cansados.

Descemos as quatro do carro para esticar as pernas. A escuridão começava a avançar sobre a estrada, mas o helicóptero dos Metazeus ainda estava no céu, apesar de bem distante. De fato, parecia estar fazendo um esforço danado para nos acompanhar naquela velocidade. Pouco depois, Seu Ernesto também desceu do carro com um pedaço de pano e uma garrafa de vidro cheia de um líquido denso e incandescente que variava entre o vermelho, o rosa e o laranja. Então ele despejou um pouco do líquido no pano e começou a passar no carro, como se quisesse lustrá-lo. Ficamos a observar aquele produto de limpeza esquisito que, apesar de sua cor intensa, na superfície do carro se tornava incolor. Seu Ernesto terminou de passá-lo por todo o veículo, inclusive nos quatro pneus, e nos pediu para entrar de novo:

— Meninas, apertem bem os cintos.

E foi o que fizemos. Dessa vez Felícia não perguntou nada, estava bem atenta a todo e qualquer ato de Seu Ernesto, enquanto Dona Dedê se virava de minuto em minuto para trás, perguntando como estávamos indo de viagem, se nos sentíamos cansadas, se queríamos comer uns biscoitinhos, uns pãezinhos, uns docinhos... como se fôssemos suas filhas. Liluá continuava a dormir e Laia, que quando descera do carro fizera uma série de exercícios para normalizar a circulação sanguínea das pernas, bebia agora uma garrafa inteirinha de 1,5 litro de água, segundo ela, para estimular o melhor funcionamento dos órgãos.

Foi então que o carro fez uma curva, entrou em outra estrada e começou a correr ainda mais. Fiquei preocupada, afinal, o índice de acidentes de trânsito aumentava a cada dia e, além disso, aquela velocidade não era permitida por lei. Liluá finalmente acordou e Laia derramou água no livro de Felícia que, de tão impressionada com aquilo tudo, nem pensou em reclamar. Dona Dedê, que pensava as mesmas coisas que eu, virou-se para Seu Ernesto e disse:

— Não corra tanto.

— Não se preocupem, não há perigo. Essa é uma estrada particular.

A noite já havia caído e a velocidade estava tão alta que era impossível enxergar onde estávamos. De repente o carro começou a soltar faíscas do lado de fora e a fazer tanto barulho que Dona Dedê teve que gritar para Seu Ernesto ouvir:

— POR FAVOR, PARE DE CORRER!

— É PRECISO CORRER – respondeu Seu Ernesto.

— POR QUÊ? – berrou Felícia.

— PARA QUEBRAR AS BARREIRAS INTERDIMENSIONAIS!...

***

Não sei explicar o que aconteceu. Sei que em um segundo o carro parecia girar de forma vertiginosa pelos ares em meio a uma infinidade de luzes multicoloridas, principalmente douradas e azuis e, no segundo seguinte, estávamos em terra firme, enquanto Seu Ernesto, ao volante, diminuía a velocidade do automóvel, que agora deslizava em silêncio e não soltava mais faíscas. Apesar de lá fora estar escuro, via-se o contorno de frondosas árvores balançando sob o céu recheado de estrelas, e aquela imagem tranquila se opunha por completo aos nossos corações disparados.

Até que Seu Ernesto puxou o freio e o carro parou. Enquanto dávamos suspiros de alívio e retirávamos os cintos de segurança, ele perguntou com aquela voz sempre alegre, como se nada tivesse acontecido:

– E então, fizeram boa viagem?

Como ninguém respondeu nada, ele ainda disse:

– Perdoem-nos a faísca e o barulho, os Jedegaias estão fazendo o possível para aperfeiçoar seus meios de transporte.

Parte II

Enfim, chegamos...

Uma casa laranja e simples, apesar de enorme, ergueu-se à nossa frente. Inúmeras janelas se distribuíam pelas altas paredes que se alargavam estranhamente em forma de ondas sob um telhado cor de terra. Logo na entrada, uma escadaria de pedra nos levava à varanda onde se encontrava uma grande porta de madeira. Seu Ernesto nos ajudou a descarregar nossas bagagens. No alto da escadaria, havia alguém esperando por nós, mas, com toda aquela escuridão era impossível ver quem era. Felícia, porém, logo a reconheceu e quase teve um ataque de pânico. Era ninguém mais ninguém menos que Madame Babaiuca quem nos aguardava ali, com um largo sorriso, um pano de prato na mão e um lenço amarelo bem bonitinho amarrado na cabeça, que parecia ter sido colocado especialmente para nos receber. Enquanto subíamos a escada, ela desceu os primeiros degraus, mas com certa dificuldade por causa de suas pernas curtinhas. "Finalmente você tomou tento, hein, menina", ela dizia toda alegre, enquanto abria os bracinhos e dava um caloroso e apertado abraço em Felícia, o que a fez deixar cair as malas na hora, não para abrir os braços também, mas para enrijecê-los mais ainda. Ficou claro para todas nós que aquela pequenina senhora nutria uma afeição especial por nossa amiga, pois nos cumprimentou sem beijos nem abraços, apesar de muito educadamente, e nos pediu para entrar, enquanto insistia em carregar as duas malas de Felícia (uma delas só de livros). Da varanda, eu olhei em volta e tentei ver como era Gaiatmã, mas a lua crescente revelava apenas o contorno das árvores que se encontravam mais próximas.

Entramos. À nossa frente se estendia um grande salão por onde estavam espalhados tapetes e almofadas, dois grandes sofás, algumas poltronas e cadeiras, uma lareira de pedra, além de muitas plantas e pequenas árvores caseiras nos cantos. O ambiente era bem rústico, parecia uma enorme casa de campo. Na parede frontal de tijolos, havia um imenso quadro com a imagem do planeta Terra visto de cima, mais ou menos como havíamos visto a Pequena Gaia na casa de Laia e Liluá. Mas aquele quadro tinha alguns detalhes bem específicos.

Os continentes não estavam espalhados pelo planeta, mas, sim, no centro, bem próximos uns dos outros. À esquerda do globo havia uma imensa árvore de tronco retorcido composta de três andares de folhagem, como se fosse uma árvore em cima da outra. À direita se encontrava uma cadeia montanhosa de cumes pontiagudos e de rochas azul-arroxeadas, da mesma cor do céu quando o dia encontra a noite. No alto havia um pássaro branco de imensas asas com o bico preto e comprido aberto, parecendo emitir algum som. Já embaixo estava... sim, eu o reconhecia, lá estava ele, o peixe gigante que tínhamos visto dentro dos amuletos, com sua barbatana de ouro e a cabeça enfeitada com diamantes para fora da água escura e movimentada do oceano. E sobre os continentes havia uma vegetação intensamente verde de onde emergia uma mulher, cujos cabelos pretos e pesados, enfeitados por folhas e flores, se misturavam com as plantas da Terra, e cujo busto nu se afundava novamente naquele verde abundante, como se ali debaixo o seu corpo envolvesse todo o planeta. Seus braços estavam levantados, atravessando o céu e segurando a lua que brilhava em apenas uma de suas faces. Além do planeta Terra e das nuvens que o envolviam, no quadro ainda se ampliava o Universo, com suas estrelas, cometas, constelações e suas galáxias brilhando na escuridão.

Fiquei encantada com aquelas imagens e não consegui tirar os olhos do quadro, esquecida na minha contemplação, até Madame Babaiuca me cutucar com o pano de prato e avisar que o jantar estava servido e esperando por nós. À esquerda do salão principal se encontrava a sala de refeições. O ambiente era composto apenas pela enorme mesa coberta por uma toalha de cor clara e dois bancos de madeira, um de cada lado. Na parede ao fundo uma porta fazia comunicação com a cozinha. O aroma da comida era sedutor e, quando Madame Babaiuca levantou a tampa da panela, eu mal pude acreditar que aquele cheiro delicioso era de sopa de legumes, eca!, coisa que até então eu detestava. Nas outras vasilhas havia arroz, batatas cozidas, salada fria, além de uma travessa com pães e outra com frutas frescas.

É claro que eu não poderia fazer nenhuma desfeita. Além do mais, até que a sopa parecia apetitosa, por isso eu resolvi experimentá-la e... Nossa! Fiquei com vontade de virar a panela inteirinha no prato de tão gostosa que era aquela sopa! E não só ela, as batatas, o arroz, o pão, tudo tinha um gosto diferente, profundo, especial, que eu não sei como explicar, só mesmo experimentando para saber. Olhei para as outras e todas aquelas caras boas pareciam estar sentindo a mesma coisa que eu. Dona Dedê, então, nem se fala. Até Felícia que, como já se sabe, não gostava muito de comer, depois de devorar o primeiro prato, se serviu de outro pratão. Laia só não repetiu porque não teve tempo, afinal, ela mastigava cada colherada de arroz e batata setenta vezes para, segundo ela, facilitar a digestão. Já Liluá comeu pouco, mas com uma cara ótima, e eu fiquei sem saber se era por causa da comida ou por ela nunca perder aquele semblante tranquilo, mesmo dormindo.

Apesar de ter comido muito, depois do jantar eu me sentia leve. Madame Babaiuca nos levou de volta ao salão principal, onde subimos uma escada bastante curva que nos conduziu ao segundo andar. De acordo com a anãzinha, na porta de nossos quartos haveria uma plaquinha com os nossos nomes e nossas malas já estariam lá. A escada fina logo se contrastou com o enorme corredor que se revelou à nossa frente. E não era apenas um, não. Quatro corredores se encontravam completando um quadrado gigante e formando um vão central. Por todo o lado direito do corredor, havia uma pequena murada, onde eu me debrucei e tentei ver o que tinha lá embaixo. Apesar de estar bastante escuro, pude perceber que era uma área imensa, talvez um outro salão. Já à esquerda, dezenas de portas se estendiam até o final do corredor, onde começava um outro, também com dezenas de portas, e assim por diante.

Fomos andando e procurando as tais plaquinhas, que encontramos penduradas nas portas que ficavam no meio do corredor. Os quartos eram individuais e havia um banheiro em cada um. Após a sessão de boas-noites, caí na cama exausta, pensando que a tal Gaiatmã não passava de um antigo casarão de campo.

Gaiatmã

Os primeiros raios de sol que conseguiram invadir as frestas da janela de bambu vieram incidir em meu rosto e, assim, me despertar. Espreguicei meu corpo inteirinho o quanto pude naquela cama enorme e macia. Quando senti que estava bem acordada, fui abrir a janela, afinal, estava supercuriosa para ver o que tinha lá fora.

A claridade do dia invadiu o quarto e tive que fechar novamente os olhos até me acostumar com a intensidade da luz. Quando finalmente consegui abri-los, tive que fechá-los e depois abri-los novamente para ter certeza que não estava sonhando. Aquilo era simplesmente... MARAVILHOSO! Nunca tinha visto nada parecido, nem mesmo o parque Recanto Verde, que era o lugar mais bonito que eu conhecia. Até a linha do horizonte, o que se via era, definitivamente, o paraíso. Os jardins cobriam tudo, fazendo mosaicos multicoloridos entre arbustos artisticamente podados e variadas espécies de árvores. Aquelas plantas exuberantes desembocavam, mais à frente, em um bosque de gigantescas árvores frutíferas carregadinhas e, atrás delas, apesar de bem distante, erguia-se uma majestosa cadeia de montanhas.

Ah, aquilo era mesmo divino. Os perfumes das flores se misturavam, formando um aroma único e estonteante. Sobre elas, os beija-flores e os pequenos insetos se deliciavam com o pólen e, no céu, voavam pássaros tão, mas tão coloridos, e alguns de uma beleza tão impressionantemente rara, com sua exótica mistura de cores, que pareciam ter sido desenhados a mão. À esquerda erguia-se um paredão rochoso e em sua base corria um riacho de águas cristalinas, todo circundado por canteiros de flores vermelhas, violetas, amarelas, roxas, brancas e azuis que envolviam as tuias, os pequenos pinheiros e os ficus arredondados. Ali também havia algo que logo me impressionou: um canteiro de flores prateadas. Juntas, elas formavam um verdadeiro mar de prata e emitiam um brilho sem igual. À direita, logo atrás de um campo de vedélias, havia um morro onde as pequenas plantas que se alastravam formavam um tapetão esverdeado. Já no alto do morro era possível ver uma vegetação densa e entroncada, indicando que ali era provavelmente uma floresta. Em frente ao casarão, contornando os jardins e as frondosas árvores, havia um estreito caminho de pedras que, de vez em quando, era atravessado por perus, galinhas, gansos, coelhos e esquilos.

Aquela festa natural de cores também invadia a casa, onde plantas trepadeiras se agarravam a tudo o que encontravam pela frente e levavam flores até a minha janela. Na parede externa da casa, sob as janelas, havia um parapeito que separava os dois andares, formando um segundo chão coberto por plantas de grandes folhas arredondadas, além de violetas e azaleias, o que me causava a sensação de estar no mesmo nível do jardim. E, por trás da cantoria dos pássaros, podia-se escutar o barulho da água vindo de vários pontos, o que indicava que, além daquele riacho, deveria haver por ali fontes e corredeiras.

Então aquela era Gaiatmã! E eu, que na noite anterior, tinha pensado que ali nada mais era do que um casarão de campo. Agora eu podia entender porque os Jedegaias tinham escolhido aquela região para voltar à Terra. Eu também gostaria de morar ali para sempre. Acho que até mesmo Laura e Denise, as meninas mais urbanas que conheço, iriam gostar de Gaiatmã. Aquilo tudo era deslumbrante, todo aquele festival de cores, sons e aromas, eu jamais tinha visto um lugar onde tudo estava exatamente no lugar onde deveria estar... Nossa! Gaiatmã me deixava até tonta de tão inebriante.

De repente, diversos pássaros de todas as cores e tamanhos saíram de dentro das folhagens de uma mangueira e voaram em minha direção. Achei que eles fossem entrar no meu quarto, mas eles voaram até a janela à minha direita, e um enorme pássaro violeta pousou no dedo de Liluá. Sem que eu tivesse reparado, ela estava ali o tempo todo, admirando a paisagem. Aqueles pássaros pareciam ter ido até ali especialmente para lhe dar bom-dia. Nos olhamos cheias de sorrisos e eu quis dizer alguma coisa, mas percebi que não havia comentário algum que chegasse à altura daquela exuberância estendida à nossa frente. Por um momento, compreendi o constante silêncio de Liluá.

***

O café da manhã estava tão delicioso quanto o jantar. Sobre a mesa da sala de refeições, se distribuíam vários tipos de pães, bolos e frutas, além de queijo branco, leite, café, mel e o mais saboroso suco de laranja que eu já experimentei na vida. Só não havia achocolatado em pó (que tenho o costume de tomar com leite todas as manhãs), mas, com todas aquelas gostosuras, não fez tanta falta assim. Comíamos com um ótimo humor estampado no rosto, prova de que todas passaram a noite muito bem. Dona Dedê, quando via alguém com o prato ou o copo vazio, colocava mais leite, suco, bolo e pão, dizendo que tínhamos que nos alimentar muito bem para ficarmos fortes. Ela até me deu os parabéns quando viu que eu já comia o terceiro pão com queijo. Antes de terminarmos, apareceu Madame Babaiuca toda animadinha, dando bom-dia a todas nós, mas só Felícia ganhou beijo, fazendo, é claro, uma cara de pavor.

Madame Babaiuca nos avisou que após o café deveríamos ir para o Círculo Sagrado, a grande área no vão entre os quatro corredores, e levar uma mochila ou sacola com o que mais precisássemos, pois dali sairíamos para um passeio e ficaríamos fora o dia inteiro. Depois, ela se sentou bem na pontinha da mesa e começou a bebericar o café, segurando a caneca com as duas mãos. Com a claridade do dia, pude reparar como ela era bonitinha, pequenina e velhinha, com a pele branca toda enrrugadinha. E fiquei sem entender duas coisas: como Felícia tinha coragem de implicar com ela e por que ela estava tomando café, já que era uma Jedegaia e, segundo Pequena Ci, os Jedegaias não precisavam mais beber nem comer.

Regras são regras

Ao entrar no Círculo Sagrado, fui tomada por uma estranha sensação, um misto de paz, respeito e sobriedade, como quando entramos em uma igreja ou templo. O ambiente era completamente branco, tão branco que fundia a linha que separava o chão das paredes e me causava a sensação de estar dentro de um copo de leite. Mestre Orgon nos esperava com os olhos fechados, sentado com as pernas cruzadas no centro do Círculo. Era um senhor idoso, de pele morena e comprida barba branca, bem magrinho e baixinho (mas não tão pequeno como Madame Babaiuca), com um gorro de cor clara na cabeça e vestido com uma manta clara, surrada e antiga.

Nos aproximamos em silêncio para não interromper a sua meditação, mas, ao chegarmos bem perto, ouvimos um roncar baixinho e notamos que a cabeça de Mestre Orgon pendia para a direita em um sono profundo. Ele estava quase batendo a testa no chão, quando acordou de repente e começou a procurar algo à sua volta com o tatear das mãos. Até que Laia viu um par de óculos à direita, um pouco atrás dele, e com um gesto rápido o entregou ao Mestre. Ele agradeceu, ajeitou os óculos sobre o nariz protuberante e, quando finalmente pôde nos enxergar, deu um enorme sorriso, dizendo:

– Ah, são vocês! Não reparem no cochilo. O sono, quando bem aproveitado, é uma ótima meditação. Mas sentem-se, minhas filhas, sentem-se ao redor de Mestre Orgon.

Formamos uma roda bem no centro do Círculo, no meio do salão branco. Ao fundo, perpendicular ao chão, havia uma imensa roda de madeira cheia de dentes cilindrados, que mais parecia o leme de um navio. Em cada uma de suas extremidades, estava talhado o desenho de um homem, como se cada um deles representasse, respectivamente, o norte, o sul, o leste e o oeste. Aquela espécie de engrenagem gigante rodava lentamente, sem parar, sustentada no ar por algum tipo de força invisível, e parecia ser um importante objeto sagrado. Mestre Orgon, depois de nos olhar por um longo tempo, feito um avô que há anos não vê suas netinhas, pigarreou e, finalmente, disse:

– Bem, garotas, quer dizer que vocês uniram os seus amuletos...

– Sim – respondemos em coro.

– E conheceram Pequena Ci...

– Sim – todas respondemos juntas mais uma vez.

– E souberam da história do povo Jedegaia...

– Sim – ainda em uníssono.

– E souberam também que vocês são as Guerreiras de Gaia...

– Sim... – ai, aquilo já estava parecendo arguição de escola!

– E sabem por que vieram a Gaiatmã...

– Não.

– Não? – até Mestre Orgon se assustou com a mudança de nossa resposta repetitiva.

– Bem, é... é claro que não, é claro que vocês ainda não sabem por que estão aqui, pois se sou eu o responsável por explicar a vocês por que vocês vieram a Gaiatmã... tsc, tsc – ele balançou a cabeça, reprovando o próprio esquecimento. Depois, pigarreou mais uma vez e começou a explicar:

– Bem, como vocês já devem saber, quero dizer, ainda não sabem, mas ficarão sabendo agora, o fato é que, antes mesmo de vocês nascerem, nós já sabíamos que vocês seriam as futuras Guerreiras de Gaia e...

– Como? – interrompeu Felícia.

– Hein? Como o quê? – retrucou Mestre Orgon perdendo sua linha de raciocínio.

– Como vocês tinham consciência desse determinado fato antes do nosso nascimento? – perguntou Felícia com uma leve ponta de impaciência.

– Ah, sim, é claro, bem, porque o tempo e o espaço são relativos e, dessa forma... ah, não, não posso dizer nada disso a vocês agora, essa instrução será dada a vocês pelo Mestre Nico Lago. Paciência, minha filha, paciência. Bem, como ia dizendo, apesar de nós já sabermos que vocês eram as Guerreiras de Gaia e vocês já serem as Guerreiras de Gaia, vocês precisam passar por algumas provas para serem as Guerreiras de Gaia. Entenderam?

Como todas parecessem receosas e confusas, ele explicou calmamente:

– Este casarão fica bem no centro de Gaiatmã e nós estamos sobre o Círculo Sagrado, que é exatamente o centro do centro de Gaiatmã. Aqui nenhum mal entrará e daqui nenhum mal sairá. No Círculo Sagrado, nós absorvemos de forma fluida e constante aquilo que chamamos de Equinje, ou seja, o Equilíbrio Inabalável Jedegaia. Mas, do lado de fora, existem diversas matérias e materiais, animais e pessoas, acontecimentos e atitudes, pensamentos e sensações, entre outros fatores, que poderão afetar esse Equilíbrio Inabalável. E a todas essas coisas nós chamamos de energias díspares. Então, quando digo provas, na verdade estou me referindo a todas essas energias díspares que vocês deverão enfrentar sem perder o Equilíbrio Inabalável Jedegaia.

Como algumas de nós, inclusive eu, pareceram ficar mais confusas ainda, já pensando em monstros ou coisa parecida, ele completou:

– Não se preocupem, as energias díspares a que me refiro não são apenas negativas, mas também positivas. E manter o Equinje dependerá muito mais de vocês do que de fatores externos. Se vocês realmente desejarem, as energias díspares desaparecerão como as nuvens no céu, mas, para isso, é preciso respeitar algumas regras:

– Regras? – perguntei, já pensando em dar adeus às férias, à liberdade e ao divertimento.

– Sim, regras. Olhem para cima, por favor.

Olhamos. Vistas de baixo, as quatro muradas dos corredores pareciam imensas. No centro de cada uma delas, havia um desenho, e eram exatamente os desenhos que eu tinha visto no quadro do Planeta Terra, logo na entrada do casarão. Na murada do corredor onde estávamos hospedadas, se encontrava a árvore de três andares. Mestre Orgon disse:

– Como vocês podem perceber, os cômodos de vocês se encontram na Casa da Árvore, que está voltada para o lado oeste. E aqui vai a primeira regra:

NÃO ENTRAR NAS OUTRAS CASAS

E completou:

– Isso também se aplica às áreas externas da casa, ou seja, vocês só poderão seguir pelos jardins que levam a oeste, jamais seguir em direção aos caminhos do sul ou do norte, pois eles conduzem às áreas das outras casas.

– E se por acaso alguma de nós entrar em outra casa? – dessa vez foi Laia quem perguntou, pois Felícia, assim como eu e Dona Dedê, estava muito ocupada em memorizar tim-tim por tim-tim tudo o que o Mestre dizia.

– Então ela ficará presa nessa determinada casa até que as outras companheiras a encontrem, pois, a cada cinco dias, vocês seguirão para a próxima casa. Ah, e é bom lembrar: o percurso de vocês será no sentido horário.

Quando Mestre Orgon disse isso, pensei que se todas as outras casas fossem tão bonitas e aconchegantes como a Casa da Árvore, eu não me importaria de ficar presa nelas.

– Venham, vamos dar um passeio, disse então Mestre Orgon se levantando com seus pés enormes e descalços.

Pelo que tinha visto lá fora, já podia imaginar o quão delicioso seria aquele passeio. Atravessamos o salão principal que, agora, além das inúmeras plantas, estava cheio de patos, gansos, marrecos, alguns coelhos, porquinhos-

-da-índia e até mesmo um pavão. Descemos as escadas em direção aos jardins que, vistos de dentro, eram ainda mais deslumbrantes. Apesar do calor, um vento fresco soprava do sul, enquanto andávamos em meio às roseiras e aos canteiros de tulipas.

De repente, um velho lobo do campo veio em direção a Mestre Orgon e se pôs a lamber suas pernas, enquanto o Mestre acariciava o seu pelo e conversava como se o lobo fosse uma pessoa. Notando que algumas de nós, especialmente Felícia, estavam morrendo de medo do animal, ele disse:

– Não se preocupem, ele não fará nenhum mal a vocês, desde que vocês não façam nenhum mal a ele. Aqui nós tratamos todos os seres vivos com o devido respeito que eles merecem, sejam eles plantas, animais ou seres humanos. Aqueles de nós que ainda precisam do alimento, recebem da natureza os frutos, as folhas, os legumes, os grãos e as raízes que ela oferece, mas jamais retiram nada sem pedir licença. Isso sem contar que, de forma alguma, derramamos sangue. Por falar nisso, aqui vai a segunda regra:

NÃO COMER CARNE

Ao ouvir isso, Dona Dedê comia um saquinho de jujubas e se engasgou na hora com uma delas. Tossiu tanto, que Laia teve que levantar seus braços e dar tapas em suas costas até ela conseguir cuspir a tal jujuba cor-de-rosa e melhorar. Depois de dar um triste suspiro, ela perguntou:

– Mas não é normal que um animal coma o outro, assim como esse lobo come um coelho e assim por diante?

Achei a pergunta de Dona Dedê bastante pertinente. Mas Mestre Orgon logo explicou:

– Não é à toa que o ser humano é o mais importante animal na escala evolutiva das espécies, afinal ele possui um precioso elemento: a razão. Com ela, pode não apenas sofrer e causar sofrimento, mas questionar o próprio sofrimento. Ao correr atrás de uma galinha no terreiro, o homem pode ver como ela fica desesperada tentando fugir, pois a galinha sabe que está indo para a panela, assim como este mesmo homem provavelmente se desesperaria indo para a forca. Um boi sabe quando o homem quer transformá-lo em bife e corre o mais rápido que pode pelos campos, soltando dolorosos mugidos.

"Como ser dotado de razão, cabe ao homem evitar, de acordo com a suas possibilidades, os sofrimentos do mundo. Mas, infelizmente, para o homem comum isso é muito difícil de se fazer, pois é algo que vai além do simples desejo do sabor da carne e representa uma verdadeira compaixão por todo os seres vivos."

Apesar do belo discurso de Mestre Orgon, Dona Dedê não se convenceu muito e continuou o passeio com um muxoxo. Os enormes pássaros multicoloridos faziam voos rasantes por nossas cabeças e alguns pequeninos vinham pousar no ombro de Liluá. Realmente, em Gaiatmã os animais não pareciam temer os seres humanos, o que eu achei muito estranho, afinal, os passarinhos da minha cidade saem voando logo que alguém se aproxima. Pelos canteiros pelos quais passávamos, havia galinhas-d'angola e perus que também não saíam desesperados quando nos viam.

Por todo o caminho, vimos diversas espécies de pequenos animais misturados àquela infinidade de plantas e flores. Nas árvores, era possível ouvir o barulho dos micos e, ao lado de um lindo canteiro de hortênsias, depois de passar por um grupo de tatus e outro de tamanduás, eu vi diversos coelhinhos de variadas cores rolando uns sobre os outros pelo gramado. E eles sequer se moveram quando ouviram os nossos passos e os passos do lobo. Pareciam compreender que perto de Mestre Orgon estariam salvos. Eu comecei a brincar com um daqueles coelhinhos, quando Mestre Orgon disse:

– Vocês devem estar atentas a todos os animais que encontrarem pela frente, pois haverá um entre eles, e apenas um, que será o animal especial.

– Especial por quê? – eu perguntei.

– Especial porque será o Seu animal. E quando eu digo Seu animal, não me refiro a um bichinho que você tomará posse e levará para casa para ser domesticado, mas a uma criatura que sentirá uma enorme simpatia por você e você por ela, um animal que estará pronto para ajudá-la e guiá-la pelos caminhos difíceis quando for preciso.

Ao dizer isso, Mestre Orgon olhou sorrindo para o velho lobo que, por mais estranho que possa parecer, também sorriu para Mestre Orgon. Ele então completou:

– Essa é a terceira regra, e, a partir daqui, posso dizer que as próximas regras valerão não mais como proibições e, sim, como tarefas:

ENCONTRAR O SEU ANIMAL

Eu fiquei sem entender. Seria então aquele coelhinho o meu animal? Mestre Orgon pareceu ler meus pensamentos:

– Não se preocupem, quando vocês o encontrarem, terão certeza de que é ele.

Ao escutar isso, deixei aquele dócil coelhinho junto aos seus companheiros e continuei a seguir o caminho que nos levava sempre a oeste. Eu não tinha certeza, portanto aquele não era o meu animal.

Ficamos por um tempo em silêncio, apenas admirando a paisagem, quando Mestre Orgon perguntou:

– Então vocês não sabem por quais razões estão aqui, certo?

– Para passar pelas provas, como o senhor disse, respondeu a objetiva Felícia.

– Sim, é claro, mas por que são vocês cinco que estão aqui para passar por essas provas e não quaisquer outras cinco pessoas?

Essa pergunta nem Felícia nem ninguém soube responder.

– É simples, respondeu Mestre Orgon, porque cada uma de vocês possui uma virtude, uma qualidade dotada de grande força e que é muito mais poderosa do que vocês imaginam.

– E qual é essa virtude? – perguntamos quase todas ao mesmo tempo.

– Essa é a próxima tarefa:

DESCOBRIR A SUA VIRTUDE

É, tudo aquilo já estava ficando mais difícil do que eu imaginava. Descobrir a minha virtude? O que eu poderia ter de tão especial que os outros não tinham? Ou não possuíam da maneira forte como eu possuía?

Depois dos jardins, veio o bosque cheio de árvores frutíferas, que eu já tinha visto da janela. Lá de dentro, era possível sentir o aroma adocicado de frutas frescas e de terra molhada, o que logo animou Dona Dedê, que trocou a cara de muxoxo por um olhar apetitoso lançado ao pé de amora. Bem ali no meio, havia uma clareira coberta por um gramado bem aparado e de um verde intenso, onde Mestre Orgon parou e se sentou sob uma macieira com as pernas cruzadas. Nós nos sentamos da mesma maneira, formando, assim, um círculo.

Agora era Mestre Orgon quem admirava a paisagem. Observava com atenção as frutas, os troncos, a terra, o gramado, os passarinhos... fruindo tudo com prazer. Nós nos pusemos a fazer o mesmo, até que Mestre Orgon perguntou:

– O que vocês veem?

– Deliciosas frutas! – disse a afobada Dona Dedê, o que fez todos rirem inclusive Mestre Orgon.

– E além disso?

– Árvores frutíferas – disse Felícia.

– A terra fértil – disse Laia.

– Cores – eu disse, imaginando que também causaria risos, mas, dessa vez, Mestre Orgon ficou sério.

– Que cores você vê, Kitara?

Eu não sabia se aquilo era um teste para mostrar quão tola era a minha resposta, mas disse mesmo assim:

– O azul do céu, o verde do gramado, o verde mais escuro das folhas, o vermelho das maçãs, o amarelo daquelas flores ali...

– E o que mais?

– Ora, as cores das coisas exatamente das cores que elas são.

– Então, por favor, deitem-se na grama e comecem a olhar o céu.

O céu estava azulzinho, sem nenhuma nuvem sequer. Depois de um tempo, ele perguntou:

– E então, o que vocês veem?

– O azul do céu, respondemos.

– E o que mais?

Eu realmente não estava entendendo aquelas perguntas de Mestre Orgon. Como assim, o que mais? Fiquei olhando para ver se encontrava alguma nuvem, mas nada. Era só mesmo o azul do céu com aquelas bolinhas e tracinhos passando na minha frente. O que será que... ei, espera aí, seria aquilo?

– Bom, eu vejo também umas bolinhas e tracinhos que passam na minha frente – eu disse com certa vergonha.

– É exatamente isso, Kitara, você está vendo o Campo de Energia Universal – animou-se Mestre Orgon.

Campo de Energia Universal? Quer dizer que aquelas coisinhas que de vez em quando passavam por meus olhos eram isso? E eu que achava que fosse um princípio de miopia...

– Eu não estou vendo nada – disse Felícia.

– Nem eu – disse Dona Dedê.

O Mestre olhou para as irmãs gêmeas. Enquanto Liluá, para variar, tirava um cochilo, Laia observava o céu com atenção.

– Uma das primeiras coisas que mamãe nos ensinou foi a observar os campos de energia – ela disse. Liluá está bem acostumada a vê-los.

– Eu sei – constatou Mestre Orgon, o que me fez pensar se havia alguma coisa do nosso passado que Mestre Orgon não sabia. E explicou:

– Tudo que existe, desde uma pequenina folha até uma imensa floresta, tem seu próprio campo de energia, o qual chamamos de "aura". E todos esses campos estão ligados ao Campo de Energia Universal. Cada um de nós também tem a sua aura. E pela nossa aura é possível ver nossas doenças físicas e psicológicas, nossos anseios, realizações e frustrações, nossas mentiras e nossas verdades, nosso passado, nosso presente e nosso futuro. Enfim, é possível ver quem nós somos e o que fazemos neste mundo. O olhar mais treinado é capaz de detectar de longe uma pessoa falsa, traiçoeira ou que queira fazer o mal a alguém ou a alguma coisa, apenas analisando a energia que emana dessa pessoa. E essa é a quinta e mais difícil de todas as tarefas:

ENXERGAR A VERDADE ATRAVÉS DA AURA

O quê? Está certo, eu já tinha ouvido falar em aura, energia boa e energia ruim, todas essas expressões estavam inclusive na moda, mas eu pensava que apenas poucos dotados de dons sobrenaturais conseguiam enxergar isso. Como eu poderia fazer aquilo? E Mestre Orgon, como se lesse meus pensamentos, quer dizer, lendo-os na minha aura, disse:

– Todos nós podemos enxergar a aura um dos outros e de todas as coisas, basta apenas treinar.

– Treinar? – perguntou Felícia um bocado enfurecida. Você está me dizendo que no campo de energia que existe ao redor da matéria está escrita toda a nossa vida e nos mostra aquilo que é verdade? E ainda quer que eu perca meu tempo tentando ver nuvenzinhas coloridas ao redor das pessoas em vez de ler todos os livros interessantíssimos que eu ainda não li? Me poupe! E se levantou para ir embora, quando Mestre Orgon disse:

– Exatamente. E a sua aura está me dizendo que você acredita nessa teoria, mas tem medo de revelar isso aos outros.

Felícia parou na hora. Por um tempo ficou em pé, de costas, sem saber o que fazer, até que finalmente se voltou para nós um bocado sem graça, sem saber onde pousar os olhos:

– É verdade. Dois cientistas de renome, os meus preferidos e os que eu mais respeito, comprovaram de diversas formas a existência da aura, digo, campo energético.

Bom, se a cética da Felícia estava ali, confessando aquilo na nossa frente, quem era eu para não acreditar. Mestre Orgon pediu para que deitássemos de novo:

– Para conseguir ver o Campo de Energia Universal, mais conhecido como CEU, é preciso estar bem relaxado, é preciso não querer ver para ver – disse, o que confundiu ainda mais a coitada da Dona Dedê, que não conseguia enxergar nada.

– Quando estiverem acostumadas com o CEU, ele continuou, levem o olhar para o topo de uma árvore e percebam como o Campo, quando se aproxima dela, torna-se uma camada de energia mais densa e fixa. Essa camada é a aura da árvore.

Por vários minutos eu fiquei olhando as bolinhas e tracinhos de cor transparente ou prateada que flutuavam por todos os lados, em maior ou menor quantidade, e, às vezes, dando cambalhotas no ar. Depois, como Mestre Orgon disse, levei meu olhar para o topo da macieira, mas não vi nada além das folhas balançando ao vento. Tentei relaxar e também não querer ver para ver, mas de nada adiantou. Como já estava cansada de tanto não ver, comecei a levar meus olhos para a ponta do nariz, de modo que a macieira se tornava duas macieiras. Até que, de repente, eu vi uma camada de luz ao redor de algumas folhas.

Tentei observá-la, mas logo a perdi de vista e então levei apenas um pouco os olhos para a ponta do nariz. Aí ela apareceu de novo. Era uma luz clara e translúcida e, por isso, eu pensei que se tratava do reflexo da luz do sol incidindo sobre a árvore. Então afastei um pouco a minha cabeça e notei que a luz, agora bem mais intensa, estava ao redor de toda a árvore, inclusive nas partes sombreadas. Era uma luz levemente azul. Mas por quê? Bom, o mais óbvio seria dizer porque através dela era possível enxergar o céu. Mas não era.

– Essa é a primeira camada da aura, conhecida como "corpo etérico". E não se enganem, ela é realmente azul-esverdeada – disse Mestre Orgon, dando uma piscadela para mim.

Fiquei por muito tempo a admirar o corpo etéreo da macieira. Só voltei à realidade quando ouvi um barulho de pés-sobre-folhas-secas que se aproximava. Era Hermânio, o mercúrio de macacão e chapeuzinho verde que vimos no quintal de Dona Dedê. Ele se aproximou com uma cara aflita e cochichou alguma coisa no ouvido de Mestre Orgon, que coçou preocupado a longa barba, enquanto Hermânio fixou os pequeninos olhos em mim. Só então eu me lembrei que estava com a máquina fotográfica dele e que provavelmente ele deveria querê-la de volta. Meu rosto corou na hora de vergonha, afinal, aquilo poderia ser considerado um furto. E, quando eu já pensava em tirá-la da mochila para devolvê-la, Mestre Orgon se levantou e avisou:

– Eu preciso voltar ao casarão para resolver um assunto de extrema importância. Por favor, permaneçam aqui e continuem os seus exercícios. Lembrem-se: caminhem apenas na direção oeste.

E já ia embora, quando se virou para mim:

– A câmera áurica é minha, jovem Kitara, mas você pode ficar com ela.

Câmera áurica! Mas então... aquelas manchas coloridas que restaram nas fotos seriam os campos energéticos? Até aí tudo bem. Eu só ainda não entendia porque determinadas coisas simplesmente desapareciam nas fotografias. Quando olhei para o lado, não acreditei no que vi. Enquanto Liluá ainda tirava um cochilo tranquilo na grama, Laia agora dava piruetas nos galhos mais altos da macieira. Já sob a sombra de uma mangueira, Felícia consultava um livro chamado *Dicionário da Física e da Metafísica* em busca das informações sobre campo energético, e Dona Dedê, na ponta dos pés, tentava pegar umas amorinhas. Apenas eu parecia disposta a continuar os exercícios. Aquilo era tão novo e fascinante para mim que eu nem pensava em parar, apesar de ser realmente difícil e cansativo.

Aos poucos, eu comecei a notar que o tal campo etérico da árvore se tornava cada vez mais nítido e consegui, inclusive, enxergar o campo da macieira se fundindo com os galhos mais próximos da árvore ao lado. Depois, eu passei a praticar os exercícios em minhas companheiras, primeiro enxergando a luz azulada em volta de Laia e depois de Felícia, onde a luz, por mais estranho que parecesse, não estava azul-esverdeada, mas, sim, azul-amarelada. E, quando olhei para Dona Dedê, não pude mais uma vez acreditar no que vi. Não, não foi a aura dela o que me assustou, mas, sim, o que ela estava fazendo. Ela tinha tirado da sua mochila uma lata de salsichas feitas com carne de boi e já estava começando a abri-la.

– Dona Dedê – eu gritei – nós não podemos comer carne!

– Além disso, salsicha em lata faz mal à saúde – disse Laia alertada pelo meu grito, já descendo da macieira.

– Regras são regras – completou Felícia, fechando seu dicionário e pedindo a Dona Dedê que lhe entregasse a lata.

Até mesmo Liluá tinha acordado e olhava assustada para Dona Dedê.

– Vocês não entendem – reclamou ela – essas frutinhas são gostosas, mas me dão gastrite. Além do mais, já está na hora do almoço.

Então Dona Dedê abriu a lata e, antes de comer uma salsicha, completou fazendo cara de santa:

– É a despedida, eu prometo.

E enfiou a salsicha inteira na boca. E uma coisa incrível aconteceu.

Escutamos um profundo mugido e não pudemos acreditar quando percebemos que o mugido saía da boca de Dona Dedê. Ela cuspiu a salsicha semimastigada no gramado, mas a salsicha continuou a mugir e agora não era só ela. Suas companheiras da latinha também a acompanhavam, formando um coro uníssono de mugidos, como uma boiada inteira correndo assustada pelos pastos.

Ah, só faltava essa! Logo na primeira manhã uma de nós já tinha violado as regras. O problema seria se Mestre Orgon descobrisse aquele episódio. E ele provavelmente descobriria, afinal, os mugidos estavam tão altos que certamente chegariam ao casarão. Isso sem contar que ele acabaria enxergando tudo através de nossa aura.

– Temos que jogar essa latinha fora – concluiu Laia.

– Mas onde? – eu perguntei olhando em volta e desconsiderando totalmente a hipótese de sujar um paraíso daquele.

Dona Dedê sentia tanta culpa que não disse nada.

– Podemos queimá-la – sugeriu Felícia.

– Não temos fósforos nem isqueiro – eu disse.

– Acho que o melhor a ser feito é guardar a latinha na mochila e procurar uma lata de lixo por aí – concluiu Laia.

Todas nós concordamos com Laia e ficamos a olhar Dona Dedê, esperando que ela recolhesse logo a salsicha meio mastigada do chão, colocasse de volta na latinha e guardasse na mochila.

– Ah não! – ela disse – e se ela me morder?

E, como ninguém disse nada, Dona Dedê finalmente percebeu que teria que arcar com as próprias responsabilidades. Foi com uma cara de pavor e nojo buscar a salsicha e devolvê-la à latinha, nem parecia que há poucos minutos estava com uma cara ótima colocando a salsicha na boca. Abriu a mochila, pegou uma sacola plástica de supermercado cheia de doces, despejou tudo na mochila e colocou a lata dentro da sacola. E então ficou segurando a sacola pela pontinha dos dedos de uma das mãos e com a outra tapou um dos ouvidos, tentando se livrar daqueles mugidos assustadores e insistentes. Com exceção deles, o silêncio reinava e ninguém dizia uma palavra, até que, para quebrar o clima e se distrair um pouco, Dona Dedê comentou:

– Eu não avisei que seria a despedida?

Camaleoa

Logo à frente do bosque onde estávamos, havia um campo de girassóis tão extenso que, lá do meio, só se conseguia ver, além daquelas imensas flores, os picos das montanhas mais à frente.

– É, parece que não há mesmo nenhuma lata de lixo por aqui – constatou Laia, olhando aquela gigantesca plantação ao seu redor.

– Vamos voltar – eu disse.

E, quando já estávamos seguindo de novo em direção ao bosque, escutamos um espirro.

– Saúde – dissemos umas às outras, mas, nessa mesma hora, escutamos um segundo espirro e percebemos que ele não poderia ter vindo de nenhuma de nós. No terceiro olhamos para trás e, abaixado entre os girassóis, havia um... não era possível, um girassol espirrando. Ah, não, primeiro uma salsicha mugindo, agora um girassol espirrando! Então uma linda mulher com os cabelos em forma de pétalas amarelas se levantou com o nariz um bocado vermelho e disse:

– Desculpem-me, é que eu sou alérgica a pólen. – E, limpando o nariz com uma das folhas de seu braço, ela perguntou:

– Vocês são novas por aqui?

– Nós somos as Guerreiras de Gaia – disse Dona Dedê com voz pomposa.

– Ah, é claro, eu ouvi dizer. Podem me chamar de Camaleoa – disse ela, estendendo o braço fininho como um ramo e apertando com delicadeza a mão de cada uma de nós.

Realmente era muito difícil distingui-la entre os girassóis. Além de seus cabelos dourados e em forma de pétalas, seu corpo era magro como um caule e seus braços cobertos por folhas.

– Parece que vocês estão com problemas, ela disse, notando o estranho mugido que vinha do saco plástico bem nas pontinhas dos dedos de Dona Dedê.

Então nós explicamos para ela todo aquele episódio infeliz.

– Venham comigo, eu ajudo vocês!

Seguimos Camaleoa pelo campo de girassóis e, de vez em quando, uma ou outra acabava se confundindo e seguindo algum dos girassóis em vez de Camaleoa, mas, como flores não caminham, logo retomava a direção certa. Seguindo sempre a oeste, o que não era muito difícil de se fazer, pois a cadeia de montanhas ainda era visível, notamos que o solo ia ficando cada vez mais arenoso, enquanto o número de girassóis ia diminuindo. Então o terreno começou a se tornar uma descida que, de repente, virou um barranco quase vertical ao solo. E, lá embaixo, para a surpresa e a alegria de todas nós, havia um enorme lago.

Camaleoa desceu o barranco em apenas um artístico e inacreditável salto. Laia desceu logo atrás com a mesma leveza e agilidade, apesar de se agarrar em algumas pedras que encontrou pelo caminho. Liluá seguiu a irmã com devida cautela e logo depois eu fiz o mesmo, reparando bem os pontos onde Liluá se apoiava. Felícia, apesar do enorme chilique, foi logo atrás de mim. Somente Dona Dedê permaneceu lá em cima, coitada, sem coragem de descer e sem ter onde apoiar a mão por causa da sacola das salsichas. Então Laia, vendo as suas dificuldades lá de baixo, subiu de volta o barranco quase em um pulo, pegou a sacola com uma mão e, com a outra, segurou a mão de Dona Dedê e a ajudou a descer. Nossa! Fiquei impressionada com todo aquele atletismo.

Um delicioso vento soprava agora do leste e nos levava o aroma dos girassóis, enquanto molhávamos nossos pés na água. Eu poderia dizer que tudo estava perfeito, a não ser por um motivo: o eterno e insistente mugido das salsichas.

– Por que isso está acontecendo? – irritou-se de repente Felícia. – Não tem a mínima lógica.

– Por que você acha isso? – questionou a graciosa mulher-girassol.

– E só me faltava essa – disse Felícia com rispidez – aceitar a ajuda de uma mulher fantasiada de girassol.

Camaleoa se ofendeu:

– Se você está em busca da lógica, é melhor fazer as malas e ir embora de Gaiatmã.

Todas nós nos apiedamos de Camaleoa e começamos a acariciar seus cabelos-pétalas, o que logo a alegrou. Já Felícia ficou mal-humorada em um canto. E então Camaleoa disse algo que logo despertou a sua atenção.

– Entretanto, para resolver esse problema que pode parecer ilógico, é preciso uma solução lógica. O que fazemos com a carne que não é aproveitada?

– Jogamos no lixo – eu disse.

– Mas e a carne que não pode ser jogada no lixo, como a carne de um boi inteiro ou mesmo a carne de um homem?

– Simples, nós a enterramos – respondeu Felícia toda animada, parecendo fazer as pazes com Camaleoa.

– Exatamente. Dessa forma a carne é comida pelos vermes e volta para a cadeia alimentar, o mau cheiro é evitado e, neste caso, os mugidos são abafados – ela concluiu sorrindo.

Cavamos um buraco bem fundo na areia e enterramos o pobre coitado do boi que tinha virado salsichinhas. Na mesma hora os mugidos cessaram. Enquanto comemorávamos, Camaleoa perguntou:

– E o que vocês pretendem fazer com a latinha?

– Eu guardo na bolsa e depois jogo fora – disse Dona Dedê sem se importar.

– Eu conheço uma maneira mais fácil – ela sugeriu, pegando a latinha e indo para um canto. Pouco depois, voltou com cinco aneizinhos em forma de girassol feitos da lata da salsicha e deu um para cada uma de nós.

– Para vocês se lembrarem de mim.

Só então notei como aqueles aneizinhos eram sofisticados. Dentro de cada um havia uma pequena bússola.

– E o que eu faço com a sacola? – perguntou Dona Dedê.

– Lave no lago e guarde novamente os seus doces, ela disse com poderes de adivinhação, como todos ali.

E então retornou aos seus girassóis. O sol já começava a sua descida, o vento ganhava força, mas a água continuava fresca e eu e Laia resolvemos colocar nossas roupas de banho e entrar no lago. Enquanto Laia se exercitava em nados tipo livre, borboleta, peito, costas, eu me contentava em mergulhar só na beirinha. As outras foram descansar sob uma árvore que havia na encosta. Do lago, pude reparar que aquela árvore era exatamente igual à árvore que havia no quadro do planeta Terra, com seu tronco retorcido, sua folhagem bastante verde e suas três copas, uma em cima da outra. Agora era Dona Dedê quem cochilava, recostada em sua enorme raiz, enquanto Felícia devorava mais um de seus livros de experimentos científicos. Já Liluá tinha caído em profunda admiração pela paisagem, observando o lago, as numerosas árvores na outra margem, as montanhas que logo cobririam o sol, os pássaros... olhando Liluá assim, serena daquele jeito, eu não poderia imaginar o que viria a acontecer logo depois.

O lindo pássaro lilás que tinha ido até a sua janela e pousado em seu dedo naquela manhã, de repente reapareceu e pousou em seu ombro. Depois deu outra voadinha e pousou um pouco ao lado. Ela então se levantou e o seguiu. Parecia brincar com ela, pois toda vez que ela se aproximava, ele levantava voo e pousava mais à frente. Aos poucos, ela foi se aproximando da mata que havia ao sul. Ninguém pareceu se preocupar, nem mesmo sua irmã, que continuava a nadar tranquilamente. Mas, em um desses pequenos voos, o pássaro acabou entrando na mata e Liluá o seguiu.

Saí do lago gritando como uma louca para Felícia e Dona Dedê seguirem Liluá, mas era tarde demais. Ela se embrenhava cada vez mais na mata que, quanto mais ao sul, mais parecia se tornar seca e sombria, enquanto o canto do pássaro se tornava cada vez mais distante. Apenas Laia, com toda a sua agilidade, poderia salvá-la e evitar que ela se prendesse na casa sul. Mas ela estava nadando no meio do lago e, se por acaso estivesse nos escutando, não parecia se importar. Finalmente, ela veio nadando em nossa direção e, assim que colocou os pés na margem, contamos desesperadas a ela o que havia acontecido. Laia sacudiu a cabeça algumas vezes para secar os cabelos, torturando a todas nós com aquela impassividade, até que disse com toda a calma do mundo:

– Não se preocupem, Liluá sabe o que faz.

Eu, por minha vez, não estava tão calma assim. Já que seguiríamos pelo sentido horário e estávamos na casa oeste, que era a Casa da Árvore, a segunda casa então seria a casa norte, ou seja, a Casa do Pássaro. E, se Liluá tinha seguido em direção ao sul, isso queria dizer que... que ela estava presa na quarta casa. Então nós só a veríamos quando fôssemos para a Casa do Peixe, dali a quinze dias! Desejei que Laia estivesse certa e que Liluá soubesse realmente o que fazia. "Bom, até a vista, Liluá", eu disse baixinho olhando a mata que seguia cada vez mais sombria para o sul, enquanto subíamos o barranco e a tarde caía com o primeiro canto das cigarras.

***

Nem preciso falar o quanto estávamos famintas quando chegamos ao casarão. Além da maravilhosa sopa de legumes de Madame Babaiuca e dos acompanhamentos, havia também sobre a mesa uma torta de soja orgânica, o que alegrou Laia, que logo foi explicando a importância de se substituir as proteínas da carne. Já Dona Dedê, coitada, estava sem apetite por causa do episódio das salsichas, mas foi só dar uma colherada naquela deliciosa sopa para não somente recuperar o apetite, como dobrá-lo de tamanho. Enquanto jantávamos, fiquei com vontade de perguntar a Madame Babaiuca, que havia se sentado conosco, porque Mestre Orgon saíra tão depressa naquela manhã, mas achei que seria muito intrometido da minha parte. Ah, mas eu tinha me esquecido, Madame Babaiuca também era uma Jedegaia.

– Cedo ou tarde vocês saberão o motivo – ela disse preocupada, olhando para mim.

As outras ficaram sem entender aquela fala solta e repentina, nem imaginavam que Madame Babaiuca tinha acabado de ler meus pensamentos através da minha aura.

– Hoje eu deixei que vocês acordassem tarde, mas aqui em Gaiatmã todos dormem cedo para levantar bem cedo – ela disse ainda bastante séria, recolhendo os pratos sujos e entrando na cozinha.

Antes de dormir, fiquei pensando em Madame Babaiuca e, por mais que eu ainda não conseguisse enxergar através da aura o que se passava na cabeça das pessoas, estava claro que alguma coisa a atormentava, afinal, ela nem mesmo tinha paparicado Felícia naquela noite. Certamente a sua preocupação deveria, de alguma forma, estar relacionada com o rosto aflito de Hermânio naquela manhã e a repentina saída de Mestre Orgon. Minhas suposições, entretanto, logo foram interrompidas por um sono pesado, repleto de sonhos com luzes azuis ao redor de salsichas, girassóis e maçãs falantes.

O Sopro Dourado

No dia seguinte, Mestre Orgon nos levou à mesma clareira da manhã anterior e não teceu um comentário sequer sobre as salsichas reclamonas e a ida de Liluá para a casa sul. Depois de perder mais uma vez os óculos e se sentar em cima dos óculos reservas, ele continuou com nossos exercícios, passando para a próxima fase, a da segunda camada da aura. Laia explicou a Mestre Orgon que também tinha aprendido com sua mãe a enxergar essa e todas as outras camadas do campo energético humano (que ao todo somavam sete camadas), mas só conseguia vê-las ao redor do seu próprio corpo e, mesmo assim, raramente enxergava as últimas camadas. Já Felícia só conseguia ver o Campo Energético Universal e Dona Dedê, coitada, nem as bolinhas e os tracinhos conseguia enxergar.

— Cada uma de vocês tem o seu próprio tempo de aprendizado e é preciso respeitá-lo. Mas também é preciso treinar bastante — ele disse para Dona Dedê, que corou na hora.

De acordo com Mestre Orgon, a segunda camada de energia da aura, mais conhecida como "corpo emocional", é um campo energético multicolorido que reflete as nossas emoções e os nossos desejos e varia de cor de acordo com essas sensações. Sendo assim, deveríamos fazer o próximo exercício com outra pessoa. Laia se sentou de frente para Felícia e eu me juntei a Dona Dedê.

Enquanto eu tentava observar a aura de Dona Dedê, reparei que ela não permanecia quieta e ficava olhando para o céu, depois para as árvores, depois para a macieira, depois para a maçã... o que acabava me desconcentrando também.

— É esse mesmo o problema — disse Mestre Orgon com a calma de sempre — concentração. Sem ela vocês não poderão focalizar nem a visão interior nem a visão exterior e assim não conseguirão enxergar a aura de ninguém. Por isso aqui vai a primeira tarefa do dia: vocês devem fazer o exercício do Sopro Dourado por meia hora todas as manhãs e todas as noites. O Sopro Dourado nos ajuda a focalizar a mente em um único ponto, exercitando a concentração.

A expressão "tarefa do dia" me causou arrepios, pois eu me lembrei dos extensos deveres de casa do "Calabouço do Conhecimento". Além do mais, ele disse a "primeira" tarefa do dia, e eu não queria imaginar quais seriam as próximas. Mas, afinal, o que era o tal de Sopro Dourado?

– Além disso – continuou o Mestre – o Sopro Dourado é o melhor caminho para recuperarmos o Equinje. Sempre que se sentirem irritadas, tristes, ansiosas ou fatigadas, ou então perceberem que alguma energia díspar está querendo roubar o Equinje de vocês, façam o Sopro Dourado. A virtude de cada uma se fortalecerá com esse exercício.

E, como ninguém dissesse ou fizesse nada, ele completou depois de pigarrear:

– Bem, afinal, o que vocês estão esperando? Podem começar agora mesmo.

– Agora? Mas o que é o Sopro Dourado? – perguntou Felícia.

– Mas... eu ainda não expliquei? Oh, céus, onde eu estou com a cabeça? – E depois de um certo silêncio, como se estivesse esperando alguma coisa, disse: – Ah sim, em Blanca, eu estava com a cabeça em Blanca. Desculpem-me, garotas, agora já estou de volta. Bem, então vamos ao Sopro Dourado. Primeiro passo: sentem-se e respirem.

– Mas eu já estou sentada e respirando – disse Felícia com certa impaciência.

– Sim, é verdade, mas o importante é concentrar a mente na respiração. O ar entra, o ar sai, o ar entra, o ar sai, o ar entra e sai, entra e sai, entra e sai e assim vai...

– Só isso? – ela retrucou mais uma vez.

– Sim, quero dizer, bem... a não ser por um pequeno detalhe: vocês devem respirar as pequenas partículas douradas que estão espalhadas pelo ar.

E então Mestre Orgon alargou as narinas e puxou, com muito gosto, uma grande quantidade de ar. Logo depois, percebendo nossas expressões confusas, algumas até mesmo incrédulas, ele continuou:

– Não se preocupem, por enquanto vocês não conseguirão ver essas partículas realmente. Eu mesmo demorei 350 anos. Portanto, usem a imaginação. Imaginem pequenos flocos de ouro navegando pelo ar, pequenos pontos de luz, como se fossem partículas que se soltaram dos raios de sol. Inspirem essas partículas, deixem que elas percorram todo o corpo de vocês e cubram de luz cada ponto pelo qual passarem, o pescoço, os braços, as pernas... e então, finalmente, expirem, soltando as partículas douradas novamente no ar. Repitam esse exercício várias vezes. Quem sabe, em pouco tempo, vocês possam sentir o Sopro Dourado? Ele invadirá suas narinas como um rio de ouro fluido, correrá por todo o seu interior banhando de ouro cada pequena centelha e, após nutrir todo o corpo, ele deixará a sua boca através de um sopro de luz.

Ao dizer isso, o Mestre encerrou o assunto e, mais uma vez, nos deixou sozinhas na clareira. Trezentos e cinquenta anos? Se Mestre Orgon tinha demorado todo aquele tempo, imagina quanto tempo nós, meras mortais, levaríamos para realizar o tal Sopro Dourado? Talvez nunca chegássemos a fazê-lo realmente.

Como no dia anterior, as outras, após algumas tentativas, pareceram esquecer o que Mestre Orgon tinha acabado de dizer e foram aproveitar as delícias da Casa da Árvore. Saí da clareira um bocado furiosa com elas e me embrenhei no pomar em busca de um lugar bem silencioso para conseguir fazer o exercício do Sopro Dourado.

Escolhi a sombra de um enorme jacarandá e me sentei entre duas de suas raízes. Observei um pouco a paisagem à minha volta, atenta aos escassos ruídos que escutava: o barulho dos pássaros, a risada de Dona Dedê na clareira... aos poucos, sem pressa, eu fechei os olhos e comecei a fazer o que Mestre Orgon tinha dito: as pequenas partículas de ouro, o ar entra, o ar sai, o ar entra... ai, estava difícil!, por mais que eu tentasse me concentrar, não parava de pensar nas outras se divertindo em vez de obedecerem as instruções de Mestre Orgon. "Estou irritada", pensei, o que me motivou ainda mais a insistir no Sopro Dourado e, como disse o Mestre, recuperar o meu Equinje. Voltei toda a minha atenção para os pontos imaginários de ouro que entravam e saíam do meu nariz e, aos poucos, sem pressa, senti que meu corpo foi relaxando e minha mente se esvaziando.

Até que, de repente, eu perdi a noção de tempo e esqueci onde estava, o que me deu uma estranha sensação de medo. Mas, nessa mesma hora, eu me lembrei das sessões de meditação que minha avó fazia comigo quando eu era criança. De fato, elas eram bem parecidas com o exercício do Sopro Dourado, e essa lembrança me trouxe uma certa tranquilidade. Abri os olhos e só então percebi que estava sozinha. Não escutava mais nenhum barulho vindo da clareira, apenas de vez em quando o canto de algum pássaro cortava o céu. Fiquei mergulhada naquele silêncio oco e parado até que...

– Psiiiuuu – alguém sussurrou atrás de mim. Eu me virei, mas não vi ninguém.

– Psiiiiiiiiiiiiuuuuuu – a voz insistiu. Eu então me levantei e vasculhei ao redor de todo o jacarandá, mas ali realmente não havia ninguém.

– Ei, aqui – ela ainda disse – mas eu continuava sem saber de onde vinha aquela voz.

– Aqui em cima.

Então eu levantei os olhos e, sobre a minha cabeça, para o meu completo espanto, havia uma... uma boca. Uma boca falante!

– Olá, Kitara, como vai você? – disse a voz sussurrante. E só então eu percebi que era uma voz feminina, apesar de ser um pouco grave.

– B-bem – eu respondi. – Q-quem é você?

– Ora, você não vê? Eu sou uma boca.

E como a minha boca abobada não conseguia dizer mais nada, a boca deu uma sonora gargalhada e disse:

– Estou brincando com você. O meu nome é Voz Segunda.

– Ah, é mesmo!? – eu disse achando que se tratava de uma piada – e onde está a Voz Primeira?

– Ora, a Voz Primeira está onde está essa pergunta.

– Ah, vai embora – eu disse – não estou com paciência para brincadeiras.

– Não posso – disse a tal Voz Segunda – estou aqui para trabalhar. Vim para solucionar as suas dúvidas, mas meu tempo é curto e o trabalho é longo, por isso eu dou a cada um o direito de fazer apenas três perguntas. Então, qual é a questão que atormenta você?

– Já que é assim – eu disse bem irritada – gostaria de saber por que as outras não obedecem às instruções de Mestre Orgon e fazem o que lhes dá na telha, enquanto eu me esforço tanto para aprender.

– Esta é uma pergunta fácil, mas de resposta traiçoeira – ela disse. – Poderia dizer que você é melhor do que elas ou, quem sabe, mais capacitada ou concentrada para aprender, mas não posso, pois a função da Voz Segunda é dizer somente a verdade. E a verdade é que, enquanto você aprende a enxergar a aura e a realizar o Sopro Dourado exatamente como ensina Mestre Orgon, suas companheiras não estão à toa. Laia exercita o seu desempenho em sua habilidade preferida: a atividade física, Felícia se dedica a ler e a aprimorar os seus conhecimentos, e até mesmo Dona Dedê, ainda que não saiba, tem se dedicado ao que ela sabe fazer melhor.

"Comer?", pensei, logo em seguida, ouvi a sonora gargalhada de Voz Segunda que, para variar, também lia pensamentos.

– Não, Kitara, não é comer. Dona Dedê sabe como ninguém amar e zelar por outros seres vivos. Nada acontece por acaso, nem mesmo o estranho episódio envolvendo as salsichas. Se aquilo não acontecesse, Dona Dedê não se conscientizaria de que aquela carne um dia pertenceu a um ser vivo como qualquer outro. Ela não aprenderia a olhar com respeito em vez de olhar com gulodice para um suculento pedaço de bife, não se lembraria que a carne de seu prato foi um dia tão viva como os seus gatinhos e até mesmo como sua família, por quem ela nutre tanto carinho.

E, antes que eu tirasse qualquer conclusão, Voz Segunda continuou:

– Eu sei, Kitara, que isso ainda não responde a sua pergunta, mas um dia irá responder. E por isso aqui vai um alerta. É certo que a disciplina e a dedicação são de extrema importância para aprender coisas novas, mas Gaiatmã não é um colégio, Kitara, não é como o "Calabouço do Conhecimento" ou qualquer outra dessas escolas que existem aos montes por aí. Em Gaiatmã, somos todos livres para aprender e para viver da maneira que quisermos, e é o nosso próprio comportamento quem vai nos ensinar realmente quem somos, o que sabemos e o que nos falta aprender. Aqui, a única regra que realmente importa é: "Não desejar nem fazer o mal a ninguém ou a coisa alguma". E isso, você pode estar certa, suas companheiras não fazem.

Enquanto eu refletia sobre as palavras de Voz Segunda, ela disse de repente:

– Ai, ai, ai, estou atrasada. Preciso ir, pois outras pessoas estão precisando da Voz Segunda. Lembre-se, Kitara, você ainda tem direito a duas perguntas. Reflita antes de escolher.

Voz Segunda então foi embora e eu fiquei a pensar se ela era mesmo uma boca flutuante ou se havia um corpo invisível que a segurava. Voltei para a clareira, mas as outras já não estavam lá. Atravessei os jardins e não vi nem sinal de Laia, Dona Dedê e Felícia. Onde estariam elas? Bom, de qualquer forma, eu iria procurá-las dentro do casarão, afinal, já passava da hora do almoço e eu torcia para que houvesse uma panela bem cheia de qualquer coisa quente e deliciosa esperando por mim.

Logo ao subir a escadaria, fui sentindo um cheirinho de feijão, o que me animou, porque, apesar da sopa de legumes de Madame Babaiuca ser muito gostosa, eu já estava começando a sentir saudade da comida da minha casa, onde feijão não faltava. Atravessei o salão principal e fui até a sala de refeições, mas não encontrei ninguém. Resolvi resistir mais um pouco ao aroma que vinha da cozinha e, quando começava a subir a escada de caracol para procurá-las nos quartos, notei que a grande porta à direita do salão estava aberta. Desde que chegamos em Gaiatmã, tanto a porta à direita quanto a porta à esquerda do salão principal se encontravam sempre fechadas. Espiei lá dentro e vi que, assim como no andar de cima, aquele era um corredor cheio de portas, mas que não eram de aposentos, pois, além de serem bastante largas, eram trabalhadas de forma minuciosa com madeira e gesso. Avancei em silêncio e pude escutar vozes que pareciam vir do meio do corredor. Ao me aproximar um pouco mais, notei uma porta entreaberta.

– Você acha que devemos contar a elas? – disse uma voz fina e um pouco tremida que parecia ser a de Madame Babaiuca.

– Não, elas acabaram de chegar aqui e podem se assustar, não devemos causar pânico – respondeu uma outra voz de mulher.

Depois dessa fala, eu tive a certeza de que esse "elas" se tratava das Guerreiras de Gaia.

– Mas... e se elas por acaso se encontrarem com eles? Devemos, no mínimo, avisar a elas não se aproximarem de ninguém que esteja usando batina – disse a provável voz de Madame Babaiuca.

– Não se preocupem, não são elas que os Metazeus querem – tranquilizou-as agora uma voz masculina que reconheci ser a de Mestre Orgon. – Vocês sabem, eles estão à procura da Ervilha Essencial.

Nessa mesma hora, escutei passos se aproximando do corredor. Sem saber o que fazer, abri a porta logo em frente e me escondi lá dentro. Apesar do ambiente estar escuro, percebi que havia um círculo formado por diversas cadeiras e pequenas mesas, e, sobre cada uma delas, havia uma espécie de esfera que parecia ser um computador.

Com o coração disparado, senti os passos se aproximando e parando mais ou menos em frente à porta. Eu ainda podia escutar as vozes conversando na sala em frente, o que significava que eles provavelmente não tinham notado que alguém se aproximara. Como os passos haviam cessado, eu resolvi, com o resto de coragem que ainda me restava, abrir um pouquinho a porta para ver o que estava acontecendo.

Ah, só podia ser, um outro espião. Ou melhor, uma outra espiã, e por sinal bastante curiosa. Era Felícia quem bisbilhotava por trás da porta.

– Psiiiu, Felícia – eu sussurrei, quase matando-a de susto.

– Ah, é você – ela disse, entrando na sala com a mão sobre o peito, tentando conter seu coração disparado.

– O que você está fazendo por aqui? – perguntamos juntas.

– B-bom, é... – nenhuma das duas sabia o que responder.

– Felícia, você não vai acreditar no que eu acabei de escutar!

– Primeiro vamos sair daqui – ela sugeriu e eu também achei a melhor coisa a fazer.

Abrimos com cautela a porta e agora a porta em frente estava fechada. Será que eles tinham notado a nossa presença ali? Não sei, sei que deslizamos pelo corredor e depois de verificar se não havia ninguém no salão principal, subimos correndo as escadas e fomos para o meu quarto. Contei a Felícia tim-tim por tim-tim o que eu havia escutado.

– Ervilha Essencial? O que será isso? – ela perguntou para si mesma enquanto eu pensava no que Madame Babaiuca dissera sobre não nos aproximarmos dos homens de batina. Seriam esses os Metazeus? Se fossem eles, então isso queria dizer que... que havia Metazeus em Gaiatmã. Mas como!? Revelei minhas preocupações a Felícia. Ela ficou em silêncio por um tempo com o queixo enrugado. Depois disse:

– Precisamos avisar as outras. Elas já devem ter desistido de procurar por você.

– Procurar por mim?

– Sim, não vimos você saindo da clareira e ficamos preocupadas, achando que você tivesse ido para alguma outra casa. Por isso, nos separamos para procurá-la e combinamos de nos encontrar para o almoço, na sala de refeições. – Depois de saber desse gesto tão amigável, concordei com Voz Segunda e, confesso, fiquei com remorso de ter me irritado com elas mais cedo, na clareira.

O biscoito chinês

Madame Babaiuca também já se encontrava na sala de refeições e fiquei sem coragem de olhá-la nos olhos, afinal, mais cedo ou mais tarde ela descobriria pela minha aura que eu já conhecia o motivo que a preocupava. Apesar disso, o almoço transcorreu bem e todas nós dávamos suspiros de prazer entre as deliciosas garfadas de feijão, arroz, batatas, bolinhos orgânicos, salada de verduras e legumes e outras gostosuras mais, tudo tão bem temperado e com um sabor tão sobrenatural, que só poderia existir mesmo em Gaiatmã. De sobremesa, Madame Babaiuca nos trouxe salada de frutas, além de uma divina torta de morango que logo me lembrou os maravilhosos doces da Doceria Seu Bolota. Depois de nos fartarmos, ela avisou:

– Mestre Orgon não poderá estar com vocês esta tarde, mas pediu que continuassem os seus exercícios e que cada uma de vocês realizasse a segunda tarefa do dia.

Ao dizer isso, ela colocou sobre a mesa um pratinho com quatro biscoitos da sorte chineses. Cada uma de nós pegou um, mas eu já tinha comido tanto que nem quis saber do biscoito e fui direto ao bilhete, onde estava escrito:

Por trás das imagens há sempre mais o que olhar.
E para olhá-las direito, fotografias eu vou tirar.

Ah, mais outra boa surpresa. Se as tarefas do "Calabouço do Conhecimento" também fossem assim tão agradáveis, como tirar fotografias, com certeza eu seria a melhor aluna. Dona Dedê também estava com uma cara ótima, Laia nem tanto e Felícia, com uma verdadeira cara de horror. A tarefa de Dona Dedê consistia em plantar mudas no jardim, coisa que ela adorava fazer. Já Laia teria que trançar cordas e Felícia, coitada, teria que bordar, sendo que ela jamais tinha pegado numa linha ou numa agulha antes.

– É preciso que vocês apliquem os conhecimentos adquiridos até então e explorem ao máximo essa tarefa – ressaltou Madame Babaiuca antes de deixarmos a sala de refeições.

Cada uma de nós foi para um canto. Enquanto Felícia permanecia na varanda, completamente impaciente ao arriscar os primeiros bordados com a carinhosa explicação de Madame Babaiuca, Laia, de acordo com as instruções, foi para um paiol que ficava à direita do casarão, Dona Dedê seguiu para os jardins e eu decidi voltar para o bosque, mas não retornei à clareira. Escolhi uma pedra para me sentar em meio ao canteiro de tulipas, logo na entrada do bosque. Dali era possível ver, mais ao longe, o casarão e grande parte do jardim, mas não podia ver Dona Dedê, que devia estar agachada em meio às flores. Gostaria muito de ter tido a oportunidade de avisar a ela e a Laia que não se aproximassem de ninguém usando batina, mas se os Jedegaias preferiram não nos contar, eles deveriam ter lá as suas razões.

Peguei dentro da mochila a máquina fotográfica de Mestre Orgon, ou melhor, agora a minha máquina fotográfica, e tirei uma foto da entrada do bosque, onde duas tuias abriam o caminho. Esperei que ela ficasse pronta e, para a minha surpresa, as árvores não estavam lá, nem elas nem o restante das plantas. Não havia simplesmente nada na fotografia. Dessa forma, sequer as manchas teriam chance de aparecer, pois, se eram manifestações áuricas, surgiam a partir de alguma coisa. Me aproximei um pouco mais das árvores e tirei sucessivas fotografias, mas todas elas saíram exatamente como a primeira: vazias. Bati uma outra foto, agora de mim mesma. Quem sabe em humanos ela não passaria a funcionar? E, mais uma vez, nada. Voltei à pedra e me sentei desanimada. Eu não estava entendendo bulhufas. Como funcionava aquela câmera? Para que servia, então?

Só então notei que na parte inferior havia uma pequena rodela com uma seta vermelha indicando sete níveis, mas a seta estava virada para baixo, fora de todos eles. Girei até o primeiro nível e focalizei a câmera bem no meu rosto. Blumbissck. Esperei com muita impaciência e, quando a fotografia finalmente saiu, pude ver que eu não estava lá, mas as manchas azuladas ao meu redor, sim. Então, se aquele primeiro nível fotografava o corpo etérico das coisas, isso provavelmente significava que os outros seis níveis fotografariam os seis níveis restantes da aura! E, a cada foto que batia em níveis diferentes, mais luzes e cores apareciam e mais meu campo energético se expandia, até formar uma enorme manifestação luminosa e multicolorida que ocupava toda a fotografia e se estendia além dela. Quando Mestre Orgon tinha falado sobre as sete camadas da aura, eu tinha imaginado umas por cima das outras, como um arco--íris. Mas, para a minha surpresa, cada campo energético se encontrava dentro do outro, como uma enorme cebola que vai descascando camada por camada até chegar ao miolo, que é o nosso corpo físico. Ah, como era bom ver os sete níveis da aura, agora só faltava a parte mais difícil de todas: conseguir enxergá--los com meus próprios olhos.

Já imaginava, é claro, que a tarefa dada a mim por Mestre Orgon estaria de acordo com o que ele estava nos ensinando, mas e as tarefas de Dona Dedê, Laia e Felícia? Eu realmente não tinha entendido o que elas tinham a ver com os campos energéticos. Muito mais do que eu supunha, como vim a saber mais tarde.

Dona Dedê, que até então não tinha enxergado nadica de nada, estava distraída a cavucar a terra e, como sempre fazia, conversando cheia de carinho com a muda que seria plantada ali. E quase morreu de susto quando ouviu a planta respondendo. Olhou para ela, mas a muda continuava muda. Arriscou mais uma pergunta e, mais uma vez, a plantinha respondeu. Ficou a procurar a boca da planta até descobrir, por mais estranho que pudesse parecer, que sua voz não vinha de nenhum orifício, mas da luz que emanava ao redor da planta. Para a sua completa surpresa, a planta agora respondia seus pensamentos. Só então Dona Dedê percebeu que também havia uma luz ao redor de si e era essa luz quem conversava com a planta.

Já Felícia, pouco tempo depois de começar a bordar, foi tomando gosto pela coisa, é claro, sem confessar isso nem para si mesma. Aos poucos, sem perceber, ela começou a explorar as cores das linhas e as diferentes formas que iam surgindo, esvaziando a mente e se deixando levar pelo exercício. O tempo foi passando e, de repente, quando levantou os olhos para descansar um pouco a vista, ajeitou os óculos para se certificar de que aquilo que via era de fato real. No jardim, luzes de diferentes cores saíam das plantas e dos arbustos, de Dona Dedê a mexer na terra e de suas próprias mãos a segurar a linha e a agulha. Sem querer, ela havia feito o que Mestre Orgon dissera sobre não querer ver para ver. Quando ela quis descrever em minúcias o que via em termos científicos, todos os campos energéticos desapareceram.

Laia, por sua vez, ficou a fazer as cordas, trançando palhas e mais palhas sentada sobre o paiol. A princípio, ela se preocupou somente em manter a sua postura ereta de bailarina e a trançar as cordas sentada de uma maneira que pudesse estar ao mesmo tempo alongando os braços e as pernas. Mas logo ela começou a prestar mais atenção na atividade do que no seu corpo, tentando emendar as palhas das tranças em igual quantidade e da forma mais reta possível. Em pouco tempo, enxergou a sua própria aura se estendendo e a luz que a envolvia agora era a mesma luz que envolvia as cordas e também todo o paiol. Laia gostou tanto da atividade que passou a ter mania de trançar cordas e começou a carregá-las consigo para cima e para baixo.

Dessa forma, nos sentíamos felizes e realizadas quando encontramos Mestre Orgon no Círculo Sagrado para nossa primeira noite dentre muitas outras em busca do Sopro Dourado.

A aura vermelha de Dona Dedê

– Você tem certeza? – perguntou Laia.

– Foi exatamente isso o que eu ouvi.

Era fim de tarde e, mais uma vez, nadávamos no lago, aproveitando o nosso terceiro dia em Gaiatmã. Tínhamos passado um dia inteirinho bastante cansativo de exercícios áuricos com Mestre Orgon aprendendo, ou pelo menos tentando enxergar a terceira e a quarta camada da aura, respectivamente o "corpo mental", o campo energético de cor amarelada dos nossos raciocínios, do nosso intelecto, e o "corpo astral", uma camada toda colorida, assim como nosso "corpo emocional" e que, segundo Mestre Orgon, é o campo de transição entre nosso "corpo terrestre" e o nosso "corpo celeste". Não fazia a menor ideia do que era esse tal de "corpo celeste", e é claro que Mestre Orgon leu meus pensamentos. Ele explicou, com a maior calma do mundo, que até então tínhamos aprendido as camadas que se relacionavam com traços do nosso dia a dia, emoções, desejos, pensamentos... mas, a partir da quarta camada, nossa aura começava a revelar nossas qualidades já presentes no universo antes mesmo de nós nascermos. Continuei a não entender aquilo muito bem, mas soube, pelo sorriso de Mestre Orgon, que mais cedo ou mais tarde eu iria compreender.

Assim como Laia com as cordas, Felícia, por mais incrível que pudesse parecer, tinha se empolgado com os bordados e aos poucos se esquecia dos livros. Estava a bordar sob a sombra da árvore de três copas na encosta, enquanto eu aproveitava aquela oportunidade de estar sozinha com Laia para lhe contar o que tinha escutado sobre os Metazeus. Já Dona Dedê tinha preferido gastar o seu fim de tarde na cozinha com Madame Babaiuca para descobrir o segredo daquele tempero tão gostoso.

– Eu acho que sei alguma coisa sobre a Ervilha Essencial – Laia falou depois de dar algumas cambalhotas aquáticas.

– Sério? – eu até tirei a água dos ouvidos, para escutar melhor.

– Não sei se existe alguma relação, mas minha mãe costumava contar sobre a história de um homem que um dia chegou em um terreno árido e abandonado, onde não tinha nada para comer. Até que uma misteriosa senhora apareceu e entregou a ele uma semente de ervilha. E então ele plantou a semente naquele solo árido e se dedicou a ela 24 horas por dia, dando atenção e amor à mudinha que começava a brotar. Até que a planta cresceu e produziu mais sementes, e então o homem plantou mais ervilhas que deram mais sementes que se tornaram mais ervilhas e assim por diante. E, com sua plantação de ervilhas, ele foi trocando suas mudas por mudas de outras plantas, que cresceram e deram mais sementes, que também foram plantadas, e, assim, o homem criou um verdadeiro paraíso vegetal em uma terra até então considerada improdutiva. Dizem que a primeira ervilha que ele plantou se transformou em ouro e até hoje está escondida em um lugar secreto, que ninguém conhece...

Felícia não acreditaria naquela história, diria que aquilo mais parecia um conto da carochinha e que somente com provas seria possível dizer que a tal Ervilha Essencial realmente existia, mas algo me dizia que o que Mestre Orgon havia dito tinha estreita relação com a história que Laia tinha acabado de contar.

– Se for isso mesmo, então os Metazeus estão em Gaiatmã para procurar essa ervilha de ouro... – eu concluí, enquanto Laia nadava no estilo borboleta em direção à outra longínqua margem.

E por que será que eles queriam aquela ervilha de ouro? Por causa do ouro é que não era, pois, de acordo com as palavras de Pequena Ci, eles já deviam ser bastante ricos. Mas, apesar dessa ser uma questão intrigante, era outra coisa que me atormentava. Como os Metazeus tinham conseguido entrar em Gaiatmã? Afinal, segundo o que Seu Ernesto havia dito, por mais que tentassem, eles jamais conseguiriam entrar ali.

Dessa vez tivemos que sair do lago antes do sol se esconder atrás das montanhas, já que o Sopro Dourado (que, aliás, não estava sendo nada fácil de se fazer, pois no meio do exercício eu sempre começava a pensar em outras coisas) deveria ser realizado durante o sol nascente e o sol poente, antes da primeira e da última refeição do dia. Naquela noite, na sala de refeições, Dona Dedê, toda orgulhosa de ter dado uma mãozinha no preparo da maravilhosa torta de legumes, abria um largo e terno sorriso quando nos via repetir. Ela sequer imaginava o perigo que nos rondava. Desejei que em breve eu tivesse uma oportunidade de avisá-la.

***

No dia seguinte, Mestre Orgon nos deu as instruções sobre as três últimas camadas da aura. Disse que o quinto campo energético, um campo de cor azul-turquesa, chamado "corpo supra-astral", é o primeiro corpo desprendido das qualidades terrestres e é responsável pelo amor puro e verdadeiro por tudo e por todos. Já o "corpo celeste", que Mestre Orgon tinha mencionado no dia anterior, é a sexta camada, formada de luzes vibrantes e ainda mais coloridas que as da segunda e quarta camadas. Segundo o Mestre, é esse corpo que amplia a visão sobre todas as coisas e é através dele que conseguimos enxergar e compreender as camadas energéticas da aura. A sétima e última camada, o "corpo divino", é o campo mais elevado, responsável pela transcendência total da matéria e apenas os muitíssimos treinados e desapegados dos valores terrenos conseguem vê-lo, já que sua luz possui uma intensidade violenta para os olhos comuns.

Mestre Orgon nos dividiu em duplas para que continuássemos exercitando a leitura dos campos energéticos em seres humanos. É claro que por enquanto não conseguiríamos avançar muito além dos dois ou três primeiros, mas Mestre Orgon não insistia para que víssemos e, sim, para que treinássemos. E então a oportunidade de contar tudo para Dona Dedê chegou. Por sorte (ou não), ela foi escolhida para ser minha companheira nos exercícios e nós seguimos para o canto direito dos jardins, onde uma estradinha de brita nos levava ao campo de vedélias que beirava o largo morro esverdeado. Dona Dedê se sentou logo à minha frente e, após um certo período de concentração (fundamental para conseguirmos alterar o nosso estado de consciência), começamos a examinar as cores que emanavam de nossos corpos.

"Eu preciso te dizer uma coisa, eu preciso te dizer uma coisa...", minha mente insistia até que Dona Dedê percebeu que minha aura se tornava mais amarelada e um feixe de luz azul-clara saía da altura da minha garganta e ia em sua direção. A aura de Dona Dedê (que, como ela mesma, era bastante rosada) se mostrou receptiva e eu me concentrei ao máximo no episódio ocorrido, em que eu escutava a conversa atrás da porta. Mas Dona Dedê parecia não compreender e logo nós duas nos cansamos, afinal, era preciso desprender um bocado de energia para se estabelecer uma comunicação áurica.

Relaxamos um pouco e recomeçamos. A aura de Dona Dedê, no entanto, agora se mostrava um pouco diferente. Estava mais vermelha e alaranjada, mas eu não conseguia compreender o porquê. Até que ela começou a ficar cada vez mais vermelha e agora também o corpo de Dona Dedê parecia se alterar, suas narinas foram se dilatando e a sua cabeça tombando para a esquerda. Só então eu comecei a sentir um cheiro delicioso vindo do alto do morro, um aroma irresistível de algum alimento sendo cozinhado, algo que eu nunca tinha sentido antes. Minha aura também foi ficando vermelha, mas a de Dona Dedê já estava igual a um tomate. Da mata entroncada que ficava no alto do morro veio descendo uma fumaça amarela e com ela o aroma se tornou ainda mais intenso. A aura de Dona Dedê parecia quase explodir de tanto desejo e só então eu percebi que ela não resistiria. "Resista, resista", minha aura gritava, mas de nada adiantou. Dona Dedê já ia como uma louca morro acima, agarrando-se aos pequenos arbustos com uma agilidade incrível, completamente enfeitiçada por aquele cheiro. Eu ainda tive tempo de gritar, antes que ela desaparecesse na mata e entrasse nas áreas da casa norte, dessa vez não por luzes, mas em alto e bom som:

– Não chegue perto de ninguém de batina!

A Toca das Venúsias

– Por quê? Eu não lhe faria mal algum – disse uma voz bem próxima.

Eu me virei e, logo atrás de mim, vi um senhor alto e magro, de cabelos grisalhos e... usando batina. Consegui ficar ao mesmo tempo branca de susto e vermelha de vergonha. Como aquilo tudo tinha acontecido bem no meio do treinamento áurico com Dona Dedê, a minha visão ainda estava alterada e pude enxergar, pela luz que envolvia aquele senhor, que ele realmente não me faria nenhum mal. Mas, por precaução, afinal eu ainda não confiava o suficiente nas emanações áuricas, fui aos poucos me afastando em direção ao casarão e, assim que dobrei a primeira curva da estradinha de cascalho, corri como uma louca até voltar aos jardins e me encostar em uma grande pedra que havia no meio de um canteiro de hortênsias, com o coração quase saltando para fora.

E nem mesmo pude dar três suspiros, quando escutei um barulho atrás de mim. Já ia me preparando para correr novamente quando senti alguma coisa passando pelo meu pé direito. Eu o sacudi o mais rápido que pude, achando que se tratava de um bicho. Logo em seguida escutei alguns gritinhos vindos do chão. Atirada um pouco à frente, estava uma...! Seria aquilo mesmo? Uma fadinha berrando de dor.

– Ai, ai, ai, você quebrou o meu pezinho, sua chata! – ela disse, fazendo uma careta para mim.

– Mil desculpas, achei que fosse um bicho venenoso.

– Você ainda não aprendeu que aqui não existem bichos venenosos, sua idiota?

Então eu me lembrei que Mestre Orgon havia dito que, em Gaiatmã, nenhum animal nos faria mal, desde que não fizéssemos nenhum mal a ele.

– É, eu sei, mas calma, não precisa me xingar. Você quer ajuda?

– Bom, agora eu vou precisar, né – ela disse, pulando em um pé só. – Eu estava levando essas flores para a festa de hoje.

– Festa?

– Sim. Você não sabe? Ai, você é mesmo sonsa! – disse ela ajeitando os cabelos ruivos. Hoje é o dia em que a Senhora Suprema vem nos visitar.

– Ah, sim, é claro, a Senhora Suprema – eu disse fingindo que sabia alguma coisa.

– Você quer vir conosco?

– B-bem... sim, eu adoraria.

– Meninas – gritou a fadinha – não se trata de uma inimiga, podem sair daí.

Ao dizer isso, uma legião inteira de fadas com hortênsias nas mãos saiu de trás da pedra, algumas por terra e outras voando, mas todas com vestidinhos curtos e decotados, para não dizer indecentes, bordados com miçangas e lantejoulas. Eu carreguei a primeira fadinha com o pezinho machucado na mão e recolhi as flores que ela levava, enquanto uma fada loura de seios fartos e vestido amarelo, parecendo ser a chefe delas, voou até mim, lascou um estalado beijo em meu rosto e disse:

– Muito prazer, nós somos as Venúsias.

A Toca das Venúsias ficava do outro lado do jardim, em meio ao canteiro de flores prateadas que tanto me encantou no primeiro dia. Para entrar, tive que me abaixar e sujei a roupa toda de terra. Mas valeu a pena, pois tive uma boa surpresa. O ambiente era todo coberto pelas flores prateadas e, no teto rochoso, havia um círculo aberto por onde a luz do sol entrava e refletia-se nas flores, formando um salão completamente prateado, de ofuscar os olhos. A toca exalava um perfume inebriante, toda enfeitada por arranjos de orquídeas, hortênsias e tulipas. Fiquei ali por algum tempo e, quando notei pelo círculo no teto que o sol já ia se pôr, disse que tinha que ir embora, pois precisava fazer o Sopro Dourado. Mas a venúsia do pezinho quebrado, que para o meu espanto se chamava Maria Eduarda (pois eu imaginava que se fadas existissem se chamariam Fauna, Flora ou nomes assim), disse que eu não poderia ir, pois a Senhora Suprema já se aproximava e, se por acaso eu fosse embora, seria uma enorme desfeita.

Eu insisti várias vezes para ir, mas elas também não só insistiram, como voaram todas sobre mim e me colocaram sentada no fundo da toca para que eu ficasse. Bom, eu pensei, Voz Segunda dissera que não havia obrigações em Gaiatmã e todos eram livres para fazer o que bem quisessem, a não ser, é claro, desejar ou fazer o mal a alguém ou a coisa alguma. Além do mais, o Sopro Dourado era apenas uma "tarefa do dia" e não uma das cinco regras que Mestre Orgon nos dera. Por isso eu resolvi ceder à insistência daquelas vozes fininhas e... bem, vamos à festa!

Enquanto algumas venúsias musicistas começaram a rufar os tambores, Maria Eduarda se aproximou de mim, já com o pezinho amarrado em um graveto, estendeu-me uma xícara bem pequenininha e disse, agora de forma muito simpática:

– É um chá de ervas aromáticas, minha linda, para você se acalmar e aproveitar a festa.

Como a xícara era realmente mínima, pouco maior que a unha do meu dedo mindinho, eu tive que tomar umas vinte seguidas. De repente, quando já começava a escurecer, a lua crescente se levantou no céu e parou exatamente sobre o círculo aberto, inundando toda a toca com uma luz estonteante. Enquanto isso, eu já começava a bocejar, pois aquele chá, além de me acalmar, tinha me dado muito sono. Os tambores rufavam cada vez mais forte, as venúsias, guiadas por aquela de vestido justo e amarelo, que se chamava Rafaella, dançavam em roda e cantavam cada vez mais alto até que, de repente, começou a descer do círculo no teto, flutuando como uma aparição, uma mulher envolta de vestes alaranjadas e com o rosto todo coberto por um véu.

Reinou então um silêncio ritualístico. A mulher parou no meio da roda das venúsias, colocou uma mão sobre a outra na altura do ventre e, devagar, foi levantando as duas, como se estivesse carregando água nas palmas. Quando suas mãos passaram da altura de sua cabeça, ela esticou os braços e, logo em seguida, começou a abaixá-los. Fiquei maravilhada ao perceber que, à medida que os braços da Senhora Suprema desciam, um círculo de luz ia sendo traçado ao seu redor, uma luz que percorria o exato caminho que suas mãos desenharam sobre seu corpo, do ventre à testa, estendia-se cerca de três palmos sobre sua cabeça e seguia o caminho de cada braço à sua volta. E assim que as mãos da Senhora Suprema retornaram ao ventre, completando, enfim, o círculo luminoso, ela levantou os braços para o alto, emanando toda aquela luz para o ambiente.

As venúsias então recomeçaram a dança, a música dos tambores voltou a tocar e outras venúsias chegaram trazendo baldes e mais baldes de vinho. Eu comecei a sentir uma inexplicável vontade de dançar também e, em um só impulso, me juntei a elas. Enquanto eu dançava e rodava, rodava, rodava, senti meu corpo revigorando e, quando um dos baldinhos de vinho passou em minhas mãos, tomei em um só gole. Eu não conseguia mais parar de dançar e, mesmo se quisesse, minhas pernas não parariam. Não me lembro bem o que houve depois. Sei que bebi mais alguns baldes de vinho e de repente todas as venúsias começaram a tirar os vestidinhos e ficaram nuas ao redor da Senhora Suprema, dando gargalhadas estridentes, dançando e bebendo baldes e mais baldes de vinho. E então, por um só momento, meus olhos se encontraram com os olhos da Senhora Suprema. Aquele semblante... sim, aquele semblante me parecia familiar. Espera aí! Seria aquela...

Adeus, Casa da Árvore

... e então você adormeceu, terminou de me explicar Felícia. Segundo ela, o Padre Odorico, aquele de quem eu havia fugido no campo de vedélias e que, para a minha completa vergonha, era um amigo de Mestre Orgon que habitava o Quotidiano e estava ali em Gaiatmã somente fazendo algumas pesquisas, havia me encontrado na noite anterior, desmaiada em frente à escadaria do casarão. Felícia disse que ele me levara para dentro e que, quando por um momento eu abri os olhos e vi o padre jogando água no meu rosto, eu comecei a gritar de pavor achando que ele quisesse me afogar no lago. Então Madame Babaiuca me levou para cima e me deu um chá para que eu me acalmasse e adormecesse. É claro que com aquela dose cavalar de chás calmantes somada aos baldes de vinho, eu caí em um sono mais do que pesado.

Aquele era o nosso último dia na Casa da Árvore, e Mestre Orgon pediu que nós o encontrássemos no Círculo Sagrado. Resolvi não entrar em detalhes com Laia e Felícia sobre a festa das Venúsias e me desviei das perguntas, contando a elas como Dona Dedê tinha ido parar na outra casa.

– A casa norte será a nossa próxima casa. Espero que a encontremos logo – disse Felícia que, como todas nós, também tinha se apegado muito aos carinhos de Dona Dedê.

Quando entramos no Círculo, lá estavam Mestre Orgon e Padre Odorico. Eu nem preciso dizer como fiquei vermelha quando vi o padre. Mas ele perguntou de maneira afável e bem-humorada se eu estava me sentindo melhor e fez de tudo para me deixar mais à vontade, dizendo inclusive que também ele, algumas vezes, já tinha se excedido no vinho. Depois se foi para nos deixar a sós com o Mestre. Nós, então, nos sentamos em roda e, após o Sopro Dourado matinal, Mestre Orgon disse, olhando para cada uma de nós e ajeitando os óculos, agora presos por um esparadrapo:

– Hoje é o último dia de vocês na Casa da Árvore. Neste momento inicial, vocês tiveram os primeiros contatos com as energias díspares que tentaram desviá-las do Equinje. Algumas delas, apesar de parecerem inofensivas, foram responsáveis por grandes mudanças. Foi uma energia díspar o que Liluá sentiu quando foi atraída pelo pássaro e violou a primeira regra, indo para a Casa do Peixe. Também foi uma energia díspar o delicioso aroma que Dona Dedê sentiu e que a atraiu para a casa norte, a Casa do Pássaro. E até mesmo a sua vontade incontrolável de comer aquelas salsichas pode ser considerada uma energia díspar. – E aqui todos riram se lembrando do episódio, até mesmo Mestre Orgon.

– Também foram as energias díspares que fizeram com que, a princípio, Laia se concentrasse mais no próprio corpo do que nos exercícios áuricos, que fizeram com que Felícia se prendesse aos livros em vez de colocar em prática os ensinamentos teóricos, e que a fizeram deixar de ver as manifestações energéticas do jardim quando quis descrevê-las em minúcias científicas. E também foi uma energia díspar que atraiu Kitara para a Toca das Venúsias e fez com que ela se embebedasse.

Nessa hora, eu só não morri de vergonha porque as outras também estavam na mesma berlinda.

– Essas energias díspares – continuou Mestre Orgon – também podem ser chamadas de Desejo. Foi o desejo que fez com que todas vocês perdessem o Equinje, pois foram movidas pelo apego, ou desejo de reter consigo aquilo que se gosta ou se quer muito. Até mesmo o simples desejo de se divertir é capaz de nos desviar do Equinje. Quando Mestre Orgon disse isso, eu tive certeza de que a mensagem era para mim.

– Entretanto, nenhuma dessas energias díspares abalou tanto o Equinje de vocês quanto o Medo – ele disse. – Por isso preferimos poupá-las e não contar a vocês o fato de um Metazeu ter sido visto em Gaiatmã. Mas logo percebemos que vocês já sabiam disso, vendo sobre o campo energético de cada uma, que se mostrava tranquilo até então, a mancha cinzenta do medo. Não se deve assustar uma criança, assim como não se deve assustar um homem em seus primeiros passos sobre um novo caminho. Um trabalho não progride se é manchado pelo medo, a não ser que já sejamos fortes o suficiente para detectá-lo e eliminá-lo. E vocês só terão a força necessária quando passarem de maneira tranquila pelo processo de aprendizado dos Jedegaias.

Não preciso nem dizer o quanto me senti culpada. Eu havia implantado a semente do medo em minhas companheiras. Mestre Orgon continuou a dizer, é claro, depois de perceber o meu sentimento de culpa:

– Mas não se preocupem. Repito que nada acontece por acaso e daquilo que é ruim é sempre possível tirar algo de bom. Depende da forma que se olha. É o olhar sobre o mundo que determina o próprio mundo ao redor. Peço que olhem tudo que acontece em Gaiatmã como aprendizado. E, apesar dos pesares, os meus parabéns a vocês três que conseguiram chegar até aqui.

Aquela fala aliviou um pouco a minha tensão.

– Tirem o dia de hoje para recuperar e fortalecer o Equinje de vocês, pois ele será um amigo muito importante quando vierem os próximos desafios.

Antes de se levantar para ir embora, Mestre Orgon ainda disse, ajeitando aquele esquisito par de óculos preso com esparadrapo:

– E não se esqueçam de praticar os exercícios áuricos, pois o processo de aprendizado está apenas começando.

***

Passei o dia na beira do lago a refletir sobre os acontecimentos dos últimos dias. Nós havíamos perdido o Equinje muito facilmente. E eu, que achava que seria fácil, que era só seguir as instruções do Mestre, acabei me enganando. O Medo havia feito com que eu tratasse mal um outro ser humano. Eu havia agido de forma preconceituosa com Padre Odorico. Bom, pelo menos ele não parecia zangado comigo. Além do mais, o próprio Mestre Orgon havia dito que "errar faz parte do processo". Por isso, parei de me martirizar e dei um profundo mergulho naquele lago de águas mansas para me despedir da Casa da Árvore. Ah, e como sentiria saudade...

A Casa do Pássaro

Após o Sopro Dourado noturno, nós subimos para os quartos, pegamos nossas bagagens e, conduzidas por Madame Babaiuca, seguimos em direção ao corredor norte. A partir dali, estávamos dentro dos limites da Casa do Pássaro. As portas eram idênticas às do corredor oeste, mas, ao entrarmos em nossos quartos, logo sentimos a diferença. Apesar de serem do mesmo tamanho dos antigos, cada quarto agora possuía duas camas, além de um banheiro bem mais simples. Eu e Laia dividiríamos o mesmo quarto e Felícia, por enquanto, iria dividir o cômodo com a cama vazia reservada para Dona Dedê. Ao descermos para o jantar, notamos também uma segunda diferença: não foi servido nenhum dos maravilhosos pratos de Madame Babaiuca, e, sim, uma travessa de arroz integral, outra de farinha de milho e outra de salada crua. Ainda bem que o sabor da comida não era tão ruim quanto parecia. Naquela noite, eu também comecei a sentir um estranho calor, tão intenso que quase me impediu de dormir. Imaginei que fosse apenas o verão se aproximando...

Acordamos com os toques de chamada na porta para o Sopro Dourado matutino. Assim como no primeiro dia da Casa da Árvore, eu também estava superansiosa para conhecer a Casa do Pássaro. Após o café da manhã, bem mais mixuruca que o da outra casa (apenas algumas frutas, leite puro e uma fatia de pão integral), seguimos para o salão principal. Uau! Agora inúmeras samambaias, bromélias, trepadeiras e outras exóticas espécies de plantas, micos, iguanas, araras, papagaios e tucanos se encontravam por ali. Isso sem contar que, no quadro do Planeta Terra, a mulher coberta de folhas estava agora segurando uma lua cheia, e não uma lua crescente como a da outra casa. Mas o susto mesmo viria logo depois.

Ao abrirmos a porta principal, eu mal pude acreditar no que via: uma enorme floresta se revelou à nossa frente, com uma mata tão entroncada, que seria difícil enxergar muito longe dentro daquela vegetação. Já na escadaria da entrada, plantas rasteiras de todas as espécies se agarravam às pedras e subiam até a varanda. E, para o nosso completo espanto, algumas cobras também deslizavam por ali. Mas Madame Babaiuca logo disse que não precisávamos nos preocupar, pois aqueles "animaizinhos" eram inofensivos. As paredes onduladas da casa norte se cobriam de ponta a ponta pelo verde da hera. Árvores gigantescas cercavam todo o casarão e seus extensos galhos quase invadiam as janelas do segundo andar. Além disso, na Casa do Pássaro, os raios solares pareciam ser bem mais intensos, apesar de raros, pois só aqui e ali conseguiam perfurar aquela densa cobertura vegetal.

Madame Babaiuca nos acompanhou até uma pequena clareira escondida logo à frente do casarão, que não se parecia nada com aquela onde Mestre Orgon costumava nos ensinar. O espaço era todo coberto por um mato escuro e espesso, interrompido aqui e ali por pedras e gravetos, além de ser envolto por árvores tão, mas tão enormes, que quase nos impediam de enxergar o céu. Isso sem contar o calor inexplicável que nos fazia suar o tempo todo e a enorme quantidade de mosquitos que passeavam ao nosso redor. Felícia logo ficou irritada com as picadas e os zunidos em seus ouvidos e já ia esmagar um deles, quando eu e Laia a seguramos, lembrando nossa companheira que em Gaiatmã não se pode maltratar, muito menos matar, nenhum animal.

Madame Babaiuca logo nos deixou e nós ficamos ali, sozinhas, tentando controlar o nosso Equinje para não perder a paciência com os mosquitos, quando escutamos um barulho em uma das árvores. Felícia logo pensou que se tratava de um animal selvagem e se escondeu atrás de uma pedra, mas foi uma mulher quem saltou de uma castanheira gigante e veio nos encontrar. Era, na verdade, uma senhora, uma enorme senhora de vestido rodado que eu conhecia de algum lugar...

– Olá, Kitara, onde estão minhas goiabas? – ela perguntou.

Então... aquela era a cartomante da Vila Esotérica. E a sua voz rouca... sim, eu reconhecia, era a voz que tinha escutado na sala do corredor, a conversar com Madame Babaiuca e Mestre Orgon.

– Estou brincando! – ela mesma disse, com ótimo humor. – Como você pode ver, Gaiatmã está cheinha de goiabas. Olá Felícia, como vai? E você, Laia, como tem passado? O meu nome é Maria Romana Clemente Borges Pinto Ribeiro, ou Maria sem Finco, mas vocês podem me chamar de Dona Romana mesmo, tá bom, minhas gracinhas? Assim como Mestre Orgon, eu também estou aqui para instruir vocês, meus docinhos.

Ficamos encantadas com toda aquela simpatia.

– Mestre Orgon deve ter lhes ensinado a enxergar as primeiras energias que nos rodeiam e a perceber energeticamente como o meio externo pode alterar o nosso Equinje. Eu acredito que ele tenha pedido a vocês que continuem os exercícios, e eu espero que realmente façam isso, pois eles serão muito importantes para vocês aprenderem o que eu tenho para ensinar.

E, ao dizer isso, ela deu um salto tão, mas tão alto que foi parar lá em cima, sentada em um dos galhos da castanheira gigante. E de lá continuou falando:

– E o que eu tenho para ensinar a vocês, meus amores – e aqui ela deu um outro salto e retornou ao chão quase flutuando, pousando como uma pluma no solo – é a dar saltos como esses sem machucar o pezinho ou a coluna de vocês.

– Como assim?

Felícia estava embasbacada.

– Simples, minha doce Felícia, eu ensinarei vocês a manipular energia dentro do próprio corpo e a projetá-la bem como vocês quiserem.

Nesse momento, Dona Romana fez algo que me impressionou ainda mais do que o salto mirabolante. Ela foi em direção a uma grande rocha encravada na terra e, em apenas um segundo, rachou a pedra inteirinha ao meio somente com um simples e ágil movimento das mãos. Eu já tinha ouvido minha avó dizer alguma coisa sobre homens que quebravam tijolos com a cabeça e andavam sobre o fogo apenas com manipulação de energia. Felícia, por sua vez, só tinha visto aquilo em filmes de karatê. A mais entusiasmada de nós, entretanto, era Laia, já de pé, prontíssima para o treinamento.

– Mas é importante lembrar – disse ainda Dona Romana, ajeitando os babados de sua saia – que tudo o que vocês aprenderão aqui deverá ser usado somente para fazer o bem. E o processo é demorado, não pensem que hoje já sairão partindo rochas ao meio.

Ao escutar isso, Laia fez um muxoxo.

– Agora, vamos à ginástica.

– Ginástica? – eu e Felícia perguntamos com a maior cara de preguiça do mundo.

– É claro! Ou vocês pensam que é apenas projetar energia para saltar a cinco metros de altura? Também é preciso trabalhar os músculos, meus amores. E enquanto vocês estiverem sob os meus ensinamentos, terão que exercitar o corpo todas as manhãs.

Ah, eu já imaginava que cedo ou tarde as tarefas chatas iriam começar. Depois de uma série de alongamentos, exercícios de aquecimento, corridas, abdominais e muito suor, Dona Romana colocou uma pequena folha na frente de cada uma de nós e pediu que, apenas projetando a mão em direção à folha, sem, é claro, encostar nela, conseguíssemos tirá-la do lugar.

– Mas como? – perguntou Felícia.

– Simples, transfiram toda essa energia que acumularam nos exercícios físicos para a ponta dos dedos.

Depois de várias tentativas, minha folha nem saiu do lugar.

– É preciso concentração – disse Dona Romana. – Lembrem-se da prática do Sopro Dourado e coloquem a atenção de vocês apenas nessa energia que passa pelo corpo todo e é acumulada na ponta dos dedos.

– Consegui! – disse Laia de repente.

– Muito bem, minha gracinha – disse Dona Romana olhando a folhinha dar um salto para trás toda vez que a mão de Laia se aproximava.

Eu e Felícia continuávamos tentando, mas nada parecia acontecer. Até que uma hora a minha folhinha também se mexeu. E, quando eu já ia chamar Dona Romana para contar a minha vitória, ela apareceu como um fantasma atrás de mim e disse:

– Não confunda energia com corrente de ar, minha doce Kitara. Sua folhinha se levantou porque uma brisa acabou de passar por aqui.

Nem preciso dizer a minha frustração. Para mim e Felícia, o primeiro dia com Dona Romana havia sido um fracasso, enquanto Laia aprimorava cada vez mais o seu aprendizado, passando da folhinha para uma folha maior, da folha maior para um graveto e do graveto para uma pequena pedra.

Depois do almoço, tão simples como o jantar, Madame Babaiuca sugeriu que déssemos uma volta para conhecer a região. Pediu para usarmos nossas bússolas (aquelas dos anéis em forma de girassol que Camaleoa tinha nos dado), pois, naquela mata tão fechada, seria difícil saber se estávamos caminhando sempre na direção norte. Ela então apertou a bochecha de Felícia, que já estava quase se acostumando com os seus carinhos preferenciais, e nos deixou a sós no salão principal.

Então fomos as três, para a infelicidade de Felícia, completamente exausta por causa da ginástica e coberta de picadas da cabeça aos pés, enfrentar o calor e os mosquitos.

Depois de trocarmos as calças e camisetas que costumávamos usar na Casa da Árvore pelos tops, regatas, bermudas e shorts mais frescos que tínhamos dentro da mala, seguimos para a floresta. Atravessamos a clareira onde passamos a manhã, entramos por um estreito caminho entre dois carvalhos e de acordo com a orientação da bússola, fomos enfrentando aquela mata densa e assustadora. Eu tirei minha câmera áurica da mochila e comecei a bater fotografias, afinal era uma excelente oportunidade de aprender as diferentes manifestações energéticas sobre as quais Mestre Orgon tinha falado.

Além do blumbisssck da minha câmera, podíamos ouvir apenas o som de nossos pés sobre o mato e o incessante ruído de diversos animais e insetos. Laia parecia tranquila, mas eu pressentia alguma coisa no ar, talvez fosse apenas medo de estar dentro de uma floresta, onde a qualquer hora um animal selvagem poderia nos atacar e... foi só pensar nisso que ouvi alguma coisa se mexer dentro da mata. Primeiro achei que fosse apenas a minha imaginação, e resolvi parar de me preocupar e seguir em frente, afinal eu estava ali para ser uma guerreira. Mas, quando notei que o barulho se aproximava cada vez mais e a expressão no rosto de Laia já havia se tornado um bocado tensa, sendo que Felícia já estava prestes a desmaiar de pavor, só pensei em procurar a árvore mais próxima para subir e me esconder. Antes que eu pudesse sair do lugar, entretanto, dois brilhantes olhos cor-de-rosa surgiram do meio da mata.

Uma onça pintada nos fitava fixamente como se, para o nosso desespero, estivesse preparada para dar o bote. Tentei me lembrar do que Mestre Orgon havia dito sobre os animais de Gaiatmã, que não nos fariam mal algum desde que não fizéssemos mal a eles. Mas e se por algum motivo aquela onça se sentisse ameaçada? Ah, aí não teria jeito, pois em apenas um salto ela nos pegaria. Laia, com toda aquela agilidade, talvez conseguisse fugir, mas eu não via meios de sair dali antes do bote, afinal, ainda não sabia dar aqueles saltos miraculosos de Dona Romana. No susto, deixei a câmera áurica escorregar da minha mão, o que por sorte não despertou a atenção da onça, pois nessa mesma hora outros passos começaram a se aproximar de nós. Se por um lado fiquei aliviada, já que poderia ser alguém vindo nos salvar, por outro entrei em pânico. E se fosse uma outra onça-pintada? Mas aqueles pareciam ser realmente passos humanos. Ah, mas isso era ainda pior. E se fosse algum dos Metazeus de batina?

Aqueles eram passos pesados e afobados, que se tornavam cada vez mais próximos. Laia, apesar de mais tranquila do que eu, permanecia completamente imóvel, um pouco por medo, um pouco por precaução. Felícia também estava dura como uma pedra, mas, nesse caso, por puro desespero mesmo. Já o meu coração tinha se prendido na garganta e, mesmo se eu quisesse, não conseguiria gritar por socorro. O meu medo latente era que a onça se assustasse com os passos que vinham por trás dela e, por defesa, nos atacasse. E quando os passos já estavam a poucos metros de nós e eu prestes a perder os sentidos de tanto pavor, escutei uma voz familiar, uma voz muito querida e confortante que dizia, enquanto acariciava o pelo da onça de olhos cor-de-rosa:

– Então você encontrou as meninas, hein, Basteta!

– Dona Dedê – eu gritei, correndo para abraçá-la, esquecendo-me da onça que agora lambia toda afetuosa as pernas de Dona Dedê.

Laia e Felícia também se aproximaram e então nossa recém-chegada amiga nos apresentou o seu animal.

– Essa é a minha gatinha, seu nome é Basteta.

As três Drúpias da floresta

Enquanto caminhávamos de volta ao casarão com Basteta a tiracolo, Dona Dedê nos contou tudo o que tinha acontecido desde que fora enfeitiçada por aquele aroma no campo de vedélias. Segundo ela, quando subiu o morro e se embrenhou na mata atrás daquele cheiro delicioso, notou que, à medida que a fumaça amarelada ia se tornando mais densa, mais ela ia sentindo uma felicidade inexplicável, uma vontade de rir até não poder mais. Até que viu, logo à sua frente, uma pequena cabana feita de pau e palha e era de lá que vinha aquela fumaça aromática inebriante. Mas ela não conseguia mais caminhar e acabou caindo no chão de tanto rir. Já estava prestes a perder as forças, não conseguindo mais parar com aquele surto de gargalhadas, quando apareceu uma senhora idosa bem pequenininha de cabelos brancos e compridos, ajudou Dona Dedê a se levantar e carregou-a para dentro da cabana.

Então ela não viu mais nada. Acordou com uma outra senhora que aparentava ser mais nova do que a primeira, e era tão pequena como Madame Babaiuca, colocando uma toalha molhada em sua testa para tentar abaixar a febre. Uma terceira senhora, também de pouco tamanho e bastante idade, mas que parecia ser ainda mais nova do que a primeira e a segunda, abanava-lhe o rosto com uma folha, enquanto a senhora que a recolheu lá fora estava a cozinhar alguma coisa no fogão nos fundos da cabana, algo tão cheiroso como o aroma que atraiu Dona Dedê.

— Esta é a poção-antídoto – explicou a senhora da toalha molhada, lendo os pensamentos de Dona Dedê. – Você foi atacada pela Poção do Riso.

— Poção do Riso?

— Sim, é que o dia estava tão entediante que resolvemos fazer uma coisinha para nos divertir. Só não sabíamos que existiam vítimas por perto. Se cair em mãos, bocas e narizes errados, a Poção do Riso pode acabar causando sérios danos, fazendo com que a pessoa ria tanto até perder as forças.

— E foi exatamente isso o que aconteceu com você, Demétria – disse a outra senhora trazendo do fogão a poção-antídoto.

Se aquelas senhoras adivinharam o seu nome, nome que ela mesma se esquecia de tanto ser chamada de Dona Dedê, então provavelmente eram Jedegaias. Mas, antes que ela perguntasse qualquer coisa, a idosa mais nova, que estava a abaná-la, disse toda carinhosa:

– Ora, Dedê, então você não sabe quem nós somos? – E completou com orgulho: – Nós somos as Drúpias, feiticeiras da Floresta. Mas se você quer saber, também somos Jedegaias – completou a da toalha. – Inclusive somos muito amigas de Mestre Orgon, Dona Romana, Padre Odorico e... e de Babaiuca também.

E, como Dona Dedê não entendesse nada, afinal, nunca tinha visto uma feiticeira ser amiga de um padre, a primeira senhora explicou, enquanto lhe dava a poção-antídoto:

– Todos podem ser Jedegaias, não interessa se são brancos, pretos, amarelos, vermelhos, pobres, ricos, feiticeiros, padres, monges, ciganos...

A senhora colocou a tigela vazia da poção em um canto, segurou com força as mãos de Dona Dedê e olhou fundo nos seus olhos:

– Para ser um Jedegaia é preciso, entre outras coisas, sentir uma vontade pura de fazer o Bem.

Quando aquela senhora disse isso, Dona Dedê sentiu uma coisa estranha. Um arrepio tomou conta do seu corpo, o coração bateu com mais vigor, a sua aura se tornou mais brilhante. Levantou-se e, enquanto as três drúpias sorriam ao seu redor, Dona Dedê, sem saber explicar como, teve a certeza de que havia descoberto a sua virtude: o Amor, a vontade pura de fazer o Bem.

Segundo Dona Dedê, a partir de então, tudo se tornou mais claro e simples e só aí ela compreendeu por que estava ali e por que fora escolhida para ser uma Guerreira de Gaia.

Passou todo aquele tempo na cabana com as drúpias a aprender a maravilhosa arte culinária drupe e, naquela manhã, quando soube que já estávamos na casa norte, saiu para nos procurar. No caminho, enquanto colhia algumas ervas que dariam bons condimentos, caiu de repente em um buraco e, por mais que tentasse, não via meios de sair dali, ainda mais esfolada como estava. Até que, de repente, alguém lançou um cipó lá dentro e começou a içar Dona Dedê. Ela achou que se tratava de alguma de nós, mas o que encontrou ali foi uma onça-pintada, de estranhos olhos cor-de-rosa, com a base do cipó entre os dentes. Em vez de quase desfalecer de tanto susto, o que seria de costume, Dona Dedê soube na hora que aquele era o seu animal.

"Que sorte teve Dona Dedê", eu pensava, afinal ela já tinha descoberto o seu animal e a sua virtude. Eu, ao contrário, até então não tinha visto nem sinal de um bicho ou de uma qualidade especial. Bom, mas era preciso paciência, afinal, Mestre Orgon havia dito que tudo tinha a sua hora certa de acontecer e...

– Ah não! – exclamei de repente. Eu tinha acabado de me lembrar que a câmera áurica havia ficado no chão da mata. Tinha me esquecido completamente dela quando vi Dona Dedê. Voltei correndo para buscá-la, deixando as três no vão da escadaria sem entender nada.

Ele... um Metazeu?

Segui a bússola de girassol e, para a minha sorte (ou não), a câmera áurica ainda estava lá na mata, exatamente onde havia caído. Quando eu já voltava para o casarão, de repente escutei algumas vozes vindas de dentro da mata. Eu me escondi rapidamente atrás de uma árvore e, com o coração disparado, tentei escutar o que elas diziam. Uma das vozes era bem fina e parecia ser de alguém bastante ansioso. Já a outra pessoa tinha uma voz grave e falava tão baixo que só com muito esforço eu consegui escutar alguma coisa.

– ... eu não sei de nada – dizia a voz fininha.

– Mas eu preciso... – retrucava a outra voz.

Em um misto de repentina coragem e uma enorme curiosidade, fui até a árvore da frente, bem na pontinha dos pés, para escutar melhor o que eles diziam. Dali já dava para ver a sombra de um homem. Fui com o maior silêncio possível até a árvore ao lado, um enorme abacateiro cheio de nós no qual eu poderia subir e espiá-los sem ser vista. Sentei-me em um galho seguro, espichei os olhos por entre a abundância de folhas e vi que aquela voz fina era a de um duende bem parecido com Hermânio, apesar de ser bem mais barrigudo e bochechudo. Aquele mercúrio estava a conversar com... com um homem de batina! Eu quase caí da árvore.

Dali eu não enxergava o seu rosto, mas, de qualquer forma, eu não poderia sair correndo de medo e cometer o mesmo erro que cometi com Padre Odorico, afinal, tinha certeza de que havia outros padres em Gaiatmã. Se ao menos eu conseguisse identificá-lo pela aura, mas estava agitada demais para me concentrar. De qualquer forma, eu peguei a câmera e bati uma foto para verificar depois.

– Eu realmente não sei de nada, não sei e ponto final – repetia o mercúrio.

– Você pelo menos já ouviu falar? – insistia o homem de batina quase em um sussurro.

– Sim, é claro, mas não sei onde está – disse o mercúrio indo embora.

– Ei, espera, eu preciso saber. Me diga qualquer coisa sobre a Ervilha Essencial.

Ervilha Essencial? Então aquele era mesmo um Metazeu! Na pressa de fugir dali o mais rápido possível, acabei pisando em um galho seco que se quebrou com facilidade, fazendo um enorme barulho, e me fez espatifar no chão. E, antes que eu pudesse me levantar, perdi todas as forças quando vi quem era o homem de batina que se aproximava.

– L-Lu-Luís?

– Kitara...

Eu saí correndo com uma mistura de medo, decepção e nojo. E para deixar o pequeno mercúrio ainda mais com cara de besta, ele me seguiu também, correndo e gritando como um louco:

– Calma, Kitara, eu posso explicar...

Corri o máximo que pude, até que o cansaço não me deixou mais continuar e Luís me alcançou, segurando o meu braço:

– Kitara, calma, eu explico, é que...

– Não precisa explicar nada. Você é um Metazeu!

– É que...

– E você se aproximou de mim para me usar!

– N-não, não é nada disso que você está pensando...

– Fique longe de mim – eu gritei, tirando o meu braço de suas mãos.

– Calma, Kitara, eu não quis usar você.

– Fique longe de mim!

– Kitara, me desculpe se...

– ... e se você vier atrás de mim, eu vou gritar tão alto que todo mundo vai vir em meu socorro!

Ao dizer isso, corri em direção ao casarão, deixando Luís para trás, bastante atormentado. A garota mais linda que ele tinha visto... tsc, tsc, até parece. Bem que eu tinha desconfiado daquele cartão, só podia ser mesmo para me usar. Laia, que estava sentada no chão, tentando movimentar um pé de seu tênis apenas com manipulação energética, notou como eu cheguei esbaforida no quarto e ficou realmente preocupada quando eu me joguei na cama e escondi minha cabeça debaixo do travesseiro. Mas, naquele momento, eu não conseguiria explicar nada...

Após o Sopro Dourado noturno, já me sentia bem mais calma e, finalmente, consegui contar o que tinha acontecido a Laia, que concluiu com sua postura muito ereta e um ar intocável:

– É por essas e outras que eu não me envolvo com ninguém.

Antes de me deitar, enquanto Laia já dormia, fui ao banheiro e acendi a luz para ver as manchas horríveis que deviam ter ficado sobre a foto de Luís. Mas, para a minha surpresa, não havia nada na fotografia. Achei que, com a queda, a câmera áurica tinha estragado e então larguei-a com a foto em um canto do quarto.

A ausência de energia

Após a ginástica matinal de Dona Romana, voltamos com os exercícios da folhinha, enquanto Laia já começava a praticar os saltos. Tanto Dona Dedê, que tinha recebido calorosas boas-vindas de Dona Romana, quanto Felícia conseguiram movimentar três folhinhas cada uma. Eu, por minha vez, não consegui levantar nenhumazinha do chão. Dona Romana logo percebeu a minha tristeza e veio conversar comigo:

– Kitara, meu docinho, não fique assim. Escute bem o que Dona Romana vai dizer: você é uma escolhida e não está aqui por acaso. Aproveite tudo o que Dona Romana tem para ensinar. Acredite, um dia você vai precisar.

É, eu sabia, Dona Romana tinha razão. Eu não deveria me deixar levar por aquele acontecimento e perder o meu Equinje, afinal, os motivos que me levaram até Gaiatmã eram por demais nobres para serem afetados pelos arranhões que o coração causa na gente. E foi só pensar assim que, pouco depois, já estava conseguindo me concentrar e manipular energia o suficiente para fazer cinco folhinhas voarem de uma vez. Enquanto isso, Laia já saltava quase tão alto quanto Dona Romana...

Por falar em Dona Romana, logo após o almoço, ela veio nos encontrar na sala de refeições e disse que, até então, os exercícios tinham sido moleza; mas, naquela tarde, as atividades começariam para valer. Deveríamos atravessar a Gruta Perdida, ir até uma trilha chamada Caminho dos Espinhos, percorrê-la e chegar ao Correntão, um rio onde deveríamos nadar contra a correnteza. Por um momento, eu me esqueci que estava em Gaiatma e me senti em um verdadeiro campo de treinamento. Até mesmo os nossos amuletos pareceram ficar apreensivos, pois, pela primeira vez em Gaiatmã, deram sinal de vida. Todos, ao mesmo tempo, vibraram em nossos pescoços e se tornaram mais acinzentados.

Depois de passarmos pela tal Gruta Perdida, um pequeno e escuro buraco cheio de morcegos e teias de aranha cravado em um mar de rochas acinzentadas bem no meio do mato, eu mal pude acreditar quando vi o tal Caminho dos Espinhos. Era um verdadeiro corredor de tortura, com plantas lotadas de espinhos que se amontoavam umas por cima das outras, inclusive sobre o chão, tornando a passagem impossível. Ao ver nossa cara de espanto, ela logo explicou:

– Basta direcionar o corpo para os lugares onde não há espinhos.

Como minha expressão não tivesse mudado nem um pouco, ela ainda disse:

– Kitara, você se lembra daquela loja apertada da Vila Esotérica onde eu conheci você, meu docinho? Pois então, tudo é uma questão de administração do espaço.

Nessa mesma hora, escutamos alguém se aproximando. Era Hermânio, que corria como um louco e vinha avisar Dona Romana que Mestre Orgon precisava se encontrar com ela o mais urgente possível.

– Façam exatamente o que eu disse – ela avisou com certa autoridade, indo com grandes saltos em direção ao casarão e deixando o coitado do Hermânio para trás, correndo com suas pernas curtinhas.

Depois de contar às outras que eu tinha visto Dona Romana passar por uma fresta de poucos centímetros entre a mesa e a parede, todas concluíram que aquilo que nos esperava deveria ser, de alguma forma, possível.

Laia, que já estava bem mais adiantada do que nós nos exercícios, foi a primeira a tentar. Atravessou os espinhos, quase flutuando, apoiando-se aqui e ali com muito cuidado e se desviando com uma flexibilidade incrível. Até que pudemos escutá-la dizer, já do outro lado, que não tinha se machucado. Como nós ainda não possuíamos todas aquelas habilidades, tentamos nos concentrar ao máximo e, como havia dito Dona Romana, projetar o corpo para onde não houvesse espinhos. O problema é que havia espinhos por toda parte! Depois de muitos ai-ais e arranhões, concluímos que para nós três seria impossível chegar ao outro lado do Caminho de Espinhos. Foi então que Laia, que ainda andava com suas cordas pra-lá-e-pra-cá, avisou que estava mandando uma delas para nós atravessarmos.

– Mas Dona Romana pediu que...

– Dona Romana pediu apenas que atravessássemos o caminho e isso pode muito bem ser feito de outra forma – disse Felícia, me interrompendo e já amarrando a corda no alto de uma árvore, enquanto Laia a amarrava no alto de uma árvore do outro lado.

Finalmente atravessamos o tal Caminho dos Espinhos pelos ares, é claro que com os braços superdoloridos de ficarem pendurados naquela corda. E logo compreendi por que aquele rio se chamava Correntão. A correnteza era tão forte que, a cada segundo, dezenas de gravetos e folhas desciam o rio velozes. Isso sem contar as rochas encravadas no meio e nas margens do rio onde as águas se chocavam com uma velocidade impressionante e os galhos que desciam o rio batiam com tanta força que se partiam em vários pedaços

Laia, é claro, foi a primeira a criar coragem para entrar na água. Mas, antes que ela pudesse molhar os pés, de repente, o mercúrio que estava conversando com Luís no dia anterior passou correndo e gritando: "Me deixem em paz, me deixem em paz! Eu não sei de nada!"

"Ah, só podia ser Luís de novo", eu pensei e fui correndo atrás do mercúrio. Agarrei a alça de seu macacão e o levantei, mas ele não pareceu perceber e continuou sua corrida aflita no ar. Quando ele viu que estava bem acima do chão, começou a gritar ainda mais e tentou me agredir com socos e pontapés, mas eu o mantive a certa distância e insisti:

– Foi Luís, não foi? O que os Metazeus fizeram com você?

Mas, além de não responder, ele ainda soprou em meus olhos uma espécie de gás venenoso, que, só mais tarde, fui saber que não era gás, e, sim, o terrível bafo daquele mercúrio e de todos os duendes de Gaiatmã (que, além do bafo, fedem, soltam pum e arrotam o tempo todo, entre outras coisas que nem vale a pena mencionar). Eu levei imediatamente a mão nos olhos e o mercúrio fugiu. Dona Dedê e Felícia vieram em meu socorro. Laia ainda tentou fisgar o mercúrio, mas ele se embrenhou com agilidade em uma das pequeninas tocas que havia sob as pedras, ainda tendo tempo de mandar um beijinho e chamá-la de linda, antes de desaparecer por completo.

Enquanto eu lavava os olhos no rio com a ajuda de Dona Dedê, me apoiando nas pedras e me agarrando em uma das árvores para não cair, Felícia gritou de repente, apontando para um jacarandá à nossa direita.

– Olhem ali!

Com a vista ainda um pouco embaçada, eu pude ver a silhueta de um homem sentado entre as grandes raízes da árvore. Depois de esfregar bem os olhos, vi que ele estava mexendo em um *laptop* e, como os computadores que eu vi na sala do corredor direito, aquele também era redondo e sem teclado, manipulado apenas por sensores distribuídos por todo o seu formato esférico.

Com o grito de Felícia, nós despertamos a sua atenção e, para o nosso espanto, ao nos ver, ele abriu um enorme sorriso. É claro que, a princípio, achei que se tratava de um Metazeu e pensei logo em me defender, mas então eu me lembrei de Mestre Orgon falando sobre como o medo atrapalha os acontecimentos. Além do mais, vendo-o de perto, ele não parecia ser uma pessoa má. Era um homem jovem e muito bonito, de cabelos castanho-claros e enrolados, óculos de grau e que, por sinal, não usava batina, e, sim, uma combinação de bermuda cáqui e camisa social com as mangas arregaçadas.

– Finalmente, as Guerreiras de Gaia! – ele disse – muito prazer, eu sou o Irmão Lago novo, quero dizer, o novo Irmão Lago, ou melhor dizendo, o mais novo dos Irmãos Lago-Lago.

– Albo Lago! exclamou Felícia.

– Ele próprio. E você deve ser Felícia – ele disse educadamente, beijando a sua mão.

Felícia corou na hora e, depois de muito gaguejar, disparou a falar:

– S-sabe, é que... é q-que eu já li todas as suas publicações, e as de seu irmão também. Todinhas, desde a primeira, *A ciência às avessas* e também *O método empírico da fé*, *Os tratados dos Irmãos Lago-Lago sobre a relatividade*, *A ciência holística*, que foi o que eu mais gostei, *As cores do homem*, Os vinte volumes de Física e Metafísica, a coleção *O ser e a ciência*, todos os artigos sobre "O caos inicial", "A tecnologia saudável", inclusive os artigos menores, como "O aprendizado do método científico através da arte de criar abelhas", "Os macacos falam, as moscas vão ao cinema, As flores jogam bolinha de gude, Os minutos..." aaaaaiiiii!

Só mesmo com o nosso cutucão, Felícia conseguiu parar de falar. Ela deixara até mesmo o autor daquele monte de livros completamente sem fôlego.

– B-bom, fico contente que vocês estejam aqui – ele disse, depois de um pigarro, meio sem graça e mudando de assunto. – Infelizmente eu preciso deixá-las agora, pois tenho que finalizar o meu novo livro – ele explicou. No visor do seu *laptop* redondo, havia uma animação tridimensional de um garçom oferecendo a um cliente um prato vazio sobre o qual estava escrito em letras garrafais "Aceita mais O_2?"

Ele então se despediu como um perfeito cavalheiro, beijando a mão de todas nós e dizendo especialmente para Felícia, com um ar galanteador:

– Fico lisonjeado em saber que tenho uma leitora tão interessada como você.

Nessa mesma hora, vimos Dona Romana se aproximar com seus pulos mirabolantes, saltando, inclusive, sobre o Caminho dos Espinhos, e vindo parar à nossa frente, na beira do rio. Disse depois de um suspiro aflito:

– Ai, meus docinhos, que bom que eu cheguei a tempo. Por pouco vocês não se afogam neste rio. E os espinhos machucaram muito vocês, meus amores? – ela perguntou, observando os nossos arranhões.

– Mas não foi a senhora quem nos mandou passar pelo Caminho dos Espinhos e depois nadar contra a correnteza do Correntão? – perguntou Laia que, assim como qualquer uma de nós, não estava entendendo nada.

– Sim, foi, quero dizer, não, não fui eu.

– Como assim? – perguntamos quase em coro.

– Essa é uma longa história. Haverá uma reunião com vocês esta noite e tudo será esclarecido. Agora, vamos sair daqui. Este rio é lindo, mas é muito perigoso.

Felícia, antes de ir embora, ainda deu uma olhada para trás, mas Albo Lago já tinha sumido de vista.

***

Após o Sopro Dourado noturno, Mestre Orgon e Dona Romana se encontraram conosco no Círculo Sagrado. Todos os acontecimentos e dúvidas do dia estavam agora distantes e já não nos atormentavam mais, pois, com o exercício do Sopro Dourado, sentimos todas aquelas partículas de ouro (que ainda tínhamos que imaginar) entrarem em nós com brandura pela respiração, purificando a nossa mente, fortalecendo o nosso Equinje e nos deixando centradas e imunes às energias díspares.

– Boa noite. É bom ver vocês novamente – disse Mestre Orgon sorrindo. Era a primeira vez que nos encontrávamos com o Mestre na Casa do Pássaro.

– O que aconteceu essa tarde – ele continuou – foi um incidente que, com a graça jedegaia, pôde ser rapidamente resolvido. E, antes de explicá-lo, gostaria de dizer algumas coisas.

– Como Pequena Ci contou a vocês, nós, os Jedegaias, temos algumas características especiais. Não precisamos comer, beber ou respirar porque nós transcendemos a matéria. Nós somos feitos apenas de energia. Esses corpos que vocês veem são simplesmente a forma energética de nossos antigos corpos físicos, algo como uma "fantasia" que temos que usar para permanecer na Terra e ajudar as pessoas que aqui habitam. É claro que alguns, como Camaleoa, preferiram "fantasias" mais versáteis, mas isso não tem problema. O fato é que, sendo feitos apenas de energia, existe algo que vocês, humanos, conseguem fazer e nós, os Jedegaias, não conseguimos. Enquanto o olho humano vê a matéria exatamente como ela se manifesta no mundo físico, ou seja, uma pessoa como uma pessoa, um cachorro como um cachorro, um sorvete como um sorvete e assim por diante, nós conseguimos enxergar exatamente o contrário, ou seja, enxergamos apenas a manifestação energética dessa matéria. Somente depois de decodificar as energias que existem por aí, conseguimos saber do que se trata. Ou seja, não conseguimos enxergar aquilo que não tem aura.

Pelas palavras de Mestre Orgon, imaginei que o que eles enxergavam deveria ser algo como as manchas que ficavam nas fotografias da câmera áurica.

– Exatamente, Kitara – disse Mestre Orgon, confirmando o meu pensamento. – Mas até mesmo nós podemos ter desvios de percepção, assim como alguns humanos têm, por exemplo, miopia – ele disse ajeitando os seus óculos ainda presos por um esparadrapo.

– Sabemos de tudo o que existe porque também nós já fomos de carne e osso. Mas em nossa condição de ser apenas luz, enxergamos também apenas as luzes que emanam de todas as coisas e, por isso, acompanhamos o universo que nos rodeia não somente pela visão, mas também pela sensação. Percebemos todas as qualidades de energia, positivas e negativas, e mantemos constantemente o nosso Equilíbrio Inabalável Jedegaia para não nos misturarmos com nenhuma dessas energias díspares. Entretanto, não conseguimos nos desviar da ausência de energia.

Apenas Felícia pareceu compreender o que Mestre Orgon havia dito sobre ausência de energia. Ele então explicou, percebendo todas aquelas expressões cheias de dúvidas:

– Existem tecnologias que anulam por completo um campo energético, não importando se esse campo seja negativo ou positivo. E os Metazeus possuem roupas especiais que anulam os campos energéticos de seus corpos, e, por isso, podem nos afetar sem que percebamos. Essas roupas são espécies de batinas que...

– Ah, mas não se preocupem, é impossível que um Metazeu entre aqui em Gaiatmã – interrompeu Dona Dedê, lembrando-se das palavras de Seu Ernesto.

E só então nós percebemos que Dona Dedê ainda não sabia que havia Metazeus em Gaiatmã. Sim, era óbvio, pois, no dia em que eu tinha começado a lhe contar, ela fora atraída pelo aroma das feiticeiras.

– Essa é a hora certa de todas vocês saberem a verdade. Infelizmente, Demétria, os Metazeus conseguiram entrar nas áreas de Gaiatmã, sim – disse Mestre Orgon para o triste susto de Dona Dedê. E, nessa tarde, em um momento de distração, eles conseguiram alterar o campo de Dona Romana, incutindo-lhe energias negativas que a fizeram dizer para vocês irem até o Caminho de Espinhos e nadarem contra a correnteza, onde certamente se afogariam. Os exercícios desenvolvidos naquela área só podem ser feitos em um estágio bastante avançado do aprendizado jedegaia.

– E por que eles queriam que nós nos afogássemos? – perguntou Felícia temerosa.

– Simples – disse Dona Romana. – Um dos principais motivos é porque vocês podem vê-los.

– Felizmente – continuou Mestre Orgon – os Jedegaias têm um elo de ligação muito forte entre si e eu logo senti que havia algo errado com o Equinje de Dona Romana. Então pedi a Hermânio que a chamasse imediatamente, pois basta apenas entrar no Círculo Sagrado para que um Jedegaia recupere o seu Equinje.

Enquanto o Mestre encerrava a reunião, eu pensava que sorte tinha sido aquele mercúrio ter passado correndo e depois termos encontrado o mais novo dos irmãos Lago-Lago. Por causa daqueles dois episódios, nós ainda não tínhamos entrado no rio. E, quando eu já me retirava, Mestre Orgon comentou sobre o meu pensamento:

– Podem estar certas, em Gaiatmã tudo conspira a favor de vocês.

Enquanto subíamos as escadas para os quartos, Felícia se deteve de repente e exclamou com a mão sobre o peito, com uma cara de espanto:

– Não, não pode ser! Albo Lago, o jovem do rio... seu primeiro livro foi publicado há mais de cem anos.

O ninho de plástico

Coitada de Dona Romana. Na manhã seguinte, ficamos todas com um pé atrás nos exercícios, desconfiando de qualquer coisa nova que ela propunha. Com o correr do dia, acabamos relaxando um pouco, mas, de qualquer forma, resolvemos praticar o tempo todo a nossa percepção áurica para notar qualquer mudança, por menor que fosse, no campo energético de Dona Romana. Apesar daquelas primeiras resistências, aquele foi o dia em que mais progredimos em seus ensinamentos. Começamos a praticar os saltos, enquanto Laia, em apenas um impulso, já conseguia chegar na copa da mais alta árvore da floresta. Como recompensa e também como consolação pelo dia anterior, à tarde Dona Romana nos levou para nadar em um poço de águas tranquilas, ou melhor dizendo, uma verdadeira piscina natural, onde havia uma pequena queda-d'água que vinha de um outro poço, que, por sua vez, possuía uma outra queda-d'água vinda de um outro poço, e assim sucessivamente até formarem um conjunto de sete quedas, e a última era uma enorme cachoeira de uns noventa metros de altura.

– Aqui não há perigo, meus docinhos, vocês podem nadar à vontade – ela disse e todas nós percebemos que aquelas palavras foram sinceras. Depois retornou ao casarão, pois precisava permanecer um bom tempo no Círculo Sagrado para imunizar ao máximo o seu Equinje e manter a nós e a si mesma longe das armadilhas dos Metazeus.

O calor na Casa do Pássaro era tanto que até Felícia e Dona Dedê, que tinham resistido ao delicioso lago da Casa da Árvore, resolveram tirar a roupa e entrar na água. Mergulhamos por entre pedras, peixes, vitórias-régias e, enquanto nos divertíamos balançando nos cipós das frondosas árvores que desciam vertiginosamente até o poço, um grande pássaro pousou em uma rocha ovalada que emergia das águas. Aquele pássaro... sim, todas nós conhecíamos. Era o pássaro branco de comprido bico negro que estava no quadro do planeta Terra e era o símbolo da Casa do Pássaro. Ele então abriu seu bico, fino como uma lança, e começou a entoar uma melodia tão bonita que nos deixou enfeitiçadas. Como se tivesse ido ali apenas para nos dar aquele rápido e inebriante alô, ele logo retomou seu voo, sumindo por entre as copas das árvores.

Voltamos à farra. Eu brincava de escorregar na queda-d'água e notei que Felícia, sentada sobre uma pedra na beira do poço, reclamava de alguma coisa olhando para o alto. Então também senti alguma coisa caindo em minha cabeça. Vi que era um coquinho, que estava agora a boiar na água. Logo depois, um festival de coquinhos começou a cair sobre nós e, enquanto tentava me proteger daquela chuva esquisita, escutei algumas risadinhas.

Quando finalmente consegui olhar para cima vi que, espalhados pelas copas das árvores, havia uma dezena de pequenos meninos de cabelos bem pretos e tangas vermelhas, e eram eles que estavam jogando as frutinhas em nós. De repente, um deles escorregou pelo tronco da árvore com uma agilidade espetacular, roubou os óculos de Felícia e, pendurado no cipó, dando suas risadinhas, foi parar em uma outra árvore. Laia rapidamente se agarrou ao cipó e foi atrás do menino ladrão. Então todas as criancinhas começaram a se embrenhar na mata de cipó em cipó, como macacos, e Laia, que já estava mais do que treinada por Dona Romana, fez algo que nos deixou de boca aberta. Ela se pôs a perseguir os meninos saltando de tronco em tronco com uma rapidez incrível, perpendicular ao chão, desafiando a lei da gravidade. Ficamos tão impressionadas com aquele espetáculo que nem reparamos que Laia ia cada vez mais para o leste. E só nos lembramos quando a vimos lá no alto, subindo a rocha vertical da enorme cachoeira atrás daqueles meninos, mas já era tarde demais. Àquelas horas, Laia já entrava nos domínios da Casa da Colina.

Nessa mesma hora começou a trovejar e vimos que o céu estava todo coberto de nuvens negras. Sabíamos como era perigoso ficar ali com chuva, pois uma tromba-d'água poderia descer e carregar tudo o que estivesse pela frente. Saímos do poço o mais rápido possível, vestimos nossas roupas e começamos a guiar a coitada da Felícia, que, sem os óculos, estava praticamente cega. Mas a tempestade nos pegou no meio do caminho e, por mais que corrêssemos, não conseguíamos sair do lugar, pois a terra tinha se transformado em uma lama funda e escorregadia. Para piorar a situação, raios começaram a cair sobre algumas árvores bem próximas, causando pânico geral.

Apesar do violento barulho da chuva e dos trovões, consegui escutar uma voz bem fininha nos chamando, mas não havia ninguém à vista. Continuamos a correr, mas a voz parecia insistir e, quando me virei mais uma vez, pude ver um pássaro de farta penugem branca sobre o galho de uma árvore, nos acenando com uma das asas ensopadas. De longe, aquele pássaro parecia ser o pássaro símbolo da casa que nos visitara pouco antes no poço. Eu e Dona Dedê tentamos nos aproximar, guiando Felícia com todo o cuidado, e só bem de perto pudemos ver quem era: Camaleoa.

– Venham comigo – ela disse, nos levando para dentro do mato alto e espesso, onde estava camuflado uma espécie de iglu feito de material plástico verde que mais parecia embalagens de garrafa *pet* emendadas entre si. Lá dentro, somente o barulho da chuva chegava até nós. O ambiente, além de seco, era superconfortável, coberto por folhas de malva cheirosa e com espaço o suficiente para cinco ou seis pessoas.

Camaleoa tinha aparecido bem a tempo, pois a chuva não cessava, apesar de ter se tornado mais branda. Somente o frio nos incomodava, já que estávamos ensopadas, mas o calor na Casa do Pássaro era tanto que eu nem me importava de bater o queixo.

Pouco antes que a noite caísse e a chuva cessasse, começamos a escutar passos bem próximos ao ninho plástico de Camaleoa. Então pudemos ouvir dois homens conversando.

– Não dá para esperar mais – disse um deles.

– Mas nós já procuramos por toda parte – disse o outro, desanimado.

Todas nós arregalamos os olhos e os ouvidos, completamente atentas à conversa. Somente Camaleoa parecia não compreender o que acontecia.

– O que foi? – ela perguntou com sua voz fininha e um bocado alta.

– Shhhhhhhhh – eu disse, levando os dedos aos lábios.

– Se não encontrarmos essa tal de Ervilha Essencial ainda hoje, ele vai nos matar – disse o primeiro.

– São os Metazeus! – sussurrou Dona Dedê apavorada.

Ao ouvir isso, Camaleoa respirou aliviada e começou a rir baixinho:

– Ai, que susto, pensei que fossem caçadores de pássaros.

Só agora eu tinha me dado conta de que Camaleoa não estava escutando a conversa porque aqueles Metazeus provavelmente usavam a tal batina que anulava a aura. Eu não podia imaginar que até mesmo o som era percebido apenas como manifestação áurica pelos Jedegaias. E como nós continuávamos completamente tensas diante daquele inusitado comentário, ela disse ainda mais baixinho:

– Ah, não se preocupem, eles não podem encontrar a Ervilha Essencial.

– E por que não? – perguntou Felícia.

– Porque ela está muito bem guardada pelo Poeta.

– Poeta?

– Sim, Poeta, o mais digno de nós de manter salva a Ervilha Essencial.

Mas, antes que pudéssemos dizer qualquer outra coisa, um dos homens perguntou:

– Ei, você escutou isso?

– O quê?

– Vozes de mulher.

– Isso é coisa da sua cabeça.

– Não, eu tenho certeza de que ouvi alguma coisa por aqui.

– Vai ver são as tais guerreiras que o chefe falou – disse o outro.

– Precisamos eliminar essa mulherada antes que elas causem problemas.

Os dois começaram a abrir a mata molhada a machadadas. O pavor foi geral. Logo eles descobririam a cabana camuflada de Camaleoa e aí estaríamos perdidas. Quanto mais o barulho do machado se aproximava, mais nossos amuletos vibravam:

– Não há saída – sussurrei. – A não ser que perfurássemos o chão, mas isso é impossível e...

– É claro – disse Camaleoa. – Por que não?

De repente, bem na nossa frente, Camaleoa se transformou em uma imensa minhoca e, pela primeira vez na vida, eu não achei aquele bicho nojento. Ela começou a cavar, despejando sobre nós uma chuva de terra. Pouco depois, havia um buraco bem fundo sob nossos pés e foi apenas tempo de Dona Dedê, que foi a última de nós a entrar, terminar de tapar o buraco atrás de si com as malvas cheirosas, para que ouvíssemos o barulho do machado sobre as paredes de plástico da cabana de Camaleoa.

Segui o túnel aberto pelo cilíndrico e ágil corpo de Camaleoa, tendo sempre Felícia atrás de mim se apoiando em meus ombros, seguida por Dona Dedê. Depois de muito subir e descer, virar aqui, depois ali, ficar completamente imunda por causa da terra molhada e me deparar com bichos que eu tive que me segurar para não gritar de tanto medo e nojo, finalmente eu voltei a enxergar o céu. A chuva tinha cessado e o que se via era um imenso mar de estrelas.

– Ih, acho que errei o caminho – disse Camaleoa.

A tribo Caiapã

Só então percebi onde estávamos. Uma aldeia indígena se revelava à nossa frente com suas ocas de teto de palha, suas redes penduradas entre as árvores e seus índios a nos fitarem com olhos desconfiados e assustados. Apesar de estarmos realmente com uma aparência de causar medo em qualquer um, cobertas de lama dos pés à cabeça e com os cabelos desgrenhados, era a grande minhoca quem atraía a atenção dos índios. Camaleoa percebeu isso e logo se transformou em uma indiazinha, como as muitas que existiam naquela tribo, de saiote de penas, colares de semente do tento, pinturas de jenipapo no corpo e boca roxa, pintada com coquinho de açaí.

Ao verem a recém-chegada companheira, alguns índios se aproximaram e começaram a dizer algo na língua nativa, enquanto olhavam para nós. Eu e Dona Dedê, um pouco tensas, tentávamos explicar para a coitada da Felícia, que estava sem os óculos, onde estávamos e o que estava acontecendo, quando Camaleoa se aproximou toda animada dizendo que os índios já sabiam quem nós éramos e queriam nos dar as boas-vindas.

Em meio aos olhares alegres e curiosos da tribo, fomos conduzidas para uma espécie de arena principal, onde se encontrava um casal de índios. Olhando mais de perto, percebi que o homem, apesar de vestido com trajes indígenas, não se tratava de um índio, mas, sim, de um branco de barbas grisalhas e pele bastante queimada do sol. Já a mulher era uma legítima e belíssima índia, toda enfeitada com tiaras, brincos, pulseiras, colares das mais variadas sementes, pedras e penas e pintada no rosto, nas pernas, na barriga e nos braços com símbolos feitos de urucum. Ambos falavam a nossa língua e demonstraram grande contentamento em nos ver.

– O Senhor e a Senhora Caiapã, em nome de toda a tribo, desejam às Guerreiras de Gaia as mais festivas boas-vindas – disse o homem com uma voz grave e satisfeita.

Tambores começaram a rufar e vários índios se juntaram e iniciaram uma dança ao nosso redor, batendo os pés no chão e entoando uma canção bem alegre em sua língua nativa. Quando a música cessou, o branco de cocar retomou a palavra:

– Sei que vocês já conhecem a nossa filha, Pequena Ci.

Pequena Ci? Sim, claro! Realmente os traços físicos e as vestimentas daqueles índios lembravam bastante os de Pequena Ci.

– Onde ela está? – perguntei.

– Agora Pequena Ci está envolvida em uma missão muito importante – limitou-se a dizer o homem.

Enquanto eu tentava imaginar que missão importante seria aquela, a quase cega Felícia de repente exclamou:

– Ai, minha nossa, precisamos retornar ao casarão urgente. Já é noite e nós esquecemos o Sopro Dourado.

– Não se preocupem – disse o homem – Mestre Orgon já sabe que vocês estão aqui.

Ele então colocou o dedo anelar no meio das sobrancelhas e assim ficou por um tempo, calado e com os olhos fechados. Logo depois completou:

– E ele acaba de me dizer que é mais seguro que vocês fiquem aqui esta noite e aproveitem a festa.

E assim foi. Várias índias apareceram com cuias nas mãos e, sobre as cabeças, trazendo as mais variadas espécies de comidas e bebidas nativas feitos de aipim, batata, milho, banana, maracujá, abacaxi, guaraná, entre outras delícias de sua terra. Os índios dos tambores se enfileiraram à direita, enquanto outros acendiam a grande fogueira no centro da arena. Era lua cheia e, de vez em quando, tudo escurecia quando ela se escondia por trás de uma ou outra nuvem. Enfeitadas da cabeça aos pés, índias de todas as idades, inclusive senhoras e crianças, saíam aos grupos de suas ocas e se punham em posição de dança. Camaleoa se camuflou entre elas. Eu, Felícia e Dona Dedê éramos as convidadas de honra e nos sentamos ao lado do Senhor e da Senhora Caiapã. Assim como na Toca das Venúsias, aquela celebração em homenagem à Senhora Suprema era bastante esperada e festejada. Quando eu perguntei ao Senhor Caiapã quem era a Senhora Suprema, ele respondeu de maneira bem concisa:

– Ora, a Senhora Suprema é a senhora suprema.

A grande festa havia começado. A música dos tambores, acompanhada pelo envolvente, ritmado e agudíssimo canto de vozes femininas que se alternavam com as vozes masculinas, era ininterrupta. As danças também. Como na Toca das Venúsias, todos dançavam em círculo e a fogueira ao centro iluminava expressões felizes e incansáveis. Eu estava de fora a observar toda aquela festança e tomei um susto danado quando desviei meu olhar e vi que os olhos da Senhora Caiapã estavam fixos nos meus. Nesse momento, duas indiazinhas nos chamaram para entrar na roda de dança, mas, quando eu me levantei, a Senhora Caiapã segurou o meu braço e falou com as indiazinhas alguma coisa na língua nativa.

– Kitara, venha comigo – ela disse, enquanto Dona Dedê e Felícia iam se juntar à animada festa indígena.

Andamos alguns metros e entramos em uma das ocas que, apesar de ser igualzinha às outras, tratava-se dos aposentos do Senhor e da Senhora Caiapã.

– Sente-se – ela disse, apontando uma rede suspensa por duas vigas e sentando-se na rede em frente.

– Fique calma – ela completou, notando o estranhamento que eu estava sentindo por aquela situação. – Você realmente não sabe por que eu chamei você até aqui?

Não, eu realmente não sabia. Até que...

"Há algo que eu preciso lhe dizer", eu escutei essa frase de repente, mas os lábios da Senhora Caiapã não se moveram. Então eu reparei que da altura de sua garganta saía uma espécie de feixe de luz azul-clara em direção a mim, exatamente igual ao feixe que emiti enquanto tentava me comunicar com Dona Dedê no campo de vedélias. Por acaso aquele feixe azul seria o responsável áurico pela comunicação? Bom, tudo indicava que sim. Incrível, finalmente eu estava aprendendo os ensinamentos de Mestre Orgon. Ambas sorrimos e então ela disse:

– Kitara, sei que você é uma menina muito interessada e curiosa. Em Gaiatmã, todos nós somos responsáveis pelo aprendizado de vocês e cabe a mim esclarecer algumas de suas dúvidas, pois percebo que suas energias estão inquietas e seu Equinje não será mantido por completo enquanto você não souber o que vem a ser a Ervilha Essencial.

Quando ela disse isso, estremeci toda. Será que finalmente eu compreenderia o que estava acontecendo em Gaiatmã?

– Aos poucos, toda a verdade será esclarecida – ela disse lendo os meus pensamentos.

"Há algum tempo, o Senhor Caiapã, que na época era então um jovem de coração puro chamado José, morava com sua família e não se interessava por nada mais a não ser por questões políticas. Envolveu-se em todos os tipos de brigas partidárias e manifestações, sempre lutando pela igualdade de direitos para todos os seres humanos. Tornou-se, assim, um homem odiado por alguns poderosos, que o achavam extremamente perigoso. Por causa disso, ele começou a ser perseguido, sendo até ameaçado de morte, e passou vários anos andando pelo mundo, organizando seus pensamentos, até vir parar nessas terras. Na época, toda Gaiatmã era apenas uma área desgastada pelos maus-tratos dos homens e, por isso, ninguém morava aqui, a não ser a tribo Caiapã, que lutava para se manter na escassa mata que ainda havia por essas bandas.

José, é claro, não pensava em ficar por aqui, mas estava tão fatigado de andar o dia inteiro sob um sol escaldante, que resolveu se deitar um pouco sobre a fina areia para descansar. Mas não conseguiu dormir, pois sentia tanta fome que seu estômago parecia berrar de dor. Quando já estava prestes a perder as forças, uma mulher veio se aproximando, caminhando contra o pôr do sol, o que fazia sua silhueta brilhar e José pensar que via uma miragem.

A mulher, com delicadeza, o ajudou a se levantar. E, em seguida, abriu a mão de José, colocou nela uma semente de ervilha e soprou em seu ouvido os seguintes dizeres: "Plante esta semente e ajude a Terra". Depois, simplesmente, desapareceu.

José então se agarrou à sua única esperança de alimento e plantou no solo árido a semente de ervilha. Como um milagre, começou a chover e, nessa mesma hora, a semente brotou. Da ervilha que nasceu, surgiram mais sementes, que foram replantadas, de onde nasceram mais ervilhas, que deram mais sementes, que geraram mais ervilhas e assim por diante. Trocando as sementes de ervilha por outras sementes trazidas por viajantes, que também como um milagre começaram a passar por ali, José criou uma verdadeira diversidade vegetal.

Até que, certo dia, um jovem índio Caiapã passou por aquelas bandas e foi rapidamente contar à tribo que aquele solo árido estava finalmente verdejante. Em agradecimento ao trabalho de José, meu falecido pai, na época o cacique da tribo, ofereceu a ele a mão de sua filha em casamento."

– Então quer dizer que a Ervilha Essencial é a semente que...

– Sim, a Ervilha Essencial é a planta que foi gerada daquela primeira semente que deu origem a Gaiatmã.

– Mas por que ela é tão valiosa?

– Certo dia, José caminhava por seu campo de ervilhas e viu que a mãe de todas elas tinha se transformado em ouro. Ao lado da planta, se encontrava um homem que parecia ser feito apenas de um contorno de luz. Ele disse a José: "obrigado, você não cuidou apenas de um jardim, você cuidou do planeta Terra". Então ele pegou a planta de ouro das mãos de José e no mesmo instante esse homem pareceu se tornar material. Atrás dele, apareceram vários outros seres, que, depois, José soube se tratar dos Jedegaias. Esse homem se chamava Poeta e partiu com a Ervilha Essencial, deixando os Jedegaias cuidando dessas terras. Por isso, não é por ser de ouro que a Ervilha Essencial é tão valiosa.

– E por que então? – eu perguntei sem compreender muito bem.

A senhora Caiapã engoliu em seco e depois de uma sóbria e longa pausa respondeu:

– Se a Ervilha Essencial for destruída, Gaiatmã se acabará e os Jedegaias serão banidos da face da Terra.

Nesse minuto, uma índia entrou na oca e avisou que já estava na hora da Senhora Suprema aparecer.

***

Se, por um lado, a Senhora Caiapã tinha razão quando disse que seria mais fácil manter o meu Equinje depois que eu satisfizesse a minha curiosidade e soubesse o que era a Ervilha Essencial, por outro, ela não imaginava como eu ficaria abalada com as suas falas finais. Estremecia só de pensar em Gaiatmã sendo destruída e Mestre Orgon, Dona Romana, Madame Babaiuca, Camaleoa e todos os outros Jedegaias desaparecendo do planeta. Eu realmente esperava que a Ervilha Essencial estivesse muito bem guardada. Aliás, onde estaria ela? Onde estaria Poeta?

Chegamos justamente a tempo de ver a Senhora Suprema descendo dos céus, agora coberta da cabeça aos pés com trajes esverdeados, e pairando atrás da grande fogueira. Depois de uma silenciosa reverência em conjunto, assim como aconteceu na Toca das Venúsias, a Senhora Suprema fez seu gesto ritualístico, traçando um círculo de luz ao redor de si e espalhando toda aquela energia luminosa pela tribo Caiapã. Só então todos voltaram a dançar, inclusive Dona Dedê e Felícia, que, mesmo sem enxergar direito, arriscava alguns passinhos. Eu me juntei a elas e, enquanto dançava, mais uma vez meus olhos se cruzaram com os olhos da Senhora Suprema. E dessa vez eu tive quase a certeza de que aquela era... seria mesmo?

Adeus, escadas

Naqueles dias chuvosos, apesar dos acontecimentos terem sido escassos, o tempo passou bem depressa. Já estávamos no Círculo Sagrado, a fazer o nosso último Sopro Dourado na Casa do Pássaro e, mais uma vez, seguindo os conselhos de Mestre Orgon, procurávamos refletir sobre o que havíamos aprendido naqueles cinco dias. Apesar dos treinos com Dona Romana terem sido mais do que válidos, afinal, no último dia todas nós já sabíamos dar, mesmo que com muita dificuldade, os saltos mirabolantes, o que mais me marcou na casa norte foi a história que a Senhora Caiapã me contou. Depois daquela noite, eu pensava no assunto a todo minuto.

Contei tudinho para minhas companheiras e a preocupação em manter salva a Ervilha Essencial se tornou geral. Felícia, que agora portava seus óculos reservas, uma estranha armação verde-musgo em formato de estrela que, segundo ela, veio de brinde com seus óculos originais, ficou séria e calada em um canto, elaborando e respondendo suas próprias perguntas. Já Dona Dedê segurou forte a minha mão com os olhos marejados e só então eu percebi como todas nós estávamos apegadas a Gaiatmã. Apenas um fato bem estranho conseguiu desviar a minha atenção da Ervilha Essencial.

Por causa da chuva, os dois últimos treinos com Dona Romana tinham sido em uma sala de ginástica que ficava no final do corredor direito do salão principal. A sala, na verdade, tratava-se de um enorme galpão circular com cordas e barras nas paredes e no teto, onde deveríamos treinar nossos saltos. Até aí, nada estranho. O fato é que, além do corredor ser idêntico ao corredor direito da Casa da Árvore, certa vez, a porta que correspondia à sala em que eu e Felícia nos escondemos na outra casa estava aberta e eu tomei um enorme susto quando vi que a sala era idêntica à outra, com seus computadores redondos e outros aparelhos tecnológicos exatamente no mesmo lugar. Como o engenheiro que construiu o casarão, assim como o arquiteto que a projetou e também o decorador podiam ser tão milimétricos e sem inspiração a ponto de fazerem dois corredores e duas salas tão iguaizinhas?

Mas, logo após aquele último Sopro Dourado, que já não estava mais tão difícil assim de se fazer, apesar de até então ninguém ter visto de verdade as partículas de ouro, todas essas questões tinham se tornado distantes. E então Mestre Orgon perguntou:

– Vocês sabem por que a casa norte se chama Casa do Pássaro?

Como ninguém dissesse nada, apesar de todas pensarem ser por causa do gigante pássaro branco que habitava aquela casa, ele mesmo respondeu:

– Porque foi aqui que vocês alçaram os primeiros voos.

Dona Romana, que estava ao lado de Mestre Orgon, ficou toda orgulhosa e nós achamos que aqueles primeiros voos se referiam aos saltos que ela tinha nos ensinado.

– Mas esses primeiros voos não são apenas a técnica ensinada por Dona Romana – completou Mestre Orgon, percebendo a confusão. – Na Casa da Árvore vocês tiveram o primeiro contato com a arte jedegaia, aprenderam a reconhecer o mundo de energia que as rodeia e descobriram que existe um equilíbrio inabalável em cada uma de vocês e que é preciso muita observação e disciplina para que ele seja mantido. Já na Casa do Pássaro, vocês aprenderam a perceber não com os olhos, mas com o próprio corpo a energia dentro de vocês e, o mais importante, assim como começaram a entrar cada vez mais nas luzes do universo jedegaia, passaram também a conhecer cada vez mais as suas sombras.

Uma ponta de estremecimento percorreu todo o meu corpo.

– E não pensem que de agora em diante será fácil – ele continuou. – A tendência é só piorar. Por isso, é necessário que vocês se esforcem ao máximo para manter o Equinje e, assim, sofram menos diante das circunstâncias.

Não sei se por pena de ver nossas expressões amedrontadas, Mestre Orgon disse logo depois:

– Mas lembrem-se que o medo é o pior companheiro para quem quer traçar um caminho tão importante quanto este. Ele deve se tornar um bom companheiro, servir como um aliado, um alerta. Não se esqueçam, em Gaiatmã tudo conspira a favor de vocês.

Madame Babaiuca se aproximou assim que ouviu as palavras finais de Mestre Orgon e disse que as nossas malas já se encontravam na nova casa. E, quando já estávamos a caminho da escada da Casa da Colina, Dona Romana nos interceptou:

– Não, não, não, meus amores. De agora em diante não existem mais escadas. Afinal, para que eu ensinei a vocês os saltos?

A Casa da Colina

Depois de quinze tentativas, finalmente Dona Dedê conseguiu se agarrar na pequena murada do corredor leste e, com muito esforço, eu e Felícia conseguimos puxá-la para dentro. As pioras que Mestre Orgon tinha se referido começaram a se revelar desde o início. A nova casa tinha apenas um quarto para todas nós, com um banheiro tão pequenininho que se, por acaso, Dona Dedê não tivesse emagrecido com aquele tanto de ginástica e refeições magras, não passaria nem na porta. Isso sem contar que o teto e as paredes eram descascados, o vaso sanitário com aspecto de encardido e, se não fosse limpinho, eu diria que mais parecia um banheiro de beira de estrada. As camas também eram bem piores e mais pareciam catres de uma prisão. Além disso tudo, no quarto só havia uma ínfima janela que ficava tão no alto, que só mesmo com um salto mirabolante nós conseguiríamos abri-la.

Mas o verdadeiro choque veio com o jantar. Assim que conhecemos o quarto, descemos para a sala de refeições que, por sinal, era idêntica à da Casa da Árvore e da Casa do Pássaro. Só não digo que a comida era péssima em respeito a Madame Babaiuca. Uma salada de repolho crua, fria e sem tempero descansava na cozinha e, como não havia ninguém para servir a refeição na mesa, tivemos nós mesmas que ir até lá e nos servir. O pior de tudo, além das colheres descascadas e os pratos velhos e manchados, foi ter que comer aquilo. Dona Dedê ainda voltou à cozinha para tentar ao menos cozinhar o repolho, mas não encontrou os fósforos. Sal, então, nem sinal. O jeito foi engolir aquilo mesmo para não dormir com fome.

De volta ao quarto, só mesmo uma coisa me fez rir e por um momento esquecer todas aquelas infelicidades que nos receberam na casa leste. Felícia estava a bordar alguma coisa por baixo do lençol furado com a ajuda de uma pequena lanterna, mas adormeceu e sem querer deixou que seu segredo escorregasse e caísse no chão. Era um lenço onde estavam bordados dois corações. Ao lado do primeiro se encontrava a letra F, de Felícia, e do segundo a letra A, de Albo Lago.

O misterioso sumiço de Padre Odorico

– Toc, toc, toc, hora de acordar!

Ainda não sabia por quê, mas tive a ligeira impressão de que Madame Babaiuca veio nos acordar assim que eu preguei os olhos. De certa forma, eu estava certa.

Segundo ela nos informou depois, na Casa da Colina os Sopros Dourados começariam de madrugada e seriam exercitados em tempo dobrado. Então, quando Madame Babaiuca bateu na porta do quarto, o sol ainda nem tinha nascido. Descemos para um café da manhã não tão horrível como o jantar, mas também não muito agradável. Apenas água mineral, uma fatia de pão integral e uma laranja para cada.

Logo depois, fomos para o salão principal que, cabe dizer, também era idêntico ao das outras casas, a não ser pela ausência de animais, a presença de apenas algumas plantas já quase secas e, mais uma vez, pela pequena mudança no quadro do Planeta Terra: a imensa mulher agora segurava uma lua minguante.

Para a felicidade de Felícia, os irmãos Lago-Lago nos aguardavam sentados em um dos sofás. O irmão Lago mais velho, chamado Nico Lago, era completamente diferente de Albo Lago. A única semelhança com o irmão eram apenas os pesados óculos de grau. O Sr. Nico já era bem velhinho, careca, tinha apenas alguns escassos cabelos brancos desgrenhados, além de ser bem barrigudo e usar um terno de flanela xadrez cor mostarda com proteções de couro nos cotovelos, combinando com um colete de lã marrom. Esse, sim, eu acreditaria ter publicado um livro há mais de cem anos.

Felícia tinha ficado vermelha como um pimentão perto de Albo Lago, ainda mais quando o cientista, como um perfeito cavalheiro, concedeu a ela o braço e disse que ele e o irmão nos levariam para dar um passeio pela Casa da Colina.

A área externa da casa leste era bem diferente das áreas das outras casas. A primeira coisa que nos chamou a atenção foi a imensa colina rochosa de cor azul-violeta que se erguia ao fundo do terreno, exatamente como a colina que havia no quadro do Planeta Terra. Entre o casarão e a colina, árvores que começavam a secar, formando um grosso tapete de folhas secas no chão, faziam frente e contornavam os enormes galpões circulares mais ao fundo. Já a parede externa do casarão, também ondulada, dessa vez era de um tom lilás e não possuía qualquer espécie de hera ou planta trepadeira como nas outras casas.

Mas o que mais me chamou a atenção na Casa da Colina foi o vento. Ao contrário do ar quente e úmido da Casa do Pássaro, ali soprava um constante vento que arrancava as folhas das árvores e, àquelas horas da manhã, batia com força contra os nossos corpos, causando um pouco de frio. Ainda bem que logo pela manhã, ao sentir a temperatura um pouco mais amena, eu já havia substituído os shorts e regatas que usava na Casa do Pássaro pelo meu velho e habitual conjunto de calça larga, tênis e camiseta. Felícia voltou a usar seus terninhos alinhados e pouco práticos e Dona Dedê continuava com seus largos e alegres conjuntos de estampa floral.

Nico Lago tomava a frente do grupo e dizia, todo animado, enquanto nos conduzia para o primeiro galpão:

– Hoje as Guerreiras de Gaia terão a oportunidade de conhecer a tecnologia jedegaia!

– Mas os Jedegaias não são contra a tecnologia? – perguntei, mais uma vez estranhando aquela expressão.

– Não, nós não somos contra a tecnologia. Somos contra a dependência do homem pela tecnologia e, mais do que isso, somos contra as tecnologias que causam qualquer tipo de dano não apenas ao homem, mas a qualquer ser vivo e ao meio ambiente. Além do mais, a filosofia jedegaia mudou bastante nesta última Era. Errar não é só humano. Com os acontecimentos do passado, os Jedegaias aprenderam que tudo tem o seu lado bom, até mesmo a tecnologia que...

– Uau! Que tipo de trabalho vocês realizam aqui? – interrompeu Felícia toda curiosa, entrando no imenso galpão redondo. Desde que chegamos a Gaiatmã eu nunca tinha visto Felícia tão animada.

Várias máquinas limpas, silenciosas e coloridas se espalhavam pelo ambiente. Ao fundo havia três carros iguaizinhos ao que tinha nos levado a Gaiatmã.

– Aqui são desenvolvidos os automóveis jedegaias, que, além de não poluírem a atmosfera, são ultrassilenciosos e também não poluem o meio ambiente, já que nem sequer necessitam de pneus.

Felícia logo ficou interessadíssima em saber como se dava o funcionamento dos automóveis. Albo Lago explicou a ela que aqueles carros usavam como combustível o hidrogênio emitido naturalmente por algas e bactérias, ou retirado da água com a energia gerada pelo vento da Casa da Colina, pela enorme queda d'água da Casa do Pássaro e até mesmo pelo sol. E os pneus eram substituídos por dezesseis pequenas hélices movidas pelo mesmo combustível de hidrogênio, que gera cem vezes mais energia que os combustíveis usados no Quotidiano, mesmo comportado em um tanque de tamanho normal.

Felícia perguntou então como era estocado o hidrogênio. E o todo contente Albo Lago, afinal, havia alguém toda interessada no seu trabalho, – explicou que a energia gerada era gasta na mesma hora e por isso não havia estoque, a não ser em lugares de pequeno porte, como automóveis e computadores. Enquanto isso, eu reparava que não havia nenhum homem trabalhando naquelas máquinas coloridas e de formato engraçado.

– Em Gaiatmã todos trabalham apenas naquilo que gostam – disse Nico Lago lendo os meus pensamentos. – Por isso eu e o meu irmão, que somos os únicos que adoram isso daqui, desenvolvemos uma tecnologia auto-operável, que nós mesmos administramos pelos nossos computadores. Mas nós não trabalhamos sozinhos...

E, quando ele disse isso, um jovem magro e careca, vestido com uma túnica amarela presa por um cordão roxo na cintura, surgiu de trás de uma máquina em formato de pirâmide pintada abstratamente de lilás, laranja e vermelho, com um pincel na mão e uma mancha de tinta no rosto.

– Como eu disse, em Gaiatmã todos trabalham naquilo que quiserem, onde quiserem e como quiserem, contanto que não façam mal a ninguém ou a coisa alguma – disse ainda Nico Lago, enquanto nos conduzia ao galpão seguinte, onde eram desenvolvidos aqueles estranhos computadores esféricos jedegaias.

Imensas colunas de vidro alaranjado, vidro que parecia ser uma espécie de lente de aumento, envolviam pequenas bolinhas gelatinosas de um tom roxo-escuro agrupadas de cinco em cinco e que se movimentavam ali dentro, formando espécies de estrelas flutuantes. Segundo Nico Lago, aquelas bolinhas eram as responsáveis pelos *chips* que representariam o futuro de nossa Era, pois eram deles que nasciam os computadores capazes de estabelecer a comunicação entre diversas dimensões.

– O mais interessante é que esses computadores podem se comunicar com a rede de computadores de todo o planeta, mas eles não podem ter acesso à nossa rede.

E antes que Felícia perguntasse por quê, Nico Lago foi logo respondendo:

– Porque os computadores jedegaias não existem.

– O quê? – perguntamos todas juntas, vendo não somente os *chips* mas também uma série de computadores em formato de bola à nossa frente.

– Bom, quero dizer, sim, os computadores jedegaias existem, mas não para o Quotidiano. Os computadores de lá podem perceber a nossa interferência, mas não detectar de onde ela vem.

– E por quê? – insistiu Felícia.

– Para começar, nossos *chips* não são feitos de silício, e sim de um elemento químico muito especial denominado "rodrum nadio", mas chamado informalmente por nós de "cinco pontinhos", e vocês já devem imaginar por quê. Esse elemento não é encontrado no Quotidiano, mas somente aqui em Gaiatmã, na colina azul-violeta que vocês viram ao fundo dessa casa. Além disso, nossos computadores foram desenvolvidos para se comunicar com várias dimensões. Já os computadores do Quotidiano se comunicam somente dentro de sua dimensão, afinal ali não se costuma acreditar em outras dimensões...

– Então foi por isso que vocês me mandaram um e-mail, mas eu não consegui encontrar o endereço eletrônico de vocês? – perguntei, me lembrando do episódio ocorrido.

– Exatamente.

Logo depois, seguimos para o terceiro galpão que, segundo os irmãos Lago-Lago, era o responsável pela manutenção do Super-Mosquetão. Apesar das mais variadas espécies de metais, ferramentas e materiais de acabamento distribuídos de forma organizada pelas paredes circulares do galpão, o que mais chamava a atenção era um imenso galão de vidro que se encontrava atrás de sete portas de segurança e guardava um líquido borbulhante, avermelhado e brilhante.

– Este é o nosso grande segredo, o Óleo de Píramo, responsável pelo acesso a Gaiatmã – disse Nico Lago.

Então me lembrei que Seu Ernesto tinha lustrado o carro com aquele líquido antes de entrarmos em Gaiatmã.

– Graças a ele os Jedegaias podem sair de Gaiatmã e pessoas do Quotidiano podem entrar aqui.

– Como? – perguntou Felícia que não deixava nenhuma informação passar em branco.

– Vocês já devem saber que Gaiatmã é o único lugar da Terra em que os Jedegaias podem permanecer. Mas com o Óleo de Píramo eles conseguem deixar Gaiatmã e ir a outros lugares, ainda que apenas por um curto espaço de tempo, pois logo se sentem fracos e precisam voltar ao Círculo Sagrado para fortalecer o Equinje.

Da mesma forma, as pessoas comuns não conseguem entrar em Gaiatmã, a não ser pelo Óleo de Píramo que, como vocês podem ver, é guardado literalmente a sete chaves. E por isso Gaiatmã sempre foi considerada uma terra tão segura...

Nessa hora, ambos os irmãos Lago ficaram abalados, e reinou um silêncio triste e constrangedor, até que Albo Lago disse:

– Não se preocupem, há dias não fazemos outra coisa senão tentar descobrir como os Metazeus entraram em Gaiatmã.

No final do terceiro galpão, havia um corredor de vidro que nos conduzia a um campo de folhas secas e avermelhadas a céu aberto. No meio desse campo havia uma construção de pedras em forma de semicírculo e de cor terra onde estava escrito "Estação das Pedras". Logo na entrada, uma câmera áurica instantânea presa a um suporte nos fotografava. Depois havia um tapete sensorial que registrava as nossas pegadas e nos levava até um espelho onde deixávamos um fio de cabelo nosso sobre um outro espelho de forma espiral e ovalada. Após decodificá-lo e nos identificar, relacionando o fio de cabelo com a nossa fotografia áurica e as pegadas, o espelho, para o completo espanto de Felícia, nos concedia uma consulta de numerologia. Somente a partir dos resultados numerológicos nós ganhávamos uma senha para viajar e, segundo Nico Lago, algumas vezes, dependendo do que diziam os números, a senha não era concedida.

Após uma pesada entrada de pedra ser aberta um pouco mais à frente bem no centro daquele espaço todo coberto pelas enormes rochas marrons havia um buraco no chão.

Dele surgiu uma espécie de ovo metálico flutuante, rodeado por uma fumaça translúcida de todas as cores e entremeado por pequenos raios azulados. Após fincar seus quatro pés metálicos no chão, o Super-Mosquetão levantou parte de sua casca e lá de dentro surgiu Hermânio, que, como sempre, nos cumprimentou com timidez e foi em direção ao casarão levar algum recado para Mestre Orgon.

– Quem vai ser a primeira voluntária? – perguntou Nico Lago, apontando para o Super-Mosquetão.

Depois de um certo silêncio, eu me dispus a ser a primeira, para o alívio de Felícia e Dona Dedê.

– Aqui você verá a parte mais difícil do acesso ao Super-Mosquetão – ele disse.

E realmente era. Antes de embarcar, seria preciso, com apenas a manipulação de energia, abrir a porta do Super-Mosquetão, afinal, se por acaso alguém o tocasse, morreria eletrocutado em menos de um segundo. Além disso a casca do Super-Mosquetão era sensível e identificava energeticamente a mão de quem o estava abrindo. Fechei os olhos e me concentrei. Depois de três longos suspiros, eu levei minhas mãos à frente e, com muito esforço e diversas tentativas, não consegui levantar nem um pedacinho da porta. Nunca me senti tão cansada quanto naquele momento. Realmente era preciso muito trabalho para dominar a técnica de Dona Romana.

– Não se preocupe – disse o mais velho dos irmãos Lago-Lago, levando o dedo indicador à frente e abrindo a porta com uma facilidade incrível, como se brincasse com um ioiô invisível. – Com o tempo você se acostuma.

O Super-Mosquetão era tão pequenino por dentro que não consegui imaginar como a barriga de Nico Lago poderia caber ali. Enquanto entrava com o coração disparado pelo medo e pela ansiedade, Nico Lago me dava a última e, segundo ele, mais importante instrução: assim que ouvisse o sinal de alerta, deveria prender a respiração e apenas soltá-la quando a viagem acabasse e a porta voltasse a se abrir.

Ao me sentar, cintos de segurança de todos os tamanhos se prenderam ao meu corpo e a porta se fechou automaticamente, o que me deu certo pânico. Mas então o eco de uma voz masculina doce e vibrante pediu para que eu dissesse a minha senha, ao mesmo tempo que uma iluminação violeta tomou conta do interior do Super-Mosquetão e um aroma delicioso, parecendo misturar sândalo, patchuli e olíbano, entre outras essências, começou a exalar ali dentro.

Eu disse a minha senha e o Super-Mosquetão tocou o sinal de alerta. Então prendi a respiração e ele começou a descer em uma velocidade tão impressionante que parecia estar despencando em um abismo. Um túnel de luz azul começou a se aproximar, logo se transformando em um túnel de luzes de todas as cores e, em seguida, em uma espécie de mar de faíscas maleáveis e incandescentes, ao mesmo tempo em que a velocidade parecia não parar de aumentar. Antes que eu tivesse tempo de começar a gritar, ele parou em um lugar escuro e silencioso de repente, o que deu um tranco no meu estômago e me fez descer completamente enjoada do Super-Mosquetão.

O lado subterrâneo da Estação das Pedras era magnífico. Uma enorme galeria rochosa se estendia por todos os lados, formando pequenos túneis em suas extremidades, mas eu mal conseguia prestar atenção no que via, já que não estava me sentindo nada bem. Depois do Super-Mosquetão ir e vir diversas vezes, todos já se encontravam na estação subterrânea e, quando vi Felícia e Dona Dedê descerem verdes como um alface, percebi que eu não estava tão mal assim.

– Essa é uma das maneiras de sair e chegar a Gaiatmã e é a preferida de quem gosta de perambular pelas tocas subterrâneas – explicou Nico Lago.

– Mas como ele funciona? – quis saber Felícia, se apoiando em uma das paredes da galeria.

– Simples. Ele consome como combustível o Óleo de Píramo, que nada mais é do que hidrogênio líquido somado a algumas substâncias secretas – disse Albo Lago.

E enquanto ele explicava como se dava a queima do óleo de uma forma silenciosa, econômica e não poluente, de repente um padre apareceu na estação subterrânea. Ao me aproximar um pouco mais, pude ver que era Padre Odorico. Ele veio andando em nossa direção, mas foi só eu lhe dar um aceno para que ele tomasse um susto e se virasse de forma abrupta.

– O que houve? – perguntou Nico Lago, percebendo o meu estranhamento.

– Ali, o Padre Odorico – eu disse.

E, antes que todos se virassem, uma coisa incrível aconteceu. Padre Odorico se aproximou de um dos túneis que estavam à nossa frente e simplesmente desapareceu no ar.

– Onde está Padre Odorico? – eles perguntavam, mas eu já não conseguia dizer mais nada. Fiquei tão embasbacada com o que tinha acabado de presenciar, que cheguei mesmo a pensar que aquilo tinha sido uma vertigem por causa da viagem no Super-Mosquetão.

Ishtar

– Desapareceu no ar? Você tem certeza? – perguntou o mais velho dos irmãos Lago.

Já estávamos de volta ao casarão e todos tinham ficado muito preocupados quando me viram completamente atordoada na estação subterrânea.

– Sim – eu disse já bem mais calma, apesar de sentir que até então nada em Gaiatmã tinha abalado tanto o meu Equinje como aquela visão de Padre Odorico, nem mesmo as condições ruins da Casa da Colina ou a conversa com a senhora Caiapã, ou o fato de descobrir que Luís era um Metazeu, ou mesmo o medo que eu sentia dos Metazeus.

Por isso mesmo, naquela tarde, eu não deixei o casarão e passei o tempo praticando várias e várias vezes o Sopro Dourado no Círculo Sagrado para restabelecer o meu Equinje. Já Dona Dedê foi para a difícil tarefa de procurar, nos terrenos da casa leste, frutas e vegetais e fazer um jantar pelo menos mais decente que aquela horrível salada de repolho da noite anterior. Felícia, por sua vez, não desgrudou mais dos irmãos Lago-Lago, tanto pela curiosidade em saber como toda aquela tecnologia inovadora funcionava, como para ficar perto de Albo Lago. Este, que buscava descobrir de qualquer maneira como os Metazeus entraram em Gaiatmã, dispôs-se a vigiar ininterruptamente a Estação das Pedras após o misterioso sumiço de Padre Odorico.

A tarde já caía quando terminei os exercícios do Sopro Dourado. Sentia-me bem mais tranquila. Notei que logo, logo iria escurecer e não consegui compreender como, de um dia para o outro, a noite parecia chegar tão mais cedo. Além disso, a temperatura havia mudado bastante e aquele calor abafado e quase insuportável dos dias anteriores tinha se tornado um clima fresco e até um pouco frio durante a manhã e a noite.

Eu estava no salão principal para subir até o quarto e só então me lembrei que na Casa da Colina as escadas tinham sido eliminadas. E, quando eu já ia voltar para o Círculo Sagrado e dar o grande salto para o segundo andar, comecei a escutar um barulho ao longe, uma espécie de gemido que vinha do corredor direito, ao que parecia. Caminhei em silêncio até a grande porta ovalada e colei meu ouvido. O gemido vinha mesmo lá de dentro.

Abri bem devagar a porta e entrei no corredor. Parecia não haver ninguém por ali. Segui na ponta dos pés com muita cautela para ver se tinha alguém em alguma das salas. Todas fechadas. Os gemidos se aproximavam cada vez mais e, quando eu já avançava pelo final do corredor, pude notar que eles vinham do último cômodo à direita.

Foi só abrir a porta para eu tomar um enorme susto. Não eram gemidos, e sim mugidos! Uma vaca branca com a cabeça toda enfeitada por cordões de ouro e pedras preciosas estava a pingar leite por todo chão, correndo pela sala e mugindo como uma louca, enquanto o vulto de um homem saltava rapidamente pela janela, derramando um balde inteirinho de leite. Ventava tanto na sala que eu nem consegui sair do lugar para ir até lá e ver quem era. Além do mais, o que me assustou de verdade não foi o vulto do homem nem mesmo aquela vaca assustada a dar coices no ar, o que me assustou mesmo foi a cor do leite. Não era um leite branco como o que eu conhecia, mas, sim, um leite grosso e avermelhado.

"Ela deve estar machucada", eu pensei e fui me aproximando com muito cuidado da vaca, coitada, que ainda mugia desesperada, para ver se era mesmo sangue o que estava misturado ao seu leite. Quando já chegava bem perto, vi uma coisa que me fez estremecer e ao mesmo tempo ficar de boca aberta. No chão, a um canto, uma luva, uma luva branca de couro... a luva de Seu Ernesto, o motorista dos Jedegaias.

Enquanto apanhava a luva no chão, escutei de repente a porta se fechando atrás de mim. Antes que eu me virasse, pude sentir que era Mestre Orgon. Ele parecia um bocado severo:

– A curiosidade é seu defeito e sua qualidade – ele comentou.

– A vaca... – eu tentei dizer alguma coisa, enfiando sem pensar a luva no bolso.

– Não se preocupe com Ishtar, ela vai ficar bem.

Para a minha total surpresa, olhei novamente para a vaca que estava tranquilíssima, sem dar um mugido sequer.

– Esse é o segredo de Ishtar e por isso ela mora aqui conosco no casarão, escondida de tudo e de todos: o seu leite – disse Mestre Orgon, alisando o dorso da vaca e apanhando um pouco do leite avermelhado, que escorreu entre os dedos de sua mão. Nele está a substância essencial para fazer o Óleo de Píramo. Com apenas uma gotinha é possível fazer milhares de litros do combustível. Mas há um pequeno porém, algo muito importante para a segurança de Gaiatmã. Somente eu posso tirar o leite de Ishtar. Quando alguém que não é de confiança se aproxima, ela começa a soltar seus sonoros mugidos, que funcionam não apenas como um pedido de socorro, mas também como um alarme.

– Mas não fui eu que...

– Eu sei, Kitara, eu sei que não foi você. Agora vá se juntar às outras – disse Mestre Orgon parecendo bastante preocupado.

E somente quando já atravessava o salão principal, me lembrei que a luva de Seu Ernesto tinha ficado no meu bolso.

Naquela noite, contei tim-tim por tim-tim do que tinha acontecido à tarde para as minhas companheiras. Dona Dedê tomou um susto danado quando ouviu o que eu contei sobre a luva e, é claro, ficou muito triste, afinal Seu Ernesto não era tão de confiança como tinha mostrado ser. Ajoelhou-se num canto com as sobrancelhas tensas e começou a rezar. Já Felícia, que tanto se interessava por qualquer tipo de mistério, dessa vez não teceu nenhum comentário nem fez nenhuma pergunta sobre o assunto. Estava ocupada demais em pensar em Albo Lago sem, é claro, confessar para nós a sua paixonite. Eu, por minha vez, não parava de me perguntar se Seu Ernesto teria alguma relação com os Metazeus, afinal, se ele já tinha livre acesso a Gaiatmã, para o que mais ele iria querer a matéria-prima do Óleo de Píramo?

Solu

A Casa da Colina não era formada apenas pelos enormes galpões, pela Estação das Pedras, pelas árvores de folhas secas e, é claro, pela colina azul--violeta. Na parte esquerda da área frontal da casa, havia um jardim em estilo oriental, chamado pelos Jedegaias de Jardim Vermelho por causa de suas numerosas árvores de folhagem avermelhada. Além delas, havia outras de folhagem amarela, alaranjada e arroxeada, todas circundando um laguinho sobre o qual havia uma pequena ponte. Mais à esquerda, via-se a transição entre a natureza semimorta da casa leste e a densa vegetação da casa norte. E foi passeando por ali em nossa segunda tarde na Casa da Colina que encontramos Laia. Para o nosso espanto, ela estava com uma serpente enrolada no pescoço.

Felícia quase correu de volta ao casarão em busca de ajuda, mas logo Laia explicou que aquele era o Seu animal e se chamava Solu. Ela tinha escolhido aquele nome em homenagem a seu pai, Solaio. Apesar da serpente parecer bastante dócil, lambendo a toda hora com sua língua bifurcada o rosto de Laia, confesso que não foi fácil para nenhuma de nós se acostumar com aquela cobra se enrolando o tempo todo no corpo de nossa companheira.

Uma outra coisa também nos causou estranhamento: Laia agora estava vestida apenas com uma tanga vermelha e um bustiê, no mesmo estilo dos garotos que ela perseguiu. Bom, de qualquer forma ela tinha ido parar na casa oeste de roupas de banho e portanto não deve ter tido muitas opções.

– Seus óculos – ela disse para a assustada Felícia, limpando antes a grossa camada de terra que os cobria.

– B-bem, agora eu não preciso mais – disse Felícia apanhando os óculos da mão de Laia, ajeitando seus óculos de estrelas verdes e se esquivando com verdadeiro pavor de Solu.

Para dar um alô à nossa companheira, a cobra de Laia não apenas balançou o chocalho como, em um súbito movimento, colocou a linguinha para fora e retirou os óculos reserva de Felícia. Apesar de Laia insistir várias vezes em dizer que Solu queria apenas brincar, Felícia começou a nutrir um pânico sem igual por aquele animal, tanto que nem quis saber mais de seus óculos reserva, retirados com carinho por Laia da boca de Solu. Voltou a usar os seus antigos mesmo, agora com as lentes embaçadas e arranhadas, e deixou para mim o encargo de carregar por precaução a esquisita armação verde-musgo nos bolsos largos da minha calça.

Naquela noite, assim como nas noites seguintes, Laia dormiu sobre um monte de palhas que espalhou em um cantinho do chão. Diante de nossos olhares curiosos, ela explicou que quando correra atrás daqueles meninos na cachoeira, não foi direto para a casa leste, como nós tínhamos imaginado. Acabou indo parar na comunidade dos Piás, nome pelo qual eles eram conhecidos, e por lá ficou alguns dias, logo se acostumando a dormir sobre o chão de palha de suas cabanas, que eram erguidas nos mais altos galhos das árvores da floresta. Até o dia em que, apostando corrida de cipó com um dos Piás, pendurou-se sem querer em um cipó solto. Tomou tanto susto que não conseguiu manipular energia o suficiente para amenizar a queda. A essas alturas, já entrava nos domínios da casa leste e, quando estava prestes a se esborrachar no chão, apareceu de repente um cipó bem na sua frente. Ela se agarrou a ele com todas as forças e conseguiu se safar a menos de meio metro do chão. Para sua surpresa, o cipó salvador não era um cipó, e, sim, Solu, que descansava de cabeça para baixo no galho de uma das árvores do Jardim Vermelho. Assim ela descobriu o Seu animal, pouco depois de ter descoberto com os Piás a sua Virtude. Não foi surpresa para nenhuma de nós quando a ouvimos dizer qual era: o Corpo – a arte de fazer o bem por meio do físico.

A história dos gêmeos

"Como assim?", perguntamos eu, Laia e Dona Dedê diante das palavras de Nico Lago. De acordo com o que ele nos havia dito no primeiro dia, os irmãos Lago-Lago nos ensinariam sobre a tecnologia jedegaia todas as manhãs e, no período da tarde, estaríamos livres para fazer o que julgássemos ser mais proveitoso. Sendo assim, naquela terceira manhã na casa leste, Nico Lago tinha nos levado para a sala de aula computadorizada que ficava no corredor à direita, a mesma sala que eu já tinha visto por duas vezes, uma na Casa da Árvore e outra na Casa do Pássaro. Apesar de ser uma sala de aula, ela era completamente diferente das salas do "Calabouço do Conhecimento" (eca!), como já tinha reparado na casa oeste. Os computadores redondos e leves como bolas de isopor se distribuíam sobre as mesas circulares e margeavam o computador central operado por Nico Lago. Ele estava no meio de uma explicação sobre como as pessoas do Quotidiano não podiam ver Gaiatmã, enviando para cada uma das telas esféricas de nossos computadores gráficos e figuras tridimensionais, além de teorias complicadíssimas. Somente Felícia parecia compreender.

– É muito simples – ele dizia. – Em Gaiatmã tanto o tempo como o espaço são diferentes do tempo e do espaço do Quotidiano. Gaiatmã pode estar aqui e não estar.

– Mas como? – eu insistia, sem compreender.

– Gaiatmã foi criada em outra dimensão – interferiu Felícia. – Apesar de estar sobre a Terra, nem todos podem vê-la.

– Exatamente, Felícia – disse Nico Lago satisfeito com aquela discípula tão aplicada. – E é por isso que o Óleo de Píramo é tão importante. Ele é a única substância capaz de atravessar a barreira entre essas duas dimensões, a dimensão de Gaiatmã e a dimensão do Quotidiano.

– E o que isso tem a ver com tempo e espaço diferentes? – eu quis saber.

– Nesta dimensão em que se encontra Gaiatmã, não se conta o tempo nem se mede o espaço como se faz normalmente no Quotidiano. Aqui, anos podem passar em questão de dias e uma cidade inteira como a de vocês, aqui pode ser do tamanho de uma pequena pedra.

– Mas como? – eu ainda insistia.

Nico Lago se levantou e pediu que eu o acompanhasse até a janela:

– Minha cara Kitara, basta olhar à sua volta. Você não acha estranho que a paisagem mude assim tão bruscamente de uma hora para a outra?

Ele tinha razão. Como um delicado jardim podia de repente virar uma floresta densa e entroncada para logo depois se tornar um campo aberto de árvores de folhagem seca? E isso tudo no quintal de uma mesma casa, visto apenas por ângulos diferentes? É claro que ali o processo natural não se dava como acontecia no Quotidiano, onde a paisagem vai aos poucos se modificando. Mesmo assim, ainda não conseguia imaginar como uma pedra poderia ser do tamanho da minha cidade.

– Além disso – ele continuou – não é estranho eu e o meu irmão gêmeo termos idades tão diferentes?

Ao ouvir isso, Felícia se virou com ansiedade para a janela, esperando a explicação de Nico Lago para aquele fenômeno.

– É uma história um tanto complicada, mas aos poucos vocês vão compreender...

"Assim como vocês, eu e meu irmão também nascemos e crescemos no Quotidiano. Tínhamos uma vida normal, uma família normal, frequentávamos uma escola normal e morávamos em uma casa normal. A única diferença é que, desde pequenos, nós dois já tínhamos um interesse mais do que normal pela pesquisa científica. Nosso pai, achando que possuía verdadeiros gênios gêmeos em casa, construiu um pequeno laboratório no sótão, onde nós passávamos a tarde inteira lendo e investigando como todas as coisas, o mundo e o universo funcionavam.

Apesar de sempre gostarmos de Física e lermos todas as descobertas que os novos cientistas publicavam, só quando nos tornamos adultos viemos a ter contato com o que realmente nortearia o nosso caminho científico: uma teoria que falava sobre a relatividade do tempo e do espaço. A partir de então, passamos a acreditar fielmente na existência de outras dimensões e nos dedicamos única e exaustivamente a esse assunto. É claro que demorávamos mais do que todos os outros cientistas para desenvolver nossas pesquisas, pois não utilizávamos métodos que de alguma forma julgássemos incorretos, como a vivissecção, que é o uso de animais como cobaias para a experimentação científica.

E, quando já estávamos um tanto velhos, descobrimos a existência de Gaiatmã sobre a Terra. Para o Quotidiano nós morremos, pois ninguém realmente compreendeu o nosso misterioso sumiço. Mas o que nos aconteceu foi exatamente o que havia acontecido com os Jedegaias da Era Geminiana: nós transcendemos a existência.

Depois de uma longa estada em Gaiatmã, nós compreendemos que um de nós precisava voltar ao Quotidiano para dar continuidade às pesquisas e facilitar o intercâmbio entre essas duas dimensões, fazendo com que mais pessoas tivessem acesso a Gaiatmã. Como não é nada fácil para um Jedegaia permanecer no Quotidiano com as atuais condições da Terra, Albo Lago teve que, digamos, renascer para voltar ao Quotidiano."

– Renascer? Como assim? – interrogou Felícia um tanto chocada.

– Eu nem deveria estar tocando nesse assunto, ele ainda é muito recente para vocês, mas já que comecei... bom, vamos lá.

"Podemos dizer que um Jedegaia é feito apenas de energia e consciência. Tudo que ele passou enquanto ser humano e enquanto ser de luz retém para sempre consigo nas camadas energéticas da aura. Essa consciência pode escolher ser novamente parte de um corpo; mas, caso isso aconteça, esse novo ser humano saberá de tudo o que vivera até então. Além disso, para um Jedegaia renascer, seus futuros pais devem ser avisados e estar cientes dessa característica peculiar do filho que está por vir. Isso já aconteceu algumas vezes na Terra e com Albo Lago não foi diferente. Seus novos pais souberam de toda a história do filho. Albo Lago, como vocês, agora mora no Quotidiano e vem a Gaiatmã apenas para trazer novas informações e desenvolver as pesquisas jedegaias com seu antigo irmão gêmeo."

A colina azul-violeta

Depois de toda aquela aula complicada e daquele último assunto mais complicado ainda, resolvemos dar uma volta para refletir e conhecer os domínios da casa leste. Andamos em direção à colina e eu imaginava se existiria por ali alguma coisa além dos enormes galpões, das escassas árvores nuas de suas folhas, do vento e do Jardim Vermelho à esquerda. Apesar da área externa da Casa da Colina não possuir tantos atrativos como as áreas das outras casas, uma coisa eu não podia negar. Desde que chegara ali, fiquei completamente encantada por aquela colina azul-violeta. Como seria a vista lá de cima era o que mais me fascinava.

Felícia se esquivou no meio do caminho com uma desculpa qualquer e nem precisamos observar sua aura para saber que ela estava mentindo. Vimos quando ela seguia em direção ao casarão e se desviou bruscamente em direção à Estação das Pedras para se encontrar com Albo Lago, que ainda fazia vigilância por ali. De fato, nossa companheira andava muito estranha. Desde que conheceu o mais novo dos irmãos gêmeos, ela não leu um livro sequer, sendo que sua média antiga era de um livro por dia. Além disso, não queria mais nos acompanhar em nossas programações e, quando isso acontecia, ficava sempre de mau humor. Mas não estávamos tão preocupadas assim, afinal sabíamos bem, ou no mínimo poderíamos imaginar, o que era uma mulher apaixonada.

Logo que nos aproximamos da colina, comecei a escutar o barulho de água. Segundo Laia, o Correntão da Casa do Pássaro ali não passava de um pequeno riacho. Enquanto contornávamos a base da colina para chegarmos até ele, vi um vulto um pouco gordo passando por trás de uma das grandes pedras arroxeadas. Quando me aproximei para saber quem era, não vi mais ninguém.

– Aonde você está indo? – perguntou Dona Dedê preocupada ao me ver desviar do caminho do riacho e seguir para a colina.

– Essa colina é perigosa – Laia gritava, mas eu pouco me importava com o que ela dizia, afinal já estava no encalço dos rastros daquele vulto.

Sim, eu tinha certeza, eu tinha visto um vulto. Se minha visão não falhara, era o vulto de um homem. E minha intuição dizia que aquele vulto era Seu Ernesto.

– Aaaaaaaiiiii! – eu escutei de repente ao pisar em uma das pedras violetas que formavam a subida da colina. Aquela voz fininha não me era estranha. Olhei em volta, mas não vi sinal de ninguém.

– Você está me machucando – insistiu a voz, e só quando eu olhei para baixo vi que a pedra sobre a qual eu estava pisando era Camaleoa.

Pulei para a pedra ao lado e ela então se levantou como podia com aquele novo corpo duro e pesado.

– O que você está fazendo por essas bandas? – ela perguntou.

– É que eu vi um vulto passando por aqui e achei que poderia ser um traidor.

– Não, por aqui não passou traidor nenhum. Quem passou agorinha mesmo foi Seu Ernesto.

– Mas é dele mesmo que eu estou falando.

– Como assim? – espantou-se Camaleoa, e então eu contei a ela o episódio do leite de Ishtar e da luva de Seu Ernesto.

– Não é possível – disse Camaleoa – se ele tivesse más intenções, nós descobriríamos.

– Mas então por que Mestre Orgon ficou tão preocupado naquele dia?

– É, é bem verdade que Seu Ernesto anda meio misterioso – ela disse pensativa. – Bom, só mesmo pesquisando para saber.

E então Camaleoa de repente se transformou em um centauro, metade cavalo, quer dizer, metade égua e metade mulher. Ganhou belas patas traseiras de uma cor castanha que contrastavam com o alvo busto nu e os longos cabelos de cor violeta caindo sobre os ombros. Camaleoa, quando normal, provavelmente deveria ser como estava agora da cintura para cima, e só então eu pude ver como ela era uma mulher bonita.

– Pode montar – ela disse com sua educada voz de menina.

– Não precisa, eu posso ir a pé.

– Então você não sabe? Essa colina está cheia de "cinco pontinhos", que é muito ácido e pode ferir os seus pés.

Só então olhei para a sola do meu tênis e vi que ela tinha derretido. Olhei para os cascos de Camaleoa, mas eles estavam protegidos por uma espécie de plataforma de vidro amarrada em cada um deles.

– O vidro é um material que não reage ao "cinco pontinhos" – ela explicou. – Ah, e esses daqui foram feitos com uma vidraça quebrada lá do casarão.

Eu me sentei no dorso de Camaleoa e começamos nossa jornada colina acima. Aos poucos, o casarão lá trás foi ficando cada vez mais distante e, daquelas alturas, já era possível ver toda a Casa da Colina com seus galpões circulares, a Estação das Pedras, o Jardim Vermelho e o pequeno riacho violeta que descia da colina. Camaleoa adivinhava cada detalhe, praticamente imperceptível para mim, dos rastros de Seu Ernesto. Segundo foi me explicando no caminho, ela não habitava o casarão como os outros, mas, sim, as áreas externas de Gaiatmã e por isso conhecia cada cantinho, por menor que fosse, daquela região.

– Então você sabe onde está a Ervilha Essencial? – perguntei curiosa.

– Bom... olha, aquele ali não é o Seu Ernesto? – ela desconversou.

Seu Ernesto estava encostado em uma pedra, descalçando as botinas gastas e colocando no lugar outras que tirou de uma sacola. "Como ele é bobo", pensei, "Por que não usa sapatos de vidro como Camaleoa?"

Nós nos escondemos atrás de uma rocha e ficamos a espionar cada um de seus atos. Apesar de estar um pouco distante, pude reparar que em sua mão esquerda se encontrava uma espécie de faixa vermelha no lugar da luva. De repente se aproximou dele, pelo outro lado da colina, um homem de batina. Ah, eu estava certa, um traidor!

Mas, apesar de não ver seu rosto dali, com algum esforço eu consegui enxergar sua aura e notei que dela emanava uma energia positiva. Quem seria aquele então? Se não era um Metazeu, só podia ser Padre Odorico. Mesmo de longe, eu pude ver que Seu Ernesto entregava alguma coisa para o homem de batina, uma espécie de pacote de papel pardo. Eu tentava a todo custo enxergar o rosto dele, mas daquela distância era realmente impossível. Até que, de repente, sem querer, vi que uma espécie de feixe cor-de-rosa saía de seu campo energético e no meio do caminho, pelo alto, se ligava a um outro feixe cor-de-rosa que saía de... de mim! E só então eu percebi que era Luís.

– Está vendo? – disse Camaleoa, a aura de nenhum deles parece estar com más intenções.

– Mas então o que eles estão fazendo escondidos aqui no alto da colina?

Isso Camaleoa não me respondeu. Enquanto descíamos a colina, tentei compreender como a aura de Luís podia estar cheia de boas intenções. É, talvez eu estivesse mesmo enganada a seu respeito. Mas então por que ele estava ali em Gaiatmã? Por que estava atrás da Ervilha Essencial? E por que estava vestindo uma batina, se tinha desistido de ser seminarista? Enquanto eu pensava em todas essas questões, olhava para a noite que caía sobre a Casa da Colina. A não ser pelos lampiões acesos por Madame Babaiuca no casarão, a escuridão era total. Para que pudéssemos enxergar alguma coisa, Camaleoa estendeu a mão direita, fechou os olhos e uma bola de luz surgiu em sua mão.

– Um dia você também fará isso – ela disse, observando o meu espanto.

À medida que nos aproximamos da base da colina, pude ver também algumas luzinhas móveis que surgiam próximo à Estação das Pedras. Camaleoa me explicou que eram os mercúrios levando tochas nas mãos para fazerem os preparativos da grande festa do dia seguinte.

– Festa?

– Amanhã eles receberão a visita da Senhora Suprema no Salão Central das Tocas.

Uma festa de mercúrios! Aquela seria uma ótima ocasião para tentar descobrir onde estava a Ervilha Essencial, pois eles com certeza sabiam alguma coisa. Bom, pelos menos aquele mercúrio gordinho que eu encontrei na margem do Correntão sabia, afinal, por que Luís o estava perseguindo para descobrir informações sobre ela? Restava agora saber onde ficava esse tal Salão Central das Tocas.

– Ai, ai, ai, eu preciso ir com urgência! – exclamou Camaleoa de repente.

– Ir para onde?

– As índias Caiapã! Prometi que essa noite iria ensiná-las a se transformarem em jaguatiricas.

Então ela me deixou ali, correndo com suas patas colina abaixo e levando consigo a luz e a proteção para os meus pés. É certo que já estávamos quase na base da colina, mas com toda aquela escuridão, eu teria que andar bem devagarzinho para não tropeçar em nenhuma pedra e, naquela velocidade mínima, o "cinco pontinhos" acabaria derretendo os meus pés. E não havia nada que eu pudesse fazer já que... ei, espera aí. Enfiei a mão no bolso e lá estavam eles, os óculos reservas de Felícia com sua estranha armação de estrela verde-musgo. Ah, é claro que Felícia iria compreender...

Parti os óculos ao meio e amarrei nos pés as duas lentes de estrela com os cadarços do meu tênis. É claro que as lentes, apesar de serem grossas como fundo de garrafa, eram frágeis e bem menores que meus pés, por isso tive que ir até lá embaixo andando bem na pontinha dos dedos, o que me rendeu uma noite inteira de dores, inchaço e pernas para cima.

A festa dos mercúrios

– Não, obrigada. Eu preciso estudar mais uma vez o artigo "A Física Quântica e a Sabedoria Oriental de mãos dadas em busca do conceito do Tempo" – disse Felícia se esquivando do meu convite.

A Física Quântica e não-sei-o-que-lá... até parece. Todas nós já estávamos carecas de saber que ela iria se encontrar com Albo Lago e por isso não iria nos acompanhar na festa dos mercúrios. Laia topou na hora ir até lá, mesmo porque ela já estava como Camaleoa, preferindo ficar nas áreas externas do casarão. Já Dona Dedê, apesar de ficar um pouco receosa, acabou se juntando a nós, afinal, ela adorava uma festinha. E quando eu perguntei o que era aquela trouxinha de pano que ela levava nas mãos, ela disse que era falta de educação ir a uma festa sem levar nada e por isso tinha feito um doce de maçã e passas com as escassas frutas que tinha encontrado naquela tarde. Bom, adeus jantar, eu lamentei, afinal eram as frutas quase secas que Dona Dedê encontrava que estavam nos salvando da terrível salada crua de Madame Babaiuca.

Saltamos do segundo andar para o Círculo Sagrado e, após o Sopro Dourado, seguimos para a festa. Como estava muito escuro, Laia apanhou umas pedras e uns gravetos que encontrou no caminho e, raspando uma pedra na outra, conseguiu o fogo para fazer uma tocha.

Apenas uma coisa eu sabia. O Salão Central das Tocas deveria ser próximo à Estação das Pedras, pois no dia anterior todos os mercúrios seguiam para lá. Mas, ao contrário do que eu imaginava, não foi nenhum mistério encontrar o local da festa. Já na Estação, vimos um casal de duendes bem velhinhos que não se pareciam nada com os mercúrios que conhecíamos. Eram um pouco maiores e bem mais magros, de um tom amarelado, e cada um deles fumava um cachimbo. Também vimos uma duende azul e adolescente, muito bem arrumada de batom e salto alto, saltando do Super-Mosquetão e pegando a saída à direita. Como o casal de duendes velhinhos andava muito devagar, seguimos a adolescente a certa distância: afinal, mesmo com todo aquele perfume, ela ainda exalava o horrível cheiro dos duendes.

Lá fora, no campo de folhas avermelhadas, ela andou em direção a uma enorme árvore seca e entrou em um buraco que havia ali no tronco. Enquanto Laia fazia o mesmo que a duende, eu vi o mercúrio bochechudo que soltou o bafo nos meus olhos simplesmente aparecer no ar, como mágica, e depois correr em direção à estação.

– O que foi, Kitara? – perguntava Dona Dedê, enquanto me via boquiaberta olhando para o nada.

– Você viu isso?

– Isso o quê?

– O mercúrio bochechudo...

– Que mercúrio bochechudo?

É claro que Dona Dedê não tinha visto. Naquela hora, ela estava por demais ocupada, enfiando o dedo no doce de maçã. E Laia já se encontrava quase por inteiro dentro da árvore. Elas não pareceram acreditar muito quando eu contei o que tinha acabado de ver. Mas dessa vez não era ilusão de ótica, eu tinha certeza. O mercúrio havia realmente aparecido como mágica, bem na minha frente.

Quando chegou a minha vez de entrar na árvore, eu estava tão obcecada pela ideia de descobrir de uma vez por todas que história era aquela de aparecer e desaparecer de repente, que pulei lá dentro sem pensar. Não poderia imaginar que o buraco seria tão fundo. Eu teria me esfolado toda com aquela queda vertiginosa se não tivesse chegado lá embaixo flutuando, exercitando a tão bem-vinda manipulação energética de Dona Romana.

Lá embaixo, um corredor rochoso desembocava em um salão de onde vinha uma luz tremulante, uma música bem alta e, é claro, um cheiro horrível. Dona Dedê foi a última a descer e, depois que ela reclamou um bocado porque seu doce de maçã tinha se desfeito no caminho, seguimos para o Salão Central das Tocas.

De todas as festas a que eu tinha ido em homenagem à Senhora Suprema em Gaiatmã, a dos mercúrios era a mais animada. As tochas rodeavam todo o salão de pedra, artesanatos exóticos em ferro e madeira enfeitavam o local e, bem no centro, havia uma piscina subterrânea onde vários duendes nadavam, bebiam uma espécie de *drink* flamejante de cor esverdeada e brincavam de dar caldos uns nos outros. No meio da água, havia um bar onde eles se serviam até se fartarem de bebidas e comidas. Mais no alto, havia um suporte todo enfeitado com flores e variados tipos de oferendas. Ali provavelmente era o altar onde pousaria a Senhora Suprema.

Por todo o salão, diversas espécies de duendes, em sua maioria mercúrios (contando as crianças e os idosos), dançavam ao som da música eletrônica comandada por um DJ mercúrio vestido com uma roupa toda prateada, que tocava dentro de um suporte de vidro pendurado no teto. As músicas eram bastante exóticas, não se pareciam muito com as eletrônicas tocadas no Quotidiano. Havia também um VJ que projetava imagens psicodélicas na parede rochosa.

Diversos duendes amarelos, azuis, verdes e lilases conversavam com os mercúrios, que tinham como traço comum aquelas peculiares bochechas enormes e vermelhas. Apesar dos variados tipos de duendes, nenhum deles parecia se importar com a presença de humanos na festa.

– Olá – disse de repente uma vozinha tímida atrás de nós. Era Hermânio, vermelho até os dentes de tanta vergonha por ter vindo nos cumprimentar. – Bem-vindas à nossa festa.

Ele então se virou para Dona Dedê com uma bandeja cheia de salgadinhos com recheio de espinafre, milho e palmito, e disse com um acanhamento de dar dó:

– Estes são especialmente para você. Por eu ter roubado os salgadinhos da sua festa.

É claro que Dona Dedê aceitou e até mesmo começou a nutrir um afeto todo especial por Hermânio. E também não nos deixou a ver navios, dividindo com a gente os salgadinhos. Isso sem contar os tantos outros pratos e as mais variadas espécies de quitutes que nós comemos na festa, o que nos pouparia por um bom tempo de comer aquele jantar horrível da Casa da Colina.

Enquanto eu me deliciava com um enrolado de salsicha de soja, tomei de repente um banho da água que espirrou da piscina. Era um duende bem bochechudo que tinha pulado e... espera aí, um duende bem bochechudo? Olhei para a piscina e lá estava ele, exatamente o mercúrio que eu procurava, super à vontade no seu calção de banho, tomando Multiplik (nome do tal *drink* esverdeado) e paquerando as duendes jovenzinhas de biquíni que estavam na piscina.

– Olha, o mercúrio que eu falei... – disse, mostrando o duende para Laia e Dona Dedê.

– Deixa comigo – disse Laia, entrando na piscina com ares de sedutora, para o nosso susto.

– Oi, lembra de mim? Aposto que sim, você até me chamou de linda – ela disse com voz sensual para o mercúrio que se assustou na hora e já ameaçava de sair correndo da piscina, quando ela o segurou com doçura pelo braço:

– Calma, não vou fazer nada com você. Sabe que eu te achei uma gracinha? – disse, apertando com carinho o barrigão do duende, que ficou completamente derretido de amores por Laia. Pouco depois os dois saíam por um túnel adjacente.

Enquanto isso, a festa ficava cada vez melhor. O DJ e o VJ faziam misturas de sons e imagens superinebriantes e, assim como os índios e as venúsias, os duendes pareciam incansáveis, não parando de dançar um minuto sequer. O consumo de bebidas e comidas também era inesgotável. A única coisa que atrapalhava a festa era o cheiro nada agradável que exalava pelo ar. O bafo de todos aqueles duendes reunidos, fora o odor do suor (tão repulsivo quanto o bafo) e toda aquela comilança (que resultava em um festival de arrotos e flatulência) não estava sendo nada fácil de aguentar.

Dona Dedê resolveu dançar no meio da pista com dois duendes lilases, gêmeos e bailarinos e eu fui para a entrada do túnel adjacente, não me aguentando mais de curiosidade de saber o que Laia tanto conversava com o mercúrio.

Como na festa das venúsias e da tribo Caiapã, o momento ritualístico finalmente chegou. O VJ e o DJ pararam de tocar. Todos os duendes fizeram uma roda em volta da piscina e os que ainda restavam dentro d'água saíram rapidinho.

Então, em forma de fumaça brilhante, como se perfurasse o teto pedregoso, surgiu a Senhora Suprema. Dessa vez, trouxe consigo uma pequena diferença: suas vestes eram roxas e escuras, não sendo possível enxergar seu rosto por baixo do véu.

Após se curvarem diante da Senhora Suprema, que mais uma vez traçou um círculo ao redor de si e emanou a luz para o ambiente, os duendes começaram a dançar em roda e a entoar cantos em que a chamavam de mãe.

***

A história que Laia nos contou quando retornamos ao casarão era mesmo impressionante. Depois que ela e Joca (esse era o nome do mercúrio) deixaram a festa, Laia prometeu a ele de maneira provocante que lhe daria um beijo se ele respondesse algumas perguntas. É claro que ele adorou a proposta e se dispôs a contar tudinho.

Primeiro Laia perguntou por que ele tinha aparecido como mágica na Estação das Pedras. O mercúrio deu uma longa risada.

– Então você não sabe? – disse com voz pomposa e meio embriagada. – Nós, os duendes, não precisamos dessas parafernálias todas para passar de uma dimensão a outra. Nós abrimos os nossos próprios túneis interdimensionais.

– Mas então por que havia duendes saindo do Super-Mosquetão?

– Ah, a travessia dos nossos túneis não é nada fácil, cheia de trancos e piruetas. Alguns velhos preferem o conforto do Super-Mosquetão para viajarem sentados. Já as adolescentes e as duendes mais vaidosas viajam no Super-Mosquetão para não desarrumarem os cabelos nem amarrotarem as roupas.

E os mercúrios, que são duendes mensageiros, o que não é o meu caso, apesar de ser um mercúrio, viajam no Super-Mosquetão porque é uma travessia mais rápida. Além do mais, se eles trabalham para os Jedegaias devem utilizar o meio de transporte deles, não é mesmo... minha deusa?

E, segundo Laia, nesse momento ele tentou beijá-la, mas ela se esquivou o mais rápido possível, menos por causa do beijo e mais para evitar aquele bafo insuportável, partindo para a próxima pergunta:

– Se esses túneis são exclusivos dos duendes, porque humanos também já foram vistos desaparecendo no ar aqui na estação?

– Ah, não... até você! Até você, minha *papik labubb*! Eu não quero falar sobre isso!

– Por acaso os Metazeus entraram em Gaiatmã por esses túneis? – ela insistiu mais uma vez, se esquivando do beijo, e então ele começou a ficar nervoso, andando em círculos e balançando as mãozinhas no ar, dizendo com a voz um pouco embolada pela bebedeira:

– Ah, eu já disse, eu já disse! A culpa não foi minha. Eu não sabia, eu não sabia, eu juro pela Senhora Suprema que eu não sabia. Sabe, olha... por favor, não, de jeito nenhum, não conte nada para Mestre Orgon. Não conte...

– É claro que eu não vou contar nada. Sabe, benzinho, o que você fez não foi tão grave assim... – arriscou Laia com uma pitada de sensualidade, o que fez Joca se acalmar um pouco e dizer:

– Também, como eu poderia imaginar que os Metazeus estavam enganando a gente com aqueles túneis falsos?

– Você não poderia – disse Laia com sangue frio. – O erro não foi seu. Como será que isso foi acontecer?

– Eles me seguiam e... e quando eu abria o túnel, eles criavam um túnel falso logo à frente que não levava a lugar nenhum, era só uma ilusão. Eu entrava no túnel falso e eles aproveitavam para entrar no túnel verdadeiro que eu tinha aberto e... e... b-buáááá...

Joca ficou tão triste e atordoado que Laia, por um súbito sentimento de pena, deu nele um repentino beijo. O mercúrio então ficou rosado, depois vermelho, depois arroxeado até começar a cambalear, rodopiando de um lado para o outro e depois de um longo suspiro, caiu duro feito uma pedra.

Ao mesmo tempo em que Laia tentava se livrar do gosto realmente horrível que ficou na sua boca, ela insistia em arrancar mais informações:

– Ei, acorda! Acorda! Eu preciso saber mais sobre os Metazeus, acorda! – mas o mercúrio tinha caído em um sono profundo.

Visões

"Então Padre Odorico era um traidor?", eu pensava deitada em minha cama dura, envolvida por essa e outras tantas dúvidas. Se Padre Odorico fosse mesmo um traidor, como Mestre Orgon confiava tanto nele? E se ele sabia de tudo o que acontecia pelo campo energético, como não tinha ainda descoberto que os Metazeus entraram em Gaiatmã daquela forma? Afinal, isso provavelmente estaria escrito na aura de Joca. Com todas essas questões me atormentando e o sono aos poucos se aproximando, nem reparei que Felícia não estava na cama ao lado.

Só quando Madame Babaiuca nos acordou para o Sopro Dourado da manhã, que, no caso da Casa da Colina, era Sopro Dourado da madrugada, é que fomos descobrir que no lugar de Felícia estava um monte de roupas emboladas sob o lençol. Pouco depois, encontramos Nico Lago no salão principal bastante preocupado, pois seu irmão também tinha desaparecido e ele não conseguia encontrá-lo pelas emanações áuricas. Apesar do clima tenso, ele insistiu em nos ensinar as teorias jedegaias, afinal, segundo ele, "não há melhor remédio para o sofrimento do que a aplicação da mente e a evolução da razão".

Enquanto íamos para a sala de aula do corredor direito, contamos para Nico Lago o que descobrimos sobre o túnel dos duendes.

– ... será possível? – disse coçando a cabeça indignado. Que os duendes têm seu próprio túnel interdimensional, isso já era do nosso conhecimento. Inclusive foram eles, a pedido da Senhora Suprema, que abriram o túnel pelo qual Poeta e seus companheiros atravessaram a cerca metálica na Era Geminiana. Mas... definitivamente, é surpreendente que os Metazeus possam ter entrado por esses túneis.

– E por quê? – Dona Dedê perguntou.

– Simples. Porque esse dom, que é o primeiro dos Três Dons da Senhora Suprema, foi dado por ela mesma aos duendes para que eles a ajudassem no trabalho de não apenas proteger a Natureza, mas fazer com que o homem e o meio ambiente pudessem manter uma relação saudável, assim como fazem os outros animais. E se foi a própria Senhora Suprema que por emergência criou

Gaiatmã, se foi ela mesma que fez com que a Ervilha Essencial chegasse nas mãos do homem certo, é mesmo inacreditável que o presente oferecido por ela aos duendes tenha permitido a entrada do próprio inimigo.

Novamente a Senhora Suprema. Há dias já estávamos em Gaiatmã, frequentávamos as festas que eram feitas em sua homenagem e não sabíamos sequer quem ela era. Resolvi arriscar mais uma vez:

– Por favor, Senhor Nico, o senhor poderia me falar mais um pouco sobre a Senhora Suprema?

Não recebi uma resposta muito diferente daquela do Senhor Caiapã.

– Ora, Kitara, a Senhora Suprema não cabe em palavras, e, sim, em respeito e admiração.

Quando entramos na sala de aula, Nico Lago mudou radicalmente de assunto e, de frente para o seu computador, como se nada mais o estivesse preocupando, retomou seu ar professoral e começou a nos explicar as bases científicas para a comunicação energética com as pessoas através de Visões. Segundo ele, e voltando ao que Mestre Orgon já havia nos dito, nosso campo energético não contém apenas os atos realizados pela estrutura física do nosso corpo, mas também os nossos pensamentos, conscientes e inconscientes, bem como nossos desejos e nossos sonhos. Sendo assim, todos eles ficam impregnados no Campo Energético Universal, o CEU, e por isso mesmo às vezes nos comunicamos com outras pessoas sem que sequer saibamos disso, pois foi o nosso campo energético que absorveu a marca deixada por essa pessoa no Campo Energético Universal. Essa absorção de um ato, pensamento ou sonho de uma outra pessoa fica impregnada no nosso campo energético e, cedo ou tarde, acabamos por percebê-la conscientemente.

– O problema – continuou ele – é que não costumamos dar atenção a essas visões, que, na maioria das vezes, são recados importantes...

Confesso que não conseguia dar muito cartaz para o que Nico Lago dizia, pois estava muito preocupada com Felícia. Onde estaria ela? Será que tinha desaparecido por conta própria ou alguma coisa grave havia acontecido? Enquanto dividia a minha atenção entre a fala de Nico Lago e o levantamento dos possíveis lugares onde Felícia poderia estar, percebi que uma imagem específica insistia em minha mente. Era Felícia andando de braços dados com Albo Lago por entre as árvores secas da Casa da Colina. Eu já tinha visto aquela cena? Não sei, talvez sim, mas não conseguia me lembrar. Ou seria exatamente como Nico Lago estava dizendo, uma espécie de visão?

Fechei os olhos e tentei me concentrar naquela imagem. Mas agora ela tinha desaparecido e em seu lugar iam se alternando imagens de Ishtar, de Padre Odorico desaparecendo na estação subterrânea, de Mestre Orgon dando a primeira aula sobre energia, daquele estranho sonho que tive em minha casa, bem antes de ir para Gaiatmã... De vez em quando, ela voltava de forma pouco nítida, sem nada dizer. Eram apenas pequenos *flashes* de Felícia e Albo Lago caminhando de braços dados.

Resolvi desistir de vez de prestar atenção no que Nico Lago dizia e, com o máximo de concentração que eu podia, agarrei aquela imagem em minha mente e fechei os olhos de uma forma tão intensa, que, aos poucos, eu parecia sair da sala de aula e entrar naquela imagem. E só então eu enxerguei com mais clareza: Felícia e Albo Lago caminhavam em direção à casa sul. E... espera... seria aquilo possível? Ao redor de Albo Lago, uma aura cinzenta e maligna se revelava.

Nessa mesma hora, o amuleto em meu pescoço não apenas começou a vibrar, como também ficou gelado feito neve. Em um súbito impulso, saí correndo da sala, atravessei o corredor e o salão principal, desci as escadas do casarão e fui em direção à casa sul. Parei exatamente no limite entre as duas casas, na base de um morro arenoso que lá havia. Já não adiantava mais. Como Liluá, Dona Dedê e Laia já tinham feito, Felícia tinha mesmo violado as regras, passando para a Casa do Peixe antes do tempo. Como prova, ela havia deixado sobre a areia o lenço bordado com as iniciais do seu nome e de Albo Lago. Em uma árvore seca ali do lado, uma coruja piava sem parar.

* * *

Contei tudo para os outros quando retornei ao casarão, inclusive os motivos da minha estranha e repentina corrida. Só não contei a parte da aura cinzenta de Albo Lago para não magoar seu irmão gêmeo. Além do mais, era bem mais provável que eu estivesse errada quanto à minha visão do que os Jedegaias quanto às boas intenções de Albo Lago.

No fim daquela tarde, fui sozinha para o Jardim Vermelho refletir sobre todos aqueles acontecimentos que se embolavam uns com os outros. Impressionante como nada parecia se resolver! E minhas dúvidas só se acumulavam. Como aquelas pessoas tão próximas a nós poderiam ter uma aura cinzenta e maligna? E como Mestre Orgon, que sabia até dos nossos mais secretos pensamentos, não conseguia perceber isso?

Lembrei-me então de Dona Romana quando foi influenciada pelos Metazeus e nos mandou nadar contra a correnteza daquele rio violento. Será que o mesmo tinha acontecido com Albo Lago e Padre Odorico? Não, não era possível, afinal, os dois eram humanos que, assim como nós, habitavam o Quotidiano. Sendo assim, eles poderiam muito bem enxergar os Metazeus e impedir o seu campo energético de ser alterado. Bom, o mais provável parecia ser mesmo que minha mente tinha me pregado uma peça. A aura de Albo Lago não poderia ser ruim. Quanto a Padre Odorico, no entanto, não foi um delírio, eu tinha certeza, ele realmente estivera ali utilizando a passagem dos duendes.

Refletia sobre todas essas questões sentada na pequena ponte, com os dedos do pé quase a tocar o laguinho e recebendo uma chuva de folhas alaranjadas sobre os cabelos por causa do vento do fim de tarde, quando escutei alguém me chamando. Olhei em volta, mas, como não vi ninguém e não escutei mais nada, voltei para os meus pensamentos.

– Ei, psiiiiiiu, Kitara.

– Quem está aí? – perguntei sem me virar.

– Então você já se esqueceu de mim? – disse a voz com ironia. Olhei para cima e lá estava ela, Voz Segunda.

– Como está você? – perguntou a bem-educada boca ambulante, dando um beijo em minha bochecha e deixando uma marca vermelha de batom. – Eu vim para responder mais uma de suas perguntas.

– Bom, eu queria saber se Padre Odorico...

– Calma, calma, calma. Espera, Kitara, pense bem. Lembre-se que depois dessa você só terá direito a mais uma pergunta. Então pergunte algo que você realmente deseja saber, algo que venha do fundo do seu coração.

Do fundo do meu coração? Nossa, aquilo era realmente profundo. O que eu desejaria saber do fundo do meu coração?

– Vejamos... já sei. Gostaria de saber se Luís é uma boa pessoa.

– Irrelevante – disse Voz Segunda com rispidez. Me recuso a responder esse tipo de pergunta.

– Por quê?

– Ora, porque... Simples, porque você já conhece a resposta. Você comprovou com seus próprios olhos.

Mas... será que Voz Segunda tinha razão? Sim, eu sabia, por mais que eu insistisse em acreditar no contrário, pude enxergar pela aura de Luís um bom coração.

Quando olhei para cima, lá estava Voz Segunda sorrindo toda orgulhosa ao ler os meus pensamentos.

Sendo assim, qual outra pergunta eu poderia fazer? Não queria mais uma vez levar um veto. Resolvi mostrar a ela que não fazia apenas perguntas bobas e levantei uma questão que me pareceu bastante inteligente:

– Eu gostaria de saber por que as Guerreiras de Gaia são apenas mulheres.

– Ahá! – exclamou Voz Segunda – boa pergunta, mas nada fundamental. Muito menos partiu do fundo do seu coração. Entretanto, o meu tempo é curto e, além do mais, uma chance por hoje já basta. Por isso vou respondê-la assim mesmo.

"Na Era Geminiana, ah, eu posso ler em sua mente que isso você já sabe. Bom, mesmo assim eu vou dizer. Na Era Geminiana, para defender o seu lar, ou seja, a Natureza, a maioria dos Jedegaias acabou por guerrear contra os Meta-zeus, o que só veio trazer tristeza e desespero. Houve muitas mortes e o mundo inteiro foi praticamente destruído. Nessa nova Era, os Jedegaias querem continuar lutando pela saúde do planeta, preservando a Natureza dos males causados pelo homem, mas não querem lutar com violência, pois sabem que os frutos do passado se repetirão no presente. Por isso mesmo as Guerreiras de Gaia são mulheres, pois essa luta não será feita com a força física, mas com a intuição. Desde sempre as mulheres sabem muito bem como usar a intuição, sabem esperar a hora certa de agir e, principalmente, como agir.

Não que os homens não possuam esse dom, mas a intuição é por si só uma força da energia feminina tanto no homem como na mulher, já que ambos possuem os dois tipos de energia, a feminina e a masculina. Uma mulher, por exemplo, que gosta de discutir pontos de vista e impor a razão sobre os outros traços de sua personalidade, como Felícia, ou que tem um gosto especial por atividades físicas, como Laia, utiliza bastante a sua energia masculina. Já um homem que prefere atividades introspectivas, como a poesia ou até mesmo a meditação e a contemplação da Natureza, como foram um dia Poeta e Mestre Orgon, sabem usar bem a sua energia feminina."

Depois de uma longa pausa, medindo bem as palavras, ela continuou:

"Ou seja, o equilíbrio dessa nova Era depende do fruto de uma ação estratégica movida não pela agressão, mas pela intuição. E uma luta que nasce de cinco mulheres será facilmente guiada por este caminho. Mas é importante lembrar que essa intuição só poderá ser forte o suficiente para o combate através da paciência, da observação de si mesmo e do mundo à sua volta e, principalmente, da manutenção do Equinje.

Além do mais... bom, já chega. Sua pergunta já foi respondida" – disse Voz Segunda de repente com muita objetividade, interrompendo a minha reflexão sobre tudo aquilo que ela acabara de dizer. Como se tivesse olhos para olhar as horas e um pulso para portar um relógio ela ainda disse:

– Preciso ir embora, mas te encontro na terceira e última pergunta.

E foi-se embora para não-sei-onde.

A Casa do Peixe

Sem paredes. No quarto não havia paredes. Nem banheiro. Nem camas. Havia apenas cinco tábuas no chão, provavelmente indicando o lugar onde deveríamos dormir. Ah, e isso sem contar o principal: não havia refeições.

Segundo Mestre Orgon, a colina da última casa representava as penosas escaladas que começamos a enfrentar ao prosseguirmos naquele caminho. "Para se descobrir o que há no topo, é preciso enfrentar todas as dificuldades da subida. E lembrem-se: vocês estão apenas na base", ele nos disse antes de entrarmos na casa sul. Ai, se a base já tinha sido daquele jeito, não queria nem imaginar como seria o resto.

A Casa do Peixe desembocava em uma praia recortada por dois morros, um em cada extremidade, o que a separava das demais casas. Um vento cortante deslizava sobre a praia e vinha nos atormentar no quarto sem paredes, causando um frio insuportável. Como estávamos em um período quente no Quotidiano, eu tinha levado apenas roupas frescas e leves, afinal, eu não poderia imaginar que em Gaiatmã era possível ser inverno em pleno verão. Vesti todas as roupas que eu tinha trazido na mala, uma por cima da outra, para me proteger da repentina e terrível temperatura baixa e tentei dormir um pouco sobre aquela tábua empenada, mas de nada adiantou. Quando parecia finalmente cochilar um pouco, Madame Babaiuca veio nos chamar para o Sopro Dourado matutino.

– É a última vez que eu venho acordar vocês – ela disse com inesperado mau humor. – A partir de agora vocês deverão saber por si mesmas o horário de suas responsabilidades.

Naquela casa, o Sopro Dourado matutino parecia ser ainda mais cedo. A escuridão dominava por completo tudo à nossa volta. Quando terminamos o exercício, tivemos que esperar muito tempo até o dia clarear e finalmente podermos sair em busca de algo para comer. Até então ninguém tinha vindo ao nosso encontro para nos instruir, nem mesmo Mestre Orgon.

De todos os salões principais, o da Casa do Peixe era o mais diferente. Além da completa ausência de plantas ou animais, ele também não possuía um móvel sequer. E agora a mulher do quadro do Planeta Terra segurava uma lua completamente negra. Mas o que eu achei realmente estranho foi ver o casarão do lado de fora. O andar de baixo era como o das outras casas, com suas janelas grandes e paredes onduladas e brancas, apesar de agora serem manchadas, descascadas. Já o andar de cima era como uma construção abandonada, sem as paredes não somente da frente, mas também as laterais que ligavam os cômodos, sendo coberta apenas por um telhado cheio de frestas, sustentado por algumas vigas de madeira tortas e carcomidas.

À medida que o dia foi avançando, o frio foi se tornando mais ameno, mas o vento ainda batia com força contra os nossos corpos e, ao andarmos pela praia, tivemos que proteger nossos olhos por causa da areia que se levantava. Ali não havia muitos lugares onde procurar comida. À nossa frente se alargava o imenso mar de ondas violentas e provavelmente geladas. E entre o casarão e as águas, havia apenas o claríssimo tapete de areia que contornava por inteiro a área frontal do casarão até as extremidades, onde se transformava em dunas que se estendiam tanto a leste como a oeste e se misturavam aos morros que limitavam a área da casa sul.

Apesar de ter visto muitas gaivotas e algumas garças espalhadas pela praia, depois de percorrermos toda a extensão de areia e nos embrenharmos nas dunas que ficavam à direita do casarão, vi algo que julguei ser um delírio: uma dúzia de pinguins descansava na encosta do grande morro rochoso. Como poderia ser? Pinguins não iam à praia durante o verão, principalmente em um país tropical. Mas eu logo me esqueci disso, pois entre eles havia algo que de imediato chamou a minha atenção. Sentada em uma rocha a observar o mar com seu pássaro no colo, lá estava ela:

– Liluá! – nós gritamos das dunas e ela, sem surpresa alguma, parecendo já nos esperar, soltou seu pássaro violeta em direção ao céu e, como se tivesse passado por todas as aulas de Dona Romana, saltou da rocha com tanta leveza que chegou até nós flutuando como um balão. Enchemos Liluá de beijos e abraços e só então eu me lembrei que se aproximar dela era como recuperar o Equinje. Sentia-se uma paz indizível.

Sem que disséssemos nada, Liluá nos conduziu para um canto da rocha onde uma vegetação úmida e de cor escura se agarrava na superfície. E no primeiro dia da Casa do Peixe, aquele foi o nosso único alimento.

Laia não parecia se importar tanto com a falta de comida e muito menos com a tábua, afinal, já na Casa da Colina ela tinha escolhido dormir no chão. Liluá, então, nem se fala. Mantinha sempre seu ar de serenidade e provavelmente já tinha se acostumado com aquelas condições, afinal, desde os primeiros dias em Gaiatmã tinha ficado na Casa do Peixe. Já Dona Dedê estava quase perdendo as forças de tanta fome. Deitava-se de bruços sobre a tábua e apertava a barriga com uma toalha para enganar o estômago, tudo muito escondido para não nos preocupar.

E eu, por àquelas horas, já não parava de pensar na minha casa, na minha cama quentinha, na minha família... na minha mãe, ai, coitada, que deixei lá doente, sentindo aquela falta de ar horrível. Até mesmo saudades de Denise e Laura eu começava a sentir. O frio da noite fazia com que meus músculos doessem e, mesmo cansada, a dureza da tábua me impedia de dormir. Isso sem contar o medo que me dava olhar para aquela infinidade de cômodos sem paredes imersos na escuridão, visitados o tempo todo pelo barulho de ratos. Ai, só de pensar que ainda passaria quatro dias naquele sofrimento todo... tive que sufocar o choro dentro da minha blusa para não acordar as outras.

O fantástico mundo subaquático

Na manhã seguinte, decidimos sair para procurar Felícia, afinal, não havia muitos lugares onde ela pudesse se meter naquela imensidão de areia. Ao chegarmos à praia, encontramos não pinguins, mas, sim, um grande peixe que descansava na areia. "Ah, é uma pena que não podemos comer nem carne de peixe", pensou alto Dona Dedê, coitada, mais faminta do que todas nós juntas.

Só quando chegamos bem perto, pudemos ver que o peixe possuía longos cabelos esverdeados e, portanto, não era um peixe, mas uma sereia.

– Olá! – disse ela se virando e revelando o seu lindo rosto.

Ah, só podia ser, Camaleoa.

– Nossa, vocês estão mais verdes que a minha barbatana! – ela comentou olhando para o seu grande rabo cor de alface.

– É que desde que chegamos aqui não comemos nada – disse Dona Dedê com afobação e voz sofrida.

– Ah, não se preocupem, eu levo vocês para onde há muita comida: o fundo do mar. – E se lançou em direção às águas.

– Espera! Nós não podemos nadar – gritou Laia.

– Não podem nadar? – perguntou Camaleoa, estranhando aquele comentário vindo de uma superatleta.

– Sim, podemos nadar. Não podemos é respirar debaixo d'água – ela explicou.

É claro, Laia tinha razão. Como poderíamos procurar comida no fundo do mar? Camaleoa ficou um pouco pensativa, nos olhando com pena diante daquela triste realidade. Até que finalmente se animou e disse com um largo sorriso:

– Mas é claro! Como eu não pensei nisso antes? Tudo o que vocês têm que fazer é...

Nós seguimos para o corredor direito. Segundo Camaleoa, o leite de Ishtar tornava qualquer um imune ao ambiente externo por algum tempo. Se o tomássemos, conseguiríamos ficar alguns minutos debaixo d'água sem sofrermos influência do ambiente, ou seja, seria como se respirássemos dentro de nossa própria bolha de ar.

– É esse um dos motivos do leite de Ishtar ser tão importante para a fabricação do Óleo de Píramo – ela explicou. – Se não fosse ele para tornar os meios de transporte interdimensionais imunes aos fatores externos, vocês provavelmente se desintegrariam com o Super-Mosquetão durante as travessias. Além disso, os Jedegaias tomam bastante o leite de Ishtar antes de irem ao Quotidiano para não serem afetados, entre outras coisas, por aquela horrível atmosfera poluída lá de fora.

Enquanto atravessávamos o corredor, um pensamento óbvio e ululante passou pela minha cabeça: já que de todo jeito estávamos dormindo no chão, por que não dormíamos ali no chão do corredor direito, que pelo menos era protegido daquele terrível vento gelado que vinha da praia? Bom, uma excelente ideia para a próxima noite.

Eu estava tão lerda por causa da fome e das duas noites sem dormir, que só quando abrimos a grande porta do último cômodo é que me lembrei do principal: apenas Mestre Orgon podia tirar o leite de Ishtar.

De todo jeito, ela não parecia se encontrar ali. Só então eu pude observar com mais calma aquela espécie de salão. Diversos tapetes de todas as estampas e espessuras possíveis cobriam o chão, em sua maioria bordados a mão e enfeitados com franjas que mais pareciam fios de ouro. Sobre eles se espalhavam inúmeras almofadas de variados tamanhos e formatos. Nas paredes, outras tapeçarias, quase todas vermelhas e verdes, misturavam-se a quadros que retratavam diferentes pontos de Gaiatmã. O ambiente era todo iluminado por velas e, a um canto, uma mesa com duas cadeiras de acolchoado púrpuro separava uma estante de livros de uma enorme cama coberta com colchas e almofadas, tão ornamentadas quanto o resto dos objetos ali presentes. Pendurada na grande janela pela qual Seu Ernesto tinha saltado, uma cortina de veludo mostarda se prendia a cada lateral por uma fita. Já não ventava tanto como da outra vez e meu maior desejo era deitar naquela cama enorme e descansar, descansar, descansar...

Mas, por trás de um dos almofadões que se amontoavam no fundo do cômodo, surgiu um par de chifres. Aquela cabeça branca toda enfeitada nos fitou. Nós quatro, espremidas na porta de entrada, não sabíamos se sorríamos, se avançávamos um passo ou se fugíamos. Liluá foi a primeira a tomar a decisão, entrando de mansinho e parando a uma boa distância de Ishtar, olhando aquela vaca com deslumbre e admiração. Logo depois Laia e Dona Dedê fizeram o mesmo. Eu, por minha vez, mantive um dos pés bem próximo à porta, afinal era a única ali que tinha ouvido os mugidos desesperados de Ishtar e sabia muito bem o que estava por vir.

Ela nem se moveu. Ficou por um bom tempo a nos encarar com seus dois olhos bem pretos, dois pontos fixos e neutros que sequer revelavam a ponta de uma intenção. Assim, não sabíamos se, ao nos olhar, Ishtar sentia medo, raiva ou afeição. Pouco tempo depois, apesar de aquele momento ter parecido uma eternidade, ela se levantou e, andando como uma rainha, parou bem à nossa frente.

Ishtar era uma vaca farta. Em nada se parecia com as vacas comuns, tanto pela altura quanto pelo peso. Olhando-a de perto, ela parecia ter cerca de um metro a mais de altura que as outras vacas, além de ser bem mais robusta. E também possuía uma diferença fundamental: os olhos de Ishtar eram olhos humanos.

Diante do ar imperial daquela vaca, que de alguma maneira parecia estar pronta para o ataque, recuei um pouco. As outras fizeram o mesmo. Como ela ainda continuasse a se impor sobre nós, disse-lhe em tom de brincadeira, um pouco por medo, um pouco para quebrar aquele silêncio constrangedor:

– C-calma. Nós não vamos pegar o seu leite. Vamos primeiro procurar Mestre Orgon e pedir permissão a ele.

Aquele animal gigantesco então avançou ainda mais em nossa direção. E quando já estávamos todas preparadas para sair correndo, uma coisa incrível aconteceu.

– De nada adiantará procurar Mestre Orgon. Ele não estará aqui para ajudar vocês – disse Ishtar.

Seria possível? Uma vaca falante. Diante do nosso silêncio coletivo, ela perguntou de forma grave:

– E para que vocês querem o meu leite?

– B-bem – precipitou-se Dona Dedê, motivada por um sonoro ronco de seu estômago – é q-que... bem, nós estamos com fome e...

– Fome? Estão mesmo com fome? – ela interrompeu com ar investigativo.

– S-sim, muita fome – disse Dona Dedê com uma voz de dar pena.

– Sendo assim, tudo bem. Por que não? – disse Ishtar começando a andar em círculos.

Como se gesticulasse com as patas, falou para si mesma:

– Ora, de que adianta esse leite tão importante para a ciência jedegaia se ele não serve para a sua função principal, o alimento? Se fosse por gula eu não deixava, a gula não passa de um desperdício. Mas pela fome, aí sim é um fim nobre, importante, necessário e...

Enquanto ia tirando as suas conclusões, Ishtar apanhou com as patas dianteiras um balde de prata e começou ela mesma a retirar o seu leite, enchendo o balde por cinco vezes, uma vez para cada uma de nós e duas para Dona Dedê, que ainda não tinha se mostrado satisfeita, nem mesmo sob o olhar de desconfiança de Ishtar e nem mesmo depois de tomar quase meio balde de Liluá. E, se

Ishtar não tivesse dito que a gula era um desperdício, ela teria tomado o balde praticamente inteiro, já que Liluá, como sempre, tinha tomado apenas um pouquinho. Mas Dona Dedê não tinha culpa, afinal, aquele leite vermelho-alaranjado era realmente delicioso. Não sei bem dizer o que era, sei que tinha um gosto inigualável, nem mesmo os maravilhosos pratos de Madame Babaiuca e os quitutes da Doceria Seu Bolota eram tão bons quanto aquele sabor.

Pouco depois, estávamos as quatro de volta à praia, tão saciadas que não precisaríamos ir ao fundo do mar procurar comida, mas todas continuávamos superempolgadas para dar o nosso primeiro passeio subaquático. Como dissera Camaleoa, o leite tinha nos tornado imunes ao ambiente e por isso não sentimos a temperatura congelante quando colocamos o primeiro pé na água. Camaleoa ia à nossa frente e, assim que vimos sua barbatana bater pela última vez na superfície, levantando uma chuva de água salgada sobre nós, também mergulhamos naquele misterioso mundo que se revelaria à nossa frente.

A princípio, pensei que fosse me afogar e prendi com força a respiração, com medo de que aquela água salgada invadisse meus pulmões. Mas depois de criar coragem para alargar as narinas e deixar que o ar (ar mesmo!) entrasse, como se uma redoma de oxigênio me protegesse, comecei a achar aquilo tudo, simplesmente, maravilhoso. Laia dava piruetas como um peixe acrobata e até apostou corrida com um peixe-espada. Já os outros peixes se aproximavam de Liluá, rodeando nossa companheira como faziam os pássaros no céu. E todas nós estávamos completamente encantadas com a fauna e a flora que existiam sob o mar de Gaiatmã.

Plantas de todas as cores e das mais variadas espécies formavam um tapete subaquático. Não sentia mais fome por causa do leite, mas, mesmo se sentisse, não teria coragem de comer nenhuma daquelas plantas, tanto pela beleza quanto pelo exotismo. Somente Dona Dedê parecia olhar com especial apetite para uma espécie de tomate submarino que se encontrava aos montes rastejando no fundo do mar.

Além das plantas, polvos de um lilás cintilante, tartarugas gigantes, cavalos-marinhos, algas prateadas, cardumes de peixes fosforescentes e estrelas-do-mar que juntas formavam mosaicos de caleidoscópio, passavam por nós com tranquilidade. Isso sem contar aquele peixe, o mesmo da Pequena Gaia e do quadro, o ser mais espetacular que eu já vi em toda minha vida. Apesar de ser gigantesco como uma baleia, ele não nos assustava; muito pelo contrário, aquele peixe nos fascinava quando passava por nós ofuscando a tudo e a todos com suas escamas de pedras preciosas. Olhando a imagem na parede do salão principal, não poderia imaginar que, ao vivo, aquele peixe possuía uma beleza tão impressionante.

Mas o que me fez realmente gostar do fundo do mar foi o silêncio. Ali tudo parecia tão tranquilo que minha vontade era ficar debaixo d'água para sempre. Por causa da imunidade gerada pelo leite, a temperatura era deliciosa e não precisava fazer muita força, bastava balançar as pernas e deixar o corpo ir. Aos poucos eu pude sentir o meu Equinje se fortalecendo. Deixei-me levar e fiquei a contemplar aquele fantástico mundo subaquático. E então, sem que eu percebesse, fui me distanciando das outras...

Até que senti uma pequena quantidade de água entrando pelo meu nariz. Será que o efeito do leite estava passando? Olhei para trás e percebi que já estava um bocado distante das outras. Com Camaleoa, elas acenavam de um jeito frenético pedindo para eu voltar. "Com certeza elas também estão perdendo o efeito do leite", pensei enquanto ia de encontro às minhas companheiras, que agora pareciam nadar com desespero em direção à superfície.

"Fuja Kitaaaaaaaaraaaaaaa", eu ainda pude ouvir uma voz distorcida pela água, quando senti alguma coisa me puxando para trás. Ah, não, seria possível!? U-um um... ciclone marinho!

E se aproximava cada vez mais, me absorvendo com velocidade incontrolável. Se o leite ainda fizesse efeito, era bem provável que eu estivesse tranquila ali no meio daquela tormenta, mas a imunidade tinha ido embora e por isso eu tentava nadar o mais rápido que podia, quase arrebentando os meus músculos e, no susto, engolindo litros e mais litros de água. De nada adiantou. Com todos os peixes, algas e plantas que havia por perto, ele me fisgou. Enquanto eu rodava, rodava, rodava, ainda consegui ler na bússola do anelzinho de girassol que o ciclone me levava na direção oeste. No meio de toda aquela confusão, em que perdia as forças, a água entrava pelos meus pulmões e meu corpo era carregado com violência. Ainda tive tempo de pensar que, se por acaso sobrevivesse, não seria nada mal ficar presa na casa oeste, onde havia uma cama macia, frutas frescas e uma refeição quentinha esperando por mim. Esse foi o meu último pensamento antes de...

Parte III

Poeta

A princípio, escutei apenas o barulho das ondas quebrando na praia. Depois o canto de um e outro pássaro e o vento forte batendo em minhas pernas sujas de areia. Meu corpo inteiro doía e não sabia onde estava deitada, sentia apenas que era sobre algo macio. Ainda não tinha aberto os olhos, mas pude perceber a intensa claridade que me circundava. Assim fiquei por um tempo, com os olhos cerrados, respirando devagar, tentando compreender onde estava e o que acontecia em minha volta.

Na primeira tentativa de ver alguma coisa, não aguentei um segundo sequer. O sol brilhava exatamente sobre minha cabeça e o sal ardia a vista. Com o rosto todo enrugado para disfarçar a claridade, finalmente consegui abrir os olhos. Sobre o azul intenso do céu, de vez em quando uma ou outra gaivota passeava. Bem mais à frente, uma linha tênue revelava a última superfície visível do mar. Onde eu estaria? Seria de volta à praia do casarão? Virei a cabeça para o lado esquerdo e senti uma dor insuportável. Só então vi que estava deitada sobre uma espécie de esteira de folhas entrelaçadas.

Com muito esforço consegui me apoiar sobre os cotovelos. Vi que aquela não era a praia da Casa do Peixe, e sim uma praia bem pequenininha. Olhei ao meu redor. Nada além do mar e areia, a não ser... ei, espera aí. Pouco atrás de mim havia... não, que estranho, seria um delírio? Ali, bem no meio daquela extensão de areia, estava uma espécie de escrivaninha com papéis e canetas. Um homem magro de compridas barbas castanhas, calças pretas, camisa branca surrada e enrolada nas mangas se levantava da cadeira e vinha em minha direção.

– Como está se sentindo? – ele perguntou com uma voz serena e confortante.

De perto, eu pude reparar que se tratava de um homem muito bonito.

– Bem, eu acho. Quem é você?

– Costumam me chamar de Poeta.

– P-poeta!? – Eu não podia acreditar no que ouvia. Bem diante dos meus olhos estava o Primeiro Jedegaia da Terra!

– O ciclone marinho acabou por trazer você até essa ilha...

– Que ilha é essa? – perguntei enfrentando o corpo dolorido e me levantando para olhar em volta.

– Nós a chamamos de Ilha do Pensamento.

– E por quê?

– Nem sempre a pergunta é a melhor forma de descobrir a resposta.

– Mas... – eu já ia fazer outra pergunta, quando lembrei que também Mestre Orgon sempre dizia algo sobre reduzir as palavras somente ao necessário. Ele dizia que as nossas palavras só valiam se fossem melhores que o nosso silêncio. Mas naquele momento o silêncio era realmente difícil, afinal havia muitas coisas que eu gostaria de saber. Tentei me concentrar ao máximo no meu Equinje e não dar vazão às minhas inquietações.

– Eu não quis dizer que você deve abandonar a curiosidade, afinal é o questionamento que provoca as grandes transformações. Mas você deve procurar a resposta não somente naquilo que escuta, mas também naquilo que lhe dizem os seus outros sentidos. Venha comigo – ele disse me estendendo a mão.

Andamos até o exato meio daquela pequena ilha. De onde estávamos, era possível enxergar o mar por todos os lados. E foi exatamente isso o que eu respondi quando ele me perguntou o que eu conseguia enxergar dali.

– Apenas isso? – ele insistiu.

Eu olhei em volta mais uma vez e com muita decepção fiz que sim com a cabeça.

– Sente-se que eu vou lhe contar uma história – ele disse enterrando os pés descalços na areia e voltando os olhos para a última linha visível do mar.

"Quando me tornei um Jedegaia, sabia que estava abraçando a missão de amar a Natureza acima de qualquer coisa, sobrevivendo apenas com o essencial que ela me oferecesse e a protegendo de qualquer dano. Muitos também foram atraídos por essa causa, muitos que aos poucos se tornaram iguais a mim, vivendo com simplicidade e nutrindo amor por tudo e por todos.

Aos poucos pude notar que coisas estranhas começavam a acontecer comigo especialmente. Antes mesmo de acontecer, vislumbrei a guerra entre os Metazeus e os Jedegaias, assim como essa Nova Era e o importante papel das Guerreiras de Gaia. Com o tempo, fui compreendendo como aconteciam aquelas visões. Apesar de descobrir que muitos Jedegaias também as tinham, continuava a enxergar coisas que ninguém via.

As visões costumam acontecer ocasionalmente e sem a nossa interferência. Eu, entretanto, começava a tê-las o tempo todo e passava inclusive a interferir naquilo que via. Essa situação durou por muito tempo até o dia em que, enquanto fazia o Sopro Dourado, eu pude compreender o que aquilo significava: eu podia estar paralelamente em dois mundos diferentes."

Fiquei deslumbrada com o que Poeta acabava de dizer, apesar de não compreender muito bem o que seria "estar em dois mundos diferentes".

– Existem seres – ele continuou certamente lendo os meus pensamentos – que não precisam atravessar túneis para irem de uma dimensão à outra. Eles podem fazer isso através do poder da consciência. Podem, sem sair do lugar, estar presentes em um outro espaço, interferir nesse ambiente e depois voltar para onde estavam.

– Quem são eles? – perguntei logo levando as mãos à boca, pois me lembrei que não deveria fazer perguntas.

– Não se preocupe – ele disse em um tom leve e sereno que logo me confortou. E por um tempo ficou a me contemplar com uma expressão sorridente.

– É, você é realmente parecida com a sua avó.

– Você conhece a minha avó?

– Sim, é claro, uma grande Jedegaia.

O quê? Não era possível! A minha avó, uma Jedegaia? Por isso ela tinha desaparecido...

– E onde está ela? – eu perguntei com uma ansiedade louca.

– Nesse exato momento ela está descansando para uma missão.

Ah, como eu gostaria de perguntar que missão seria aquela, como eu gostaria de insistir em saber onde ela estava para poder abraçá-la agora. Mas os conselhos do Poeta haviam sido claros e eu resolvi não insistir nas perguntas.

– Não pergunte, Kitara, você não precisa.

– E por qu... – ah, eu já ia fazer outra pergunta.

Poeta então deu uma gargalhada, o que me descontraiu um pouco.

– Mas você não desiste nunca, não é mesmo? Bom, se você quer mesmo saber, a resposta para a pergunta que realmente interessa é simples, Kitara. Assim como eu, você também possui o dom.

– Dom?

– Sim, o dom de viver em dois mundos diferentes.

– ...

Minha nossa! Não era possível... Meu coração disparou e eu pareci perder o chão.

– A esse dom dou o nome de A Virtude da Transcendência: a arte de fazer o Bem através da expansão da consciência.

Ao dizer isso, ele se sentou à minha frente e segurou forte as minhas mãos:

– Eu, por exemplo, estou agora neste outro mundo. Olhe para mim e enxergue.

Com as mãos tremendo e o suor escorrendo pelas têmporas, apesar da ventania que começou, fixei forte os meus olhos em Poeta e de repente a paisagem à sua volta começou a se transformar. Várias pilastras de mármore se levantaram ao seu redor e aos poucos nós estávamos em uma espécie de antigo templo em ruínas.

Sobre o chão, havia um tapete de folhas secas coberto por uma camada de poeira fina e arenosa que se levantava com o vento, agora já bem mais ameno. Várias das pilastras de mármore estavam partidas e duas ou três caídas por inteiro no chão. Só a minoria delas se mostrava intacta.

Olhei para trás e percebi que, lá no fundo das ruínas, havia alguém sentado sobre uma das colunas repartidas, sorrindo e balançando as pernas de maneira infantil. Minha visão ainda estava um pouco anuviada, mas logo soube que era Pequena Ci.

– Olá – ela disse com sua delicada voz de criança – eu estava esperando por você.

– Quer ver uma coisa? – perguntou escondendo algo atrás de si.

Fiz que sim com a cabeça.

Ela então me mostrou, incrustada em um vaso de cristal e brilhando de uma forma impressionante, a Ervilha Essencial.

Eu mal sabia o que falar. Nem o que fazer. Estava completamente boquiaberta. Seu caule resplandecia e sustentava uma magnífica vagem de ouro aberta, revelando apenas dois frutos, duas ervilhas azuis como...? Suas folhas também eram de ouro e, além do brilho do próprio metal, uma luz fosca e azulada circundava toda a Ervilha Essencial.

– Esta é a planta sagrada de onde saiu não apenas Gaiatmã, mas também o poder de vocês – disse Pequena Ci, confirmando as minhas suposições: os dois frutos que ali estavam eram exatamente iguais à forma que nossos amuletos tomavam quando se uniam, apesar de bem menores. Então os nossos amuletos tinham saído de um dos frutos da Ervilha Essencial! Aquela vagem parecia conter originalmente, além do nosso e dos dois frutos restantes, cerca de mais duas ervilhas.

– ... e cabe a você, Kitara, conhecer este poder e direcioná-lo na hora certa.

– E-eu? Como assim!?

– Não, Kitara, não faça perguntas. Descubra...

Eu olhava à minha volta procurando compreender tudo aquilo. Só então eu me dei conta de que Poeta não estava mais ali. Por um impulso desesperado, assustada diante da lógica absurda daquele momento, eu comecei a gritar seu nome e de repente, em apenas um segundo, estávamos de novo sentados na praia com as mãos unidas.

– Mas como... – eu dizia aflita. – Onde você estava?

– Eu estava com você o tempo inteiro.

– Mas como? – eu continuava sem compreender.

– Kitara, eu e Pequena Ci somos a mesma pessoa.

– ... ?

– Como você já sabe, muitos Jedegaias precisam renascer para realizar tarefas e missões importantes. Comigo não foi diferente.

– Mas... se eu te vejo como Poeta!

– Os Jedegaias também me veem como Poeta.

– Mas eu também vi Pequena Ci... quer dizer, você como Pequena Ci naquele lugar e...

– Sim, no Quotidiano é Pequena Ci quem se manifesta.

– Quotidiano?

E então Poeta sorriu e disse com ares de cumplicidade.

– Não é engraçado? Os Metazeus invadindo Gaiatmã atrás da Ervilha Essencial e ela está lá, bem debaixo do nariz deles, apesar de alguns milhares de anos antes.

– Como há milh... – já ia perguntar sobre esses milhares de anos antes, quando senti que mais uma vez deveria me calar. Cedo ou tarde acabaria descobrindo a resposta.

Caímos em um longo e cúmplice silêncio. Poeta parecia contente por ver minha aura irradiar diante de tantas descobertas. E eu agora nada dizia por já não ter mais nada a dizer. Um entroncado ciclo de tramas e dúvidas latentes parecia estar se fechando ali.

– Bom, já é hora de você voltar para o casarão – disse finalmente Poeta. – Venha, Camaleoa preparou uma surpresa para você.

Já começava a anoitecer e àquelas horas o vento tinha se tornado uma sessão de rajadas frias e cortantes. À beira-mar, uma pequena embarcação feita de papelão me aguardava. Para a minha surpresa e alívio, ao entrar o barquinho não tombou com o meu peso, pois seu fundo estava todo forrado com isopor.

A travessia

Enquanto eu retornava à praia da Casa do Peixe, tendo somente o mar à vista, dois remos de madeira, a orientação da bússola do anel de girassol e um imenso céu estrelado sobre minha cabeça, pensava em todos os estranhos acontecimentos que se sucederam naquele dia. Então a Ervilha Essencial estava escondida no Quotidiano... E Pequena Ci era o novo corpo de Poeta... inacreditável!

Apesar de todos esses fatos surpreendentes, foi a descoberta da minha Virtude o que me deixou com o coração disparado. Eu mergulhava os dois remos na água e refletia como, desde o início, todas as nossas Virtudes já estavam bem na nossa frente e nós não percebíamos. É claro que Dona Dedê possuía a Virtude do Amor, pois não havia alguém que fosse tão capaz de amar tanto a tudo e a todos como ela. Felícia, é lógico, com o seu raciocínio rápido, claro e brilhante, possuía a Virtude da Razão: a arte de fazer o Bem através do conhecimento. A Virtude de Laia não poderia ser outra senão a do Corpo, afinal Laia conhecia e explorava mais do que ninguém as potencialidades do próprio físico. Já Liluá possuía a Virtude do Espírito: a arte de fazer o Bem através da leveza, com sua alma transparente, solta das amarras materiais e entregue somente àquilo que é essencial. E finalmente a minha, a Virtude da Transcendência, que nada mais é do que a capacidade de ir além da realidade que nos cerca e enxergar o mundo mágico que existe bem à nossa volta.

Agora tudo parecia mais claro para mim. Eu podia reconhecer muito bem as cinco Virtudes das Guerreiras de Gaia e me perguntava se, quando as outras descobriram as suas, também puderam perceber a minha. Ah sim, eu tinha certeza que sim. As respostas para todas as coisas pareciam se encontrar bem na ponta do meu nariz e isso me fez mergulhar em um profundo estado de tranquilidade. E então, sozinha no meio daquela vastidão de águas e estrelas, comecei a realizar o Sopro Dourado, mesmo sabendo da ameaça eminente dos Metazeus, mesmo sabendo que o mar à noite escondia perigos inimagináveis e entre nós dois havia somente uma embarcação de papelão, mesmo sentindo um frio de tremer o corpo todo, além da fome e do cansaço de dias sem repouso.

De repente ela apareceu. Parou bem na minha frente e disse:

– Então, eu não prometi que vinha?

Voz Segunda estava bastante sorridente e usava agora um batom bem vermelho.

– Eu não tenho mais perguntas – eu disse sem pressa.

– Não se deve recusar um presente jedegaia.

Bom, já que era assim, o que eu perguntaria? Como Poeta havia dito, agora eu tinha mesmo a certeza de que poderia encontrar as respostas sem ser através das palavras. E por causa do estado de tranquilidade que o Sopro Dourado tinha me proporcionado, nenhuma dúvida me afligia mais. Enquanto pensava, fiquei observando como era engraçada aquela boca vermelha flutuando no espaço. Ela conseguia ser ainda mais irreverente do que a mutante Camaleoa. Como seria o seu corp... ei, ótima ideia, por que não? Eu sabia que não era uma pergunta inteligente, mas também para que levar tudo tão a sério? Isso sem contar que uma companhia no meio daquela solidão não seria nada mal.

– Já escolhi – eu disse em tom de brincadeira e desafio. – A minha pergunta é a seguinte: posso ver o resto do seu corpo?

– Ah, minha doce Kitara, era essa a pergunta que eu queria tanto que você fizesse – ela disse superemocionada, para o meu completo espanto.

Uma luz límpida e brilhante começou a contornar um corpo e aos poucos foi surgindo à minha frente uma mulher... uma mulher que eu já conhecia. Ah, meus olhos se encheram de lágrimas e meu coração pareceu explodir:

– Vovó!

Eu a abracei com tanta força que o barquinho de papelão quase virou. E mesmo se ele virasse, eu não me importaria. Queria mesmo era matar a saudade que senti por tantos anos sem ver aquela minha avó que tanto amava! Ela também parecia estar muito contente, sorrindo com olhos úmidos e mãos trêmulas.

– Estou muito orgulhosa de você, Kitara – disse, depois daquele longo e delicioso abraço. – É preciso muita coragem para chegar aonde você chegou.

Nós olhamos em volta e só então eu me dei conta de como tudo aquilo era absurdamente novo para mim. Como poderia imaginar, quando há poucos dias era apenas uma estudante do "Calabouço", que agora estaria em um barquinho de papelão com minha avó dada como morta em meio a um imenso mar desconhecido e sob a total escuridão, a não ser pela escassa luz das estrelas?

***

Quando a noite já havia avançado bastante e vovó ainda me contava casos surpreendentes, como aquele em que o velhinho que tinha visitado minha mãe durante a gravidez era o próprio Mestre Orgon, nós pudemos ter a primeira vista da praia da Casa do Peixe e dos morros que deixavam no horizonte duas manchas ainda mais negras do que a noite. Eu apoiava a cabeça no ombro de minha avó, que tentava me proteger com seu abraço daquele frio cortante.

O morro à esquerda separava a Casa do Peixe da Casa da Árvore, e olhando-o eu me lembrava do dia em que chegamos a Gaiatmã, quando fomos recebidas com uma maravilhosa refeição sobre a mesa, uma cama macia, lençóis limpos... Ai, apesar de ter vivido experiências inesquecíveis naquela última casa, que saudades sentia de todas as delícias da Casa da Árvore, quando eu ainda achava que Gaiatmã era a terra dos sonhos. Agora, ao contrário, reinavam o frio, a fome e outras tantas dificuldades. Bom, pelo menos eu não estava sozinha. Tinha a minha avó ali para me abraçar e...

Quando olhei para vovó, notei que ela aos poucos começava a desaparecer.

– Preciso ir embora, Kitara, um dia você vai entender, eu não posso ficar muito...

– Mas, vovó... – eu tentava me segurar em seus braços que já se esvaíam.

– Kitara, até mesmo na tristeza há sempre uma alegria.

Seu corpo agora não passava de uma fina poeira de luz. Mas seus lábios continuavam vermelhos como antes.

– ... até mesmo na tristeza há sempre uma alegria – disse mais uma vez a boca de vovó, que eu havia conhecido apenas como Voz Segunda, antes de sumir completamente na escuridão e me deixar sozinha, como sempre fazia. Sua voz, entretanto, ainda ecoava no espaço e repetia "... há sempre uma alegria..."

De repente senti um leve tremor na água, que logo passou. Por precaução, comecei a remar mais depressa em direção à praia. O tremor então voltou, e dessa vez mais forte. Como da primeira vez, a água se acalmou para logo depois começar a tremer de novo. E assim se sucedeu várias vezes até que finalmente percebi que havia alguma coisa passando sob o barquinho.

"Ai, é um tubarão." Comecei a remar em uma velocidade incrível com o coração disparado, mergulhada em puro desespero.

O tremor aumentava cada vez mais e agora eu já podia sentir que o bicho rodeava o barco. Eu tinha entrado em total estado de pânico. A praia ainda estava longe e àquelas horas eu tinha me esquecido completamente de que Mestre Orgon dissera que em Gaiatmã os animais não nos fariam nenhum mal, desde que não fizéssemos nenhum mal a eles. Bastava apenas um movimento mais brusco do tubarão para que o barquinho de papelão tombasse e eu virasse comida de peixe.

Até que um jato de água emergiu do mar a poucos metros do barco Então, não um tubarão, mas um boto prateado surgiu das águas e me fitou

Aquele bicho... sim, eu sentia que já o conhecia. Ele imergiu nas águas para logo em seguida emergir de novo e assim fez várias vezes seguidas, sempre me olhando dentro dos olhos.

Para o meu completo espanto, o boto de repente abriu a boca e... deu um sorriso! Mas... então era simples assim? Ah, Mestre Orgon tinha razão, não havia mesmo dúvidas. Quando encontrássemos o nosso Animal, teríamos certeza de que era ele. E, enquanto ele sorria, pude escutar o seu nome, não com meus ouvidos, mas com minha intuição. Aquele boto cor de prata, o meu boto, disse que se chamava Ajana.

Antes que eu pudesse me recuperar daquele susto de felicidade, Ajana mergulhou mais uma vez nas águas e então eu senti que o barquinho começou a tremer e a sair do lugar. Olhei para baixo e percebi que estava a alguns metros acima do nível do mar. E Ajana, deixando um jato d'água para trás com seus saltos, ia me levando até a praia. Mesmo com toda aquela escuridão, agora já conseguia enxergar a Casa do Peixe com o casarão e seus cômodos ondulados sem paredes, abertos para a praia, e as numerosas dunas de areia.

Até que Ajana parou. Mas por razões óbvias. Se ele fosse adiante, provavelmente ficaria encalhado na praia. Ai, esse era um problema, como eu faria para chegar até a areia? Por causa da arrebentação, aquele barquinho de papelão seria facilmente engolido pelas ondas. Enquanto arquitetava alguma maneira de chegar até a praia, senti que o barquinho de papelão foi ligeiramente se inclinando para trás. E quando eu já estava prestes a escorregar dali e cair no mar, fui de repente impulsionada para frente. Era Ajana que me arremessava e me ajudava a chegar até a praia.

Antes que me esborrachasse na areia, manipulei o restante de energia que eu ainda tinha contra aquele impulso. Assim, consegui ir aos poucos freando o meu próprio corpo e caí na praia sobre minhas duas pernas.

O labirinto metálico

Ufa, eu mal acreditava. Como era bom pisar em terra firme depois de tanto tempo dentro daquele barquinho de papelão. Dali da praia eu acenava uma última vez para Ajana, o meu boto, antes que ele afundasse de uma vez por todas sob as águas.

Foi então que uma dúvida me tomou. Pelo que tinha aprendido no "Calabouço do Conhecimento", os botos só habitavam águas quentes. Como Ajana poderia estar ali, no meio daquelas águas geladas? Eu não sabia e, para dizer a verdade, àquelas horas já não sabia de mais nada, pois o sono, o frio e a fome haviam me fisgado de vez. Além disso, só agora percebia como a sede tinha deixado a minha boca seca. Apesar de toda aquela água salgada, não seria nada fácil achar algumas gotinhas de água potável por ali.

A noite já ia embora, e ventava tanto que as camadas mais finas da areia deslizavam com velocidade sobre a praia e me machucavam, batendo com força contra as minhas pernas. Mas não me importava, pois aquelas correntes arenosas formavam um espetáculo de beleza singular sob a escassa luz do amanhecer.

Comecei a correr em direção ao casarão com a última força que me restava, para dormir pelo menos um pouco sobre o chão do corredor direito. Estava tão esgotada que cairia no sono até mesmo sobre aquela tábua insuportável. Enquanto corria, meus pés descalços se afundavam na grossa camada de areia. De repente o meu pé esquerdo afundou e não voltou mais. Logo depois foi o outro. Ah, só me faltava essa, areia movediça? Bom, pelo que eu sabia, para ser movediça a areia precisava estar molhada, e aquela ali estava bem sequinha.

Quando percebi, já estava coberta de areia até os joelhos. Tentei puxar uma de minhas pernas, em vão. Então me apoiei na camada de areia ao lado, só que dessa vez foram os meus braços que afundaram. Pouco depois, apenas meus olhos se encontravam do lado de fora e eu estava prestes a desaparecer completamente debaixo daquela areia. Só que agora meus pés já começavam a encontrar um espaço vazio ali embaixo.

Se pudesse imaginar que aquela travessia seria tão penosa, teria feito o possível para permanecer mais tempo dentro da areia. Assim que meu corpo todo ficou submerso e a areia já tinha invadido minha boca, meus ouvidos e meu nariz, de repente fui sugada por uma espécie de túnel e caí de forma bruta sobre uma rocha. Com aquela escuridão, eu não conseguia enxergar um palmo à minha frente e, quando tentei me levantar, bati com força a cabeça em uma pedra. Só então percebi como o local onde eu estava era baixo e apertado. Tentei engatinhar e com o tatear das mãos descobrir por onde a passagem continuava. De repente minha mão tocou em algo que não era rocha. A coisa macia se moveu e logo depois saiu correndo. Ai, meu Deus, ratos! Tentei me acalmar e, agora sim, me concentrar no que Mestre Orgon havia dito sobre os animais de Gaiatmã, mas era praticamente impossível suportar a quantidade de baratas, ratos e outros bichos nojentos que eu sentia passando por mim durante as muitas horas que estive sob a escuridão daquele túnel.

Quando já estava entrando em total estado de desespero de tanto me locomover por aquela passagem rochosa mais do que apertada, com os cotovelos e os joelhos ralados e o cansaço me derrubando por completo, o chão de súbito desapareceu e eu caí em um abismo de luzes translúcidas, de uma altura de não sei quantos metros. Sei apenas que foram muitos e, na queda, me debati contra alguma coisa, machucando as costas.

Então fiquei ali, caída naquele chão pedregoso, sem forças para me levantar e sentindo a sopa de sangue que escorria das minhas costas. Estava faminta, sedenta, completamente exausta. Já começava a aceitar que, com aquela escuridão toda, não conseguiria sair dali.

E quando já estava prestes a desmaiar, ou apenas a dormir um pouco, ou quem sabe até mesmo dormir para sempre, apareci de repente em outro lugar. O mesmo salão antigo de mármore em que estivera naquela última tarde. Minha cabeça estava deitada sobre o colo de Poeta e, à nossa frente, havia um poço de águas escuras:

– Não desista, Kitara – sussurrou ele – olhe para o poço.

Bem na minha frente, em meio àquelas águas grossas e turvas, pude ver as minhas companheiras, Dona Dedê, Laia e Liluá. Elas estavam com Albo Lago, que as levava para socorrer Felícia pelo mesmo túnel onde caí, na areia da praia. Mas logo depois vi todas elas, inclusive Felícia, amarradas em uma coluna de metal. Eu também estava ali dentro, escondida em um canto. Subitamente, essa imagem desapareceu e olhei novamente para Poeta, que agora já era Pequena Ci, e logo depois voltou a ser Poeta. Bom, não importava quem fosse. O fato era que o primeiro Jedegaia da Terra insistia para que eu não desistisse. E quando meus olhos já se fechavam, ele, agora com o corpo de

Pequena Ci, começou a sacudir meus ombros com suas delicadas mãozinhas para que eu acordasse.

Abri os olhos. Não eram as mãos de Pequena Ci, mas uma legião de ratinhos que se encontravam à minha volta e me cutucavam com suas patinhas. Eu estava de volta ao túnel rochoso. Tentei me levantar, completamente zonza, e os ratinhos na mesma hora se dispersaram.

Aquilo teria sido um sonho? Não, não era um sonho, eu tinha certeza que não havia dormido apesar de, como no sono, ter perdido o contato com aquela realidade por algum tempo. O que tinha acabado de acontecer era exatamente o que Poeta falara sobre o dom de viver em duas dimensões. Então era assim que acontecia?

Poeta tinha insistido para eu não desistir. Agora precisaria buscar alguma força que ainda me restasse para salvar as minhas amigas.

Meus olhos se acostumaram um pouco com a escuridão, mas ainda era impossível enxergar onde eu estava. Seria preciso uma luz, por menor que fosse e...

Claro! Como não tinha pensado nisso antes? Me lembrei do fim de tarde em que desci a colina junto com Camaleoa e ela criou uma bola de luz em sua mão. "Um dia você vai aprender a fazer isso", ela tinha dito. Pois bem, esse dia havia chegado.

Após três longos suspiros, comecei a fazer o Sopro Dourado. Quando senti meu Equinje forte o suficiente a ponto de esquecer a sede, meu estômago roncando e a dor da ferida em minhas costas, coloquei uma palma da mão sobre a outra o mais próximo possível, mas de forma que não se tocassem. Voltei toda a minha atenção para a energia que circulava em meu corpo, descia pelos meus braços e se concentrava naquele pequeno espaço entre as palmas. Quando senti que ali já havia energia suficiente, comecei a fazer pequenos movimentos circulares com as mãos, como se enrolasse uma massinha.

Aos poucos pude sentir o calor entre minhas palmas aumentando, até que de repente uma pequena centelha de claridade apareceu ali. Era incrível, seria mesmo possível!? Eu estava criando a minha primeira luz! Continuei a fazer os movimentos circulares, aumentando a intensidade e depositando toda a minha atenção naquele pequenino ponto luminoso que ia nascendo. Foi quando uma bolinha de luz mais ou menos do tamanho da chama de um palito de fósforo finalmente surgiu entre minhas mãos.

Eu ainda tentei fazê-la ficar do tamanho da luz de Camaleoa, que era grande e redonda como uma bola de tênis, mas de nada adiantou. De qualquer forma, aquela pequenina luz já era suficiente para que eu pudesse enxergar o lugar onde estava. Uma espécie de caverna subterrânea larga e alta o bastante para que eu pudesse ficar de pé se alastrava à minha frente. Logo notei que ela se parecia muito com os túneis que desembocavam na estação subterrânea da Estação das Pedras. "Bom, vamos ver onde isso vai dar", eu disse, colocando minhas pernas exaustas para caminhar.

Aquele túnel parecia não ter fim. Depois de horas caminhando, finalmente encontrei um poço subterrâneo. Corri em direção a ele desesperada para beber água e lavar a ferida em minhas costas antes que ela infeccionasse. Logo ao me aproximar, entretanto, tive uma surpresa mais do que desagradável: aquela água estava poluída e seu odor insuportável. Um poço imundo daquele jeito por ali só podia ser sinal de uma coisa: os Metazeus estavam por perto.

Não demorou muito para que uma grossa porta de aço se revelasse à minha esquerda. Desfiz o resto da minha luzinha para não chamar atenção. De qualquer forma, àquelas horas já não tinha mais forças para sustentá-la.

"E agora?", pensei forçando a vista e tentando examinar aquela porta de metal. Bom, ela poderia ser pesada, mas provavelmente não era tanto como a porta do Super-Mosquetão. Fechei os olhos e tentei juntar o máximo de energia que eu ainda tinha (que era realmente muito pouca) ao restante que formigava em minhas mãos. Levei os braços até a porta e me concentrei em empurrá-la com a pequena quantidade de calor que saía dos meus dedos. Impossível. Tentei mais uma vez, mas a porta sequer ameaçou se mover. Tentei então uma terceira vez, e outra e mais outra, e nada.

Antes da minha última tentativa, a porta de repente se abriu e mal tive tempo de usar a energia que estava em minhas mãos para dar um grande salto, quando vi dois Metazeus brutamontes de batina, provavelmente os mesmos que quiseram nos apanhar naquele dia de chuva na Casa do Pássaro, saírem pela porta em direção ao túnel rochoso. Por sorte (ou não), eles morriam de rir de uma piada sobre louras e não notaram o vulto que subiu bem na frente deles e se agarrou como podia a uma rocha que havia no teto.

Antes que a porta se fechasse atrás deles, eu ainda tive tempo de saltar para dentro do corredor metálico. "Ah, se Laia tivesse ouvido aquilo", pensei sobre a piada de loura, antes de perceber o que me aguardava.

Aquilo não era simplesmente um corredor. Uma infinidade de câmeras de vídeo se distribuía por todo o teto. Os Metazeus estavam me vigiando. "Não há mais saída", eu pensei em meio a todas aquelas vibrações negativas, com a sensação de estar caminhando em direção à forca.

Depois daquele corredor, vários outros se seguiram. Não havia uma porta sequer, apenas saídas à direita ou à esquerda para outros corredores cada vez mais estreitos, e quanto mais avançava, mais tinha a certeza de que tinha caído em uma armadilha. Ou melhor, em um labirinto.

As energias negativas tomavam conta do ambiente por completo e eu já começava a me sentir mal. Minha cabeça latejava com violência em meio às terríveis tonturas que me acometiam dentro daqueles corredores sem fim. No meio de um corredor tão estreito que mal cabia meu corpo, fui tomada por um incontrolável tremor nas pernas e caí no chão. O amuleto em meu pescoço dava saltos, tinha se tornado gelado e cinzento, certamente tentando me avisar do perigo que estava por vir. Tive que fazer uma força sobre-humana para não perder os sentidos, já que a fome, a sede, o cansaço e a dor causada pelo machucado aberto nas costas se somavam às terríveis vibrações daquele lugar. O pior era nunca encontrar uma porta ou uma janela por onde pudesse entrar um pouco de ar. Aquele claustro já começava a me deixar em estado de pânico e eu já não tinha mais controle sobre o meu corpo.

"O Equinje, Kitara, mantenha o Equinje forte contra as energias díspares", eu dizia, respirando com força e tentando me levantar. Em meio a passos trôpegos, senti no final daquele mesmo corredor a primeira emanação de energias positivas.

"Minhas companheiras, elas estão por aqui."

Fui caminhando com dificuldade em direção à próxima virada à direita, mas ali havia apenas mais um corredor. As vibrações positivas, entretanto, pareciam cada vez mais fortes. Quando já avançava pelo meio do corredor, elas pararam de vez.

Retornei ao final do último corredor e as boas energias voltaram, dessa vez com mais intensidade. "Deve haver alguma coisa por aqui, mas o quê?", tentava descobrir, enquanto enxergava as primeiras luzes rosas e verdes em meio às manchas cinzentas que dominavam o campo energético daquele lugar. Olhei para as paredes, para o chão, para o teto e nada vi além do revestimento de metal e das numerosas câmeras que me espionavam. Mas as boas emanações áuricas continuavam a se manifestar.

Como? De onde vinham aquelas energias positivas? Aquele corredor completamente fechado me sufocava e já não conseguia mais raciocinar, nem mesmo me concentrar para, quem sabe, receber alguma visão reveladora. Minhas pernas ainda tremiam muito e me apoiei na parede para descansar um pouco.

Para o meu espanto, a parede não me deu o apoio esperado e caí no chão.

Só quando, depois de muito esforço, consegui me levantar, percebi que estava em outro lugar. Um laboratório quadrado e enorme se revelava à minha frente. E lá no fundo estavam as minhas companheiras. Dona Dedê, Laia, Liluá, todas elas amarradas em uma pilastra de metal. Felícia estava amarrada a um canto de uma parede e, além dos fios de aço que a prendiam, ainda trazia uma mordaça.

Assim que Dona Dedê me viu, discretamente apontou com os olhos amedrontados um sujeito de batina que estava de costas a lavar alguma coisa em uma pia, no extremo oposto do laboratório. Em uma terceira parede havia uma tela que mostrava os corredores pelos quais eu tinha passado. O sujeito, porém, estava entretido demais no que fazia para notar que eu havia entrado ali. Ufa!, parecia que não tinha ninguém inspecionando aquelas câmeras.

– Procurando alguma coisa? – perguntou uma voz atrás de mim.

– Al-Albo Lago? – disse ao me virar, com o coração na boca.

– Ou você acha que pode ir entrando no nosso esconderijo assim?

– Nosso esconderijo!?

Só agora eu reparava que Albo Lago também estava usando uma batina. Então ele levou minhas companheiras para uma cilada? Ele me segurou forte pelos braços e me empurrou em direção ao homem careca e mirradinho, me largando no chão logo em seguida.

– Aí está a última intrometida.

Eu imaginava que seria impossível ter uma surpresa maior do que descobrir que Albo Lago era um Metazeu. Mas eu estava enganada, pois a maior das surpresas estava por vir. O homem careca se virou e eu não pude crer no que meus olhos acabavam de ver.

– Seu Armando! – eu disse chocada ao ver o cunhado de Dona Dedê.

– Em pessoa. Pode me chamar de Doutor Metazeu, minha doce Kitara – ele disse com humor sarcástico, beijando a minha mão.

– Mas c-como... v-você... – eu não tinha palavras.

– Para que esse susto todo? Ou você achou que eu realmente pertencia àquela família patética? Só me casei com aquela senhora banhuda e insuportável para ficar bem próximo à Toca 3 do Distrito 5.

Ah, pobre Dona Dedê, que monstro ela tinha em casa. E Dona Didica, coitada... E o pequeno Marco Aurélio!

– Amarre essa também – ele gritou para Albo Lago, que obedeceu como um capanga de quinta categoria.

– Olha, ela está machucada – disse Albo Lago enquanto me enrolava com um fio de aço, notando a enorme mancha de sangue que havia em minhas costas.

– Então leve-a para a enfermaria. Não quero nenhum risco para os meus experimentos.

Vovó tinha mesmo razão, até na pior das tristezas há sempre uma alegria. Pelo menos o meu machucado seria tratado, mesmo que fosse, infelizmente, para o bem dos Metazeus.

Atravessamos mais alguns daqueles inúmeros e entediantes corredores metálicos até Albo Lago virar à esquerda e chegarmos a um corredor mais largo onde havia várias portas. Uma delas era a tal enfermaria. O local possuía poucos leitos e apenas um estava ocupado. Uma enfermeira ossuda e de mau humor veio me atender, segurando o meu braço de maneira agressiva e me jogando sentada em um dos leitos vazios. Pediu com rispidez para que eu tirasse a blusa e então começou a lavar o meu machucado.

Senti um misto de dor e alívio quando aquela água fria se entranhou na pele aberta. Mas quando ela passou água oxigenada para desinfeccionar, eu senti apenas dor. Nada, porém, foi comparado à dor aguda e quase insuportável que veio depois, quando ela enfiou a agulha em minha pele para costurar o corte sem usar anestesia. Mordi forte o lábio até quase fazê-lo sangrar. Depois percebi que de nada adiantava me machucar de outra forma. Comecei a respirar com vontade e ali, sentada na enfermaria dos Metazeus, confrontando todas aquelas energias negativas que me rodeavam e todas as dificuldades que o meu próprio corpo trazia como a sede, a fome e aquela dor insustentável, eu comecei a fazer o Sopro Dourado. Aos poucos o amuleto pareceu esquentar de novo, me trazendo uma breve sensação de conforto.

Logo depois eu já me sentia mais forte e, de alguma forma, a energia positiva que eu emanava pareceu tocar um pouco a enfermeira, que não só abrandou a forma de tratar o meu machucado como também me deu uma camisa limpa e veio me trazer escondido um copo de água, um pão doce e um gole de café.

— Eu não gosto do lanche que eles servem aqui mesmo — ela disse com ares de malvadeza, tentando disfarçar aquele ato de caridade.

Pouco depois, uma outra senhora carrancuda veio chamá-la na enfermaria e gritou no meu ouvido para eu não sair dali, pois logo apareceria alguém para me buscar.

— Coitada, essa também perdeu o trabalho — disse uma voz ao meu lado.

Olhei para o leito ocupado no fundo da enfermaria e só então vi quem estava ali.

— P-padre Odorico — eu disse com um pouco de receio, recordando aquele último acontecimento na estação subterrânea. Mas ele pareceu não se importar:

— Aqui, um único ato de bondade com as vítimas e o funcionário perde o trabalho.

— Do que você está falando?

— Da energia positiva que emanou de você e fez com que a enfermeira te alimentasse. Aqui isso é proibido. No Mundo Metazeu, a bondade atrapalha o processo de produção.

– O que você está fazendo aqui? – eu perguntei a Padre Odorico, só então notando o seu abatimento. Minha nossa!, ele parecia ter envelhecido uns dez anos.

– Foi a tal experiência – ele respondeu.

– Mas que exp...

– Tudo pronto? – apareceu de repente Albo Lago. Mas onde está aquela incompetente? – ele disse saindo furioso atrás da enfermeira, o que me fez ganhar mais um tempinho com Padre Odorico.

– Aquele dia na estação subterrânea você desapareceu...

Padre Odorico pareceu confuso. Mas antes que Albo Lago aparecesse novamente, ele disse sussurrando:

– Não era eu.

Logo depois o irmão de Nico Lago me segurou com força pelo braço e me arrastou de volta pelo corredor:

– Ah, aquela estúpida. Considere este o seu último lanche.

A fábrica de oxigênio

Fui amarrada ao pé de uma mesa metálica que ficava um pouco à frente de minhas companheiras. Quando minhas costas encontraram o metal frio, os pontos incomodaram um pouco.

Atrás do Doutor Metazeu havia uma infinidade de materiais líquidos, sólidos e gasosos embalados em vidros, além de uma larga bancada. À sua esquerda havia computadores quadrados como os do Quotidiano e à sua direita se espalhavam inúmeras parafernálias tecnológicas, muitas das quais eu nunca tinha visto antes.

Mas o que realmente chamou a minha atenção foi o fato de haver, bem no centro daquele ambiente todo metálico, uma imensa estufa de inverno recheada de plantas das mais variadas espécies, inclusive árvores e arbustos. Daquele salão também vinha um grunhido animal irreconhecível e só então notei, em seu canto extremo, ao lado de uma pequena porta, alguns animais presos em uma enorme gaiola. Eles não pareciam ser nem pássaros, nem peixes, nem répteis, mas todos eles possuíam ao mesmo tempo asas, bico, escamas e até mesmo um rabo.

– Gostou dos meus filhotinhos? – disse o Doutor Metazeu, observando o meu interesse na gaiola. – Confesso que esta foi uma das minhas melhores invenções.

– O quê?

– Sim, é claro, fui eu que inventei. – Completou com um sorriso irônico. – Então você ainda não sabe? – sou o futuro Pai da Natureza...

O Doutor Metazeu pareceu não se importar com a minha cara de desprezo e continuou com suas disparidades:

– Se você quiser, logo, logo também poderá inventar o seu. Estamos abrindo uma nova espécie de negócio onde serão vendidos os códigos genéticos de todos os animais em saquinhos plastificados, assim como sucos e chás. Bastará apenas o consumidor misturá-los e colocá-los na "barriga matriz" para criar o seu próprio bichinho de estimação.

Ao dizer isso, ele tirou de dentro de um *freezer* uma espécie de trouxa orgânica de um tom rosa avermelhado, maleável e úmida como um fígado ou qualquer outro órgão de verdade.

– Esta é a nossa famosa "barriga matriz". Muitas como esta também serão vendidas, não tão baratas como os saquinhos de códigos genéticos, é claro, afinal não são nada fáceis de fazer – ele disse coçando a cabeça, como se nela ainda existissem cabelos.

– Mas essas daqui não serão vendidas, não é, minhas queridas, ele continuou, indo agora em direção à estufa de plantas. Essas daqui são minha obra-prima. Graças a essas lindas criaturinhas do papai aqui, os Metazeus dominarão definitivamente o mundo e o Capitão poderá voltar – disse acariciando o vidro da estufa.

Quando escutou isso, Felícia ficou muito inquieta e começou a se debater contra a pilastra, gritando alguma coisa com desespero por baixo da mordaça.

– Você quer dizer alguma coisa, meu bem? – disse fungando no pescoço de Felícia. Nessa hora, Albo Lago fez um muxoxo de ciúmes. Felícia continuou a se debater em meio aos fios de aço, até que finalmente o Doutor Metazeu tirou sua mordaça.

– Está bem, não fique tão nervosa. Eu ia contar a elas, mas já que você insiste...

– Essas plantas são extremamente perigosas! Elas são consumidoras de oxigênio!

Nenhuma de nós compreendeu muito bem o que Felícia disse.

– Ah, vocês não entenderam... Essas plantas, feitas em laboratório por mim, consomem o oxigênio em vez de produzi-lo, como já disse nossa amiga. O grande feito não é apenas esse.

Ao dizer isso, ele pegou um controle remoto e apontou para a tela que antes vigiava os corredores metálicos. Um vídeo com imagens de jardins, bosques e florestas começou a passar.

– Nesse exato momento, todo esse lindo verde já começou a ser substituído por minhas plantinhas que, aos poucos, sem pressa, irão roubar o oxigênio da atmosfera terrestre e contaminá-la com excesso de gás carbônico. E sabem como? Com o velho jeitinho metazeu, sem pressa, usando as verbas do governo e fingindo fazer o bem. Elas estão sendo plantadas em áreas de queimada e desmatamento por meio de um programa solidário chamado *Reborn with the Green*. E como minhas lindas armas são absolutamente idênticas às mudas de plantas normais... *well*, só me resta então o sucesso.

Depois de cenas dos trabalhadores rurais, coitados, plantando sem saber aqueles monstros verdes criados pelos Metazeus, imagens clandestinas de toneladas de algas sendo despejadas nos mares por navios de carga começaram a passar.

– Pois é, atiramos para todos os lados.

– ?!?!?

Estávamos todas chocadas.

– Acalmem-se, meninas, o mundo não vai acabar por causa disso. Ninguém vai morrer. O que eu ainda não contei a vocês é que uma autêntica fábrica de oxigênio feita com a mais inovadora tecnologia está sendo criada. Dessa forma, não faltará oxigênio para ninguém. Tudo tem seu preço e para adquirir oxigênio todos terão, é claro, que comprá-lo na minha mão.

– Isso não vai acontecer. Os Jedegaias não precisam de oxigênio e podem impedir que isso aconteça – disse Felícia.

Por que você acha que eu estou atrás da Ervilha Essencial, hein, sua estúpida? – ele disse, de repente mudando seu comportamento pseudoeducado e dando um chute na mesa ao lado de Felícia, o que fez as amarras de metal que nos prendiam tilintarem de ódio.

Apesar disso, eu suspirei com um pouco de alívio, afinal, eu tinha verificado com os meus próprios olhos que a Ervilha Essencial estava mais do que protegida e...

Não pude concluir meu pensamento. O Doutor Metazeu começou a agredir Felícia, que conseguiu se desvencilhar de suas amarras. Ele a segurou com força, mas ela se esquivou dele, derrubando-o com a manipulação energética e já saltava em direção à saída, quando Albo Lago a agarrou no ar e a trancafiou dentro da estufa, seguindo as ordens do Doutor Metazeu.

– Esta estufa é completamente vedada, é impossível que nela entre sequer um milímetro cúbico de ar. Eu injeto diariamente água, sais minerais e oxigênio para alimentar minhas plantas, e somente a luz pode entrar – disse o Doutor Metazeu se levantando com satisfação assassina, apontando uma claraboia de vidro lá no alto, bem em cima da estufa.

– Desculpe-me, minha cara Felícia, você será a primeira a morrer asfixiada.

Ao dizer isso, ele pegou um livro grosso entre as mãos e folheou umas páginas. Logo em seguida começou a rir e virou-se para nós, se deliciando com nossas expressões de espanto:

– Queridas, não queria assustá-las. Eu tenho esse problema, não posso ouvir falar dos Jedegaias. Vocês não estão com a cara muito boa, estão com fome? Bom, já, já eu mando preparar um cafezinho. Mas, sentem-se. Ah, sim, claro, posso ver que já estão sentadas – ele disse com ironia ao nos ver amarradas no chão.

– "o Capitão", que livro magnífico! Ele nos diz o tempo todo para agir com tranquilidade, paciência, frieza... tudo isso para atingir especialmente dois objetivos: o domínio da natureza e o progresso científico-industrial-econômico. E a essas duas metas é que eu dedico toda a minha vida e, confesso, me divirto bastante, continuou o Doutor Metazeu, começando a narrar a sua eloquente história...

– Foi graças a um jovem padre sem vocação que a palavra dos antigos Metazeus ressurgiu sobre a face da Terra e acordou a humanidade de um grande sono. Finalmente os homens começaram a trabalhar em busca do progresso e de forma acelerada, para tentar recuperar o tempo perdido. Isso foi por volta de uns quinhentos anos atrás e poderia ter sido bem antes se, desde que foi encontrado, "o Capitão" não tivesse ficado escondido por monges medrosos na biblioteca de um mosteiro. Bom, mas isso é passado e o que importa é que desde que esse jovem padre revelou "o Capitão" para o mundo, Sábios e Estudiosos Metazeus, Capitães Metazeus, Generais Metazeus, Políticos e Chefes de Estado Metazeus, além de Cientistas Metazeus, como eu, têm trabalhado para implantar mais uma vez as palavras do Capitão na mente dos homens.

– E tudo sempre correu muito bem, as ideias dos Metazeus começaram a proliferar e cada vez mais homens pareciam dispostos a trabalhar em prol do progresso, não importando o preço. Sendo assim, não tínhamos maiores preocupações, até descobrirmos...

O ódio voltou aos seus olhos.

– ... que esse povinho Jedegaia reapareceu sobre a face da Terra. Já sabíamos que isso iria acontecer porque está escrito em "o Capitão". Mas, é claro, ficamos alarmados, pois também sabíamos que essa estupidez de filosofia jedegaia cheia de natureza, luzinhas coloridas e pessoas preguiçosas que não comem nada para virar poeira brilhante se alastra rápido, como uma peste sem cura.

– Tivemos que perseguir aqueles vermes ripongas a todo custo para descobrir onde estavam, mas sempre chegávamos a uma estrada que não levava a lugar nenhum. Até que finalmente eu descobri uma toca, um caminho subterrâneo e, ah que incrível, um ovo metálico.

Agora, era o orgulho desenfreado que voltava a tomar conta do Doutor Metazeu.

– Por isso, eu mesmo fui o Metazeu responsável por construir nas redondezas esse laboratório onde estamos. É claro que não construiria nada suspeito, afinal poderia ter caído em uma armadilha e não queria de forma alguma ser descoberto pelo governo, que nesses novos tempos ainda não foi totalmente ocupado pelos Metazeus. Ainda! E é por isso, como muitos outros, que esse laboratório também é virtual. Ah, como adoro isso, olhem bem.

E então ele tirou do bolso um controle remoto ainda menor que o da tela e apertou um de seus botões. Nessa mesma hora, todas as paredes metálicas daquele galpão desapareceram, restando apenas algumas portas e corredores à nossa volta. Até mesmo a tela desapareceu. E à medida que ele apertava outros botões, mais portas e corredores desapareciam, até restar somente o local onde estávamos, agora com paredes de madeira e algumas portas adjacentes. Sobre uma delas havia uma placa onde estava escrito "*Geocenter*, Organização Não Governamental de Pesquisa Mineral".

– Estão vendo, bonecas, a ilusão da imagem. Mais uma vez, fingindo fazer o bem, fingindo ser um bom samaritano interessado apenas em pesquisar as rochas subterrâneas, e de graça! Ah, que piada, eu fui o Metazeu responsável por construir isso daqui. Gaiatmã está aqui e não está, não é mesmo? Pois então, nós também estamos aqui e não estamos. A diferença é que tudo isso aqui – e então ele foi apertando novamente os botões e as salas, os corredores e até mesmo outras pessoas foram reaparecendo – tudo isso aqui foi criado pela mente dos homens, e isso é fantástico!

"Nós também podemos fazer o que quisermos graças ao nosso próprio esforço. Eu não sei se Deus existe, mas se por acaso ele existir, ele nos criou para isso, para brincar com a natureza, usá-la a favor do nosso progresso até que nós próprios nos tornemos deuses e possamos deixar ele, o Deus velho, descansar em paz.

Ah, me divirto com esses Jedegaias. Eles se acham muito inteligentes trafegando entre dimensões, ok, até isso nós podemos fazer. É o que aprendemos com os antigos em 'o Capitão': não acreditamos em nada, mas também não deixamos de acreditar. Quando suspeitamos que os Jedegaias estavam nessa região, desenvolvemos logo uma operação chamada *High Vision's Investigation*, em que contratamos videntes, médiuns e toda essa gente que faz qualquer coisa por uma boa quantia de dinheiro, para descobrirem se havia "seres do além" por aqui.

E não é que, para a nossa surpresa, muitos deles viram duendes que entravam em túneis azuis e depois desapareciam? Estudamos os locais onde isso acontecia com mais frequência e começamos a fazer experiências. E nossa competência foi tanta que logo no início obtivemos sucesso.

Assim que os videntes diziam enxergar o túnel, criávamos um outro túnel imagético feito apenas de luz nas frequências azul-anil-violeta logo à frente do local indicado, enquanto um de nós seguia na direção do suposto túnel.

Confesso, não foi nada fácil admitir quando vi um dos Metazeus, simplesmente, desaparecendo no ar, que aquilo era uma passagem interdimensional aberta por um duende. Mas como deveria seguir o conselho dos antigos e não desacreditar de nada, fui pessoalmente atravessar o túnel e verificar o que acontecia com meus próprios olhos. E só ao chegar a Gaiatmã, pude mais uma vez comprovar que não há nada que a natureza faça, nem mesmo inacreditáveis túneis abertos por duendes, que não possa ser dominado e usado a favor dos Metazeus.

Conseguimos, inclusive, reter um dos túneis e fazer com que a passagem entre as duas dimensões permanecesse constantemente aberta. Você, Kitara, acabou de cair por esse túnel e..."

– T-t-tá na hora...

Albo Lago parecia bastante enfraquecido quando interrompeu o discurso do Doutor Metazeu. Eles se trancaram na pequena porta que ficava atrás da estufa, ao lado da gaiola daqueles bichos esquisitos.

Asas...

Não posso dizer por quanto tempo ficamos naquele silêncio triste, sustentando olhares desanimadores. Dentro da estufa, Felícia começava a se sentir mal.

"Psiiiiiu, Kitara, leia os meus pensamentos, leia os meus pensamentos", eu escutei de repente.

Era a mente de Dona Dedê que gritava sem que ela emitisse nenhum som, apenas mantendo os olhos fixos em mim. Ela emitia um feixe de luz azul.

"Estou lendo", falou meu pensamento e respirei aliviada, agradecendo por termos aprendido as técnicas de Mestre Orgon. "Eu tenho uma ideia", ela disse, mostrando com os olhos as prateleiras com as milhares de substâncias *in vitro* do senhor Metazeu. "O que tem?", eu respondi sem compreender como aquelas substâncias poderiam nos ajudar.

Então percebi que Laia, ao lado de Dona Dedê, insistia em chamar a nossa atenção. Sem demora pude ler em seu pensamento o que ela queria nos contar. "Posso facilmente sair daqui", e só então percebi que, de alguma forma, ela comprimia todo o seu corpo e os fios metálicos, até então superapertados, se afrouxavam. Ah, como eu poderia ter me esquecido? Laia era amiga das cordas, até mesmo daquelas de aço.

Ao ver isso, Dona Dedê se animou e começou a estabelecer uma comunicação particular com o campo áurico de Laia. De dentro da estufa, Felícia, já um pouco zonza, tentava explicar alguma coisa à nossa amiga atleta, fazendo uma advertência.

Então, em um átimo de segundo, Laia se desvencilhou dos fios e, sem pisar sequer uma vez no chão, atravessou todo o salão, apoiando-se apenas nas paredes acima da altura das câmeras e parando sobre o laboratório do Doutor Metazeu. Ali não havia câmeras, afinal, ele não queria ninguém espiando os segredos de suas experiências. Antes de descer, porém, Laia entortou as duas câmeras que filmavam a pilastra onde Dona Dedê e Liluá continuavam amarradas. Assim, ninguém poderia ver que Laia tinha escapado dali.

"Procure limalhas de ferro, limalhas de ferro, limalhas de ferro", insistia Dona Dedê. Laia procurava em meio a todos aqueles vidros e parecia não encontrar o que Dona Dedê pedia. Até que finalmente encontrou um potinho bem no fundo de uma prateleira onde estava escrito "limalha de ferro". Depois Dona Dedê pediu três folhas secas de erva-doce, mas, dessa vez, Laia não achou mesmo. Pediu também pelo de gato, ilangue-ilangue e essência de olíbano e, é claro, Laia também não encontrou nada, afinal o Doutor Metazeu estava longe de ser um feiticeiro da natureza.

Pronto, tinham se acabado todas as esperanças. De que adiantaria Laia nos soltar se seríamos pegas na primeira esquina? E Mestre Orgon havia nos dito certo dia, assim como tinha falado Voz Segunda, quero dizer, vovó, em uma das perguntas que fiz: éramos guerreiras do bem e não poderíamos usar da violência para lutarmos.

Mas, antes que o desânimo nos tomasse por completo, Dona Dedê se dispôs a usar todas as suas forças intuitivas:

"Não interessa, eu farei a Poção do Riso das feiticeiras assim mesmo."

Ela fixou os olhos sobre os vidros da prateleira e, depois de escutar as instruções áuricas de Felícia sobre algumas substâncias extremamente tóxicas, começou a estabelecer conexão com alguns deles. Pediu, então, a Laia que pegasse aquele verdinho da ponta, depois um maior de fino gargalo onde se encontrava uma substância viscosa amarelada, um outro que continha pequenas bolinhas azuis feitas de uma espécie de gelatina e assim por diante. Laia então foi pegando um por um dos ingredientes substitutos da poção, seguindo apenas os conselhos de Felícia e as deduções de Dona Dedê.

De acordo com as instruções, Laia despejou todos os materiais em um pequeno vasilhame de metal que ficava sobre o fogareiro ao lado da pia e começou a misturá-los. Nessa mesma hora, escutamos a porta da saleta se abrindo. Laia, em um só salto, atravessou todo o ambiente e voltou para trás dos fios. O Doutor Metazeu disse com sua ironia nojenta:

– Boas meninas, estão se comportando direitinho. Calma que o titio aqui já está terminando o trabalhinho e volta para conversar com vocês, tá bom?

Nós estremecemos quando ele deu meia-volta para retornar à saleta e passou bem em frente à bancada onde estava o fogareiro. Por sorte (ou não) ele não viu, não escutou nem sentiu o cheiro de nada.

Assim que a porta da saleta se fechou, nós começamos a ouvir o barulho do líquido borbulhando e um forte cheiro começou a exalar da poção. "Prendam a respiração, prendam a respiração", avisava Dona Dedê. Laia então voltou ao laboratório com uma mão tapando o nariz e a outra livre para mexer os ingredientes e não deixar a poção queimar.

– Me respondam uma coisa: vocês são tão estúpidas a ponto de realmente acharem que poderiam me enganar? – disse de repente o Doutor Metazeu tirando uma pistola do bolso, enquanto Albo Lago segurava com força as duas mãos de Laia. Já não conseguíamos enxergar direito por causa da intensa fumaça que agora se desprendia da poção.

– Ah, eu já devia ter estourado a cabeça de vocês... mas, afinal de contas, para que servia isso daqui mesmo? – ele perguntou, jogando toda a poção pelo ralo da pia e então eu tive certeza de que aquele seria mesmo o nosso fim.

Então ele mirou o revólver na cabeça de Dona Dedê, mas Laia, em um só salto, conseguiu escorregar dos braços de Albo Lago e chutar para longe a arma do Doutor Metazeu. Albo Lago foi com fúria em direção a Laia, que estava de costas. Em um átimo de segundo, consegui focar toda minha energia em uma estante de produtos e consegui derrubá-la bem na frente dele, apenas com força energética, o que deu tempo para Laia vir e tentar nos soltar. Mas o Doutor Metazeu já estava de novo em posse de sua arma e a apontou para Laia:

– Espero que... há-há, tenha valido a pena há-há-há, afinal vocês há-há-há, há-há-há usaram o meu material há-há-há, que é muito caro e...

– Há-há-há-há, Doutor Met..., há-há-há-há, o que é... há-há... isso? Há-há-há, hê-hê-hê, hi-hi-hi, eu não... há-há-há... eu não consigo parar de rir, he-hô-hi, he-he-hê, hu-hu-hu...

Era incrível, aquilo estava mesmo acontecendo? Albo Lago, perdendo as forças por causa de seu ataque de gargalhadas, acabou caindo e ficou rolando no chão pra-lá-e-pra-cá. O mesmo estava prestes a acontecer com o Doutor Metazeu, mas ele ainda teve tempo de dar vários tiros, enquanto, de tanto rir, lágrimas já escorriam dos seus olhos.

– Há-há-há-há-há-há, suas filh... há-há, hei-hei-hei-há-há-há...

E atirou até cair, em meio às dezenas de controles remotos que escorregaram do seu bolso. A mesa em que eu estava presa acabou por me salvar dos tiros, mas não me salvou do completo estado de pânico. Com toda aquela fumaça, eu não conseguia ver se minhas companheiras estavam bem e, se por acaso eu abrisse a boca para perguntar alguma coisa, seria imediatamente atacada pela Poção do Riso. Até que, finalmente, Laia apareceu sã e salva e veio nos soltar. Só depois de estar livre dos fios metálicos é que eu percebi que ela não estava tão sã assim. Laia começou a dar pequenas risadas e, quando vimos, já estava abraçada à pilastra se segurando para não cair de tanto rir. Apesar de termos nos salvado dos tiros, infelizmente logo, logo também nos uniríamos a ela, afinal, já estávamos quase explodindo de tanto prender a respiração. Se ao menos...

E então Liluá, que permanecera quietinha até aquele momento, tocou o meu braço e só então notei suas bochechas inchadas. E de sua boca de repente saiu uma gota de um líquido vermelho alaranjado que brilhava e... ah, não

244

podia ser. Por todo esse tempo, Liluá tinha guardado o leite de Ishtar dentro da boca!? Ela então fez uma concha com as palmas de suas mãos e ali cuspiu o leite. Cada uma de nós tomou um pouquinho, o suficiente para ficar por algum tempo sem receber influência do ambiente.

Mas, infelizmente, o leite não fez o efeito da poção passar e, àquelas alturas, Laia já perdia os sentidos de tanto rir. Sem contar Felícia, que já tinha se deitado no chão da estufa, tomada pela fraqueza. Tentei quebrar o vidro com manipulação de energia, mas dessa vez não foi possível. Então peguei um pedaço de ferro e tentei arrebentá-lo, mas antes que ele sequer tilintasse, os dois capangas brutamontes apareceram e nos amarraram todas juntas, as quatro, e também nos trancafiaram na floresta de gás carbônico do Doutor Metazeu.

Por causa do leite de Ishtar estávamos imunes à falta de oxigênio, mas cada uma de nós tinha tomado apenas algumas gotas e rapidamente o efeito iria passar. Agora sim, estávamos perdidas, como Felícia já parecia estar...

Se ao menos conseguíssemos nos desvencilhar dos fios de aço... somente Laia poderia fazer isso, mas ela não tinha mais forças, com a cabeça caída e o olhar morto, enquanto seus músculos abdominais ainda insistiam em contrair na forma de risadas.

Era bem provável que ficássemos presas ali até morrermos asfixiadas. E justo agora, que até mesmo os dois brutamontes tinham sido atingidos pela fumaça da poção e já estavam de bruços, socando o chão e balançando as pernas de tanto rir. Para piorar ainda mais a situação, de repente um gás começou a se desprender ali dentro. Só então vi que o Doutor Metazeu, estendido no chão, com sua última força apertava com a ponta do dedo o botão de um pequenino controle remoto. E de uma mangueira presa no alto da estufa, uma fumaça branca começava a vazar.

As copas das árvores mais altas então começaram a pegar fogo e, é claro, quando aquelas chamas se alastrassem, o efeito do leite já teria passado e aí sim, estaríamos literalmente fritas.

Ah, meu Deus, o que faríamos? É claro que várias vezes, principalmente quando eu estava solta e ele caído sem forças no chão, havia passado pela minha cabeça acabar de uma vez por todas com o Doutor Metazeu e sua anomalia repulsiva, mas regra é regra e por isso até então eu não tinha feito nenhum tipo de agressão física, nem contra ele nem contra ninguém. Será que aquela regra tinha sido valiosa o suficiente a ponto de custar nossas vidas?

"Deve haver alguma solução", eu pensava, pensava... "Nós não seríamos guerreiras se não pudéssemos lutar". O fogo já começava a tomar conta das árvores, o efeito do leite ia passando e aos poucos eu já começava a sentir o calor. "Deve haver alguma solução, deve haver, deve haver", minha vontade de viver repetia. Até que o mundo à minha volta começou a esfarelar...

"O que está acontecendo? O que é iiiiiiiiiiiisssoooooooo...?"

– Olá, Kitara, mais uma vez nos reencontramos.

– Pequena Ci...

– Escute, você não tem muito tempo, mas sabe o que deve fazer.

– Não, eu não sei...

– Sabe sim, Kitara, desde sempre você soube...

– Mas...

– Olhe para ela...

Atrás de Pequena Ci, bem lá no fundo do salão de mármore, estava ela, a planta mais sagrada de Gaiatmã, a Ervilha Essencial. Ah, como era bom admirá--la, seu caule reluzente, seus frutos preciosos e...

Abri os olhos e vi que Felícia tinha acabado de desmaiar. Dona Dedê gritava.

– Pequena Ci, espera...

Mas eu já estava de volta à estufa. Pequena Ci havia dito que eu saberia o que fazer, mas não, eu não sabia o que fazer amarrada ali, daquele jeito, em meio ao fogo e à falta de ar. Se ela tivesse me dado pelo menos uma dica. Disse apenas para que olhasse a Ervilha Essencial, mas não haveria maneira de trazê--la da outra dimensão...

Ei, espera aí! Mas... seria isso? Sim, era isso, sim. Eu sabia o que fazer.

– Os amuletos! – gritei de repente.

Laia já não ria mais. E Liluá tinha os olhos fechados.

– Os amuletos! Eu preciso dos amuletos.

– A oração, Kitara, diga a oração – falou a voz de Pequena Ci dentro de minha cabeça.

– Mas que oração? – eu perguntava em meio ao barulho do fogo, enquanto uma estranha língua dita pela voz de Pequena Ci começou a passar em minha cabeça. Sem entender uma palavra sequer, eu comecei a repetir alto aquela espécie de oração. Aos poucos as frases começaram a fluir da minha boca e eu as dizia com tanta força que, de alguma forma, compreendia cada centelha daquilo que dizia.

Então o amuleto começou a vibrar em meu pescoço. Quanto mais forte eu entoava aquelas palavras, mais ele vibrava e esquentava, até que de repente ele se desprendeu. Minhas palavras se tornaram ainda mais potentes e conduziram o amuleto para o alto. Só então vi que o mesmo tinha acontecido com os amuletos de todas as Guerreiras de Gaia.

Como naquele dia na Rua dos Celtas nº 22, os amuletos pareciam ter uma forte conexão entre si. Todos foram sugados para o centro e finalmente se uniram, bem acima de nossas cabeças. Uma luz branca de uma intensidade frenética se soltou da Pequena Gaia e nos atingiu. Mesmo de olhos fechados, não pude evitar a impressionante claridade dos raios que se desprendiam dela. Ao mesmo tempo, aquele forte barulho de água do mar e uma espécie de ventania que se espalhou pela estufa nos dava a impressão de estarmos bem no meio de um naufrágio. Agora, além da luz branca, milhares de raios azuis e circulares começavam a se dispersar pelo espaço e, por trás dos fios de aço, eu abaixava a cabeça para não ser atingida, apesar de lá no fundo saber que aquele estranho fenômeno não nos faria mal algum, muito pelo contrário, ele acontecia para nos salvar.

Depois dos raios azuis, vieram luzes de todas as cores e formatos possíveis. Aquele era o mais deslumbrante e sagrado espetáculo que se poderia imaginar...

Até que as luzes e os raios cessaram e da Pequena Gaia, simplesmente, começou a cair água. Uma chuva grossa e pesada feito tempestade de verão caía sobre nossas cabeças, apagando o fogo e o medo.

Não sei quanto tempo se passou. Sei apenas que quando a fumaça se dissipou, consegui ver por baixo de todo aquele aguaceiro que nossa prisão de vidro tinha sido fulminada pelos raios da Pequena Gaia. Àquelas horas, ela ainda rodava lentamente no ar, despejando a chuva que aos poucos ia cessando. Por fim, ela se espatifou no chão, deixando um amuleto para cada lado e em mim uma certeza: aquela estranha oração que eu havia dito era a mensagem escrita dentro da Pequena Gaia.

Felícia e Laia já se recuperavam e agora poderíamos nos desvencilhar dos fios de aço. Mas nós nos sentíamos tão leves que nem foi preciso tomar qualquer atitude. Todos os fios caíram no chão sem que fizéssemos o menor esforço. Mas, espera... onde estava o Doutor Metazeu?

Uma espécie de fumaça cinzenta cobria o chão do galpão cheio de nódoas, de onde subia um terrível cheiro de coisa podre. Com os narizes tapados rodamos pelo laboratório inteiro, mas não havia nem sinal dos Metazeus. O mau cheiro começava a se tornar insuportável e a fumaça cinza cada vez mais grossa.

— Eu sou Todos os Metazeus

— ?

— Eu sou Aquele de quem nunca vereis o rosto...

— ??

— Eu sou todas as batalhas. Esta foi parca feito um grão de mostarda...

Um livro de capa cinza jogado em um canto fez um barulho oco e estremecedor. Então aquela voz, grossa e comprida como eco, cessou.

Mas antes que pudéssemos sequer tentar compreender aquela voz vinda do além, que parecia vir de dentro do livro "o Capitão", escutamos um grunhido atrás de nós. Ah, não, mais essa! Todos aqueles animais estranhos da gaiola estavam soltos e nos fitavam. Ficamos por um tempo paralisadas diante daqueles seres exóticos meio peixes, meio aves e ao mesmo tempo meio répteis e meio mamíferos, sem saber se, assim como os animais de Gaiatmã, eles não nos fariam nenhum mal desde que não fizéssemos mal a eles.

Se pensamos isso por um só momento, estávamos enganadas. Eles começaram a vir em nossa direção, o que nos fez recuar até ficarmos completamente acuadas na parede dos fundos. Apesar de não sabermos o que iria acontecer, àquelas horas já não nos sentíamos tão leves assim.

Até que um deles saltou de repente e em um só impulso derrubou Felícia, bicando seu corpo, emitindo grunhidos insuportáveis. Motivados pelo primeiro, todos os outros partiram para cima de nós e cada uma tentava se defender como podia das bicadas, unhadas e rabadas que levava.

– Aqui, a porta – Laia disse.

É claro que não foi com a mesma agilidade de antes, mas nossa amiga, enquanto se desvencilhava daquelas aberrações, conseguiu arrombar a pequena porta ao lado da gaiola.

Pouco depois, nos encontrávamos dentro da saleta onde o Doutor Metazeu e Albo Lago ficaram trancados tanto tempo. O local estava escuro, mas vimos a silhueta de alguém sentado lá no fundo, batendo com barulho os pés no chão.

– Al-Albo? – disse Felícia aterrorizada, se aproximando ao vê-lo todo amarrado na cadeira.

– Me soltem, por favor, depois eu explico tudo a vocês – ele disse depois que Laia retirou a mordaça de sua boca.

Nós nos olhamos desconfiadas. Felícia tremia muito as mãos e parecia finalmente ter caído em um estado de tensão nervosa. Dona Dedê titubeou um pouco, mas mesmo com os nossos olhares de resistência e o perigo que aquele gesto poderia causar, ela disse com a voz comovida:

– Vamos soltá-lo, coitado, ele está sofrendo.

Apesar de tudo que ele havia feito... que estranho, Albo Lago parecia ser de novo um homem de bom coração.

– Rápido – ele gritou depois que o livramos dos fios de aço – este lugar está prestes a explodir!

Só então sentimos o cheiro de algum produto químico muito forte invadir a fresta da porta.

Lá fora não somente as duas dúzias que estavam nos incomodando, mas quase uma centena daquelas criaturas se encontrava no laboratório. Em um canto, a geladeira de "barrigas matrizes" estava aberta e, espalhadas pelo chão, todas aquelas estranhas trouxas orgânicas de onde saíam várias espécies de filhotinhos, alguns com patas no meio das costas, outros com o rabo no focinho e alguns com várias bocas de dentinhos afiados espalhadas pelo corpo.

Fiquei petrificada diante daquela triste realidade. Se o código genético daqueles animais não tivesse sido alterado, eles poderiam ter sido animais normais como os que existem por aí, bonitos, saudáveis e menos estressados, afinal, aqueles ali mal nasciam e já emitiam grunhidos insuportáveis.

Os maiores passavam pela estante do Doutor Metazeu e jogavam no chão todos os vidros que viam pela frente. Uma pequena chama já surgia ali nos fundos e em breve aquele lugar deveria explodir. Mas com aquela centena de bichos nos cercando era impossível até mesmo sair pela porta. O melhor a fazer talvez fosse voltar para a saleta e...

– Que tal o teto? – sugeriu Laia, apontando para a claraboia no alto da antiga estufa.

Mas antes que eu me animasse, vi que aquele teto era alto o suficiente para que talvez nem mesmo Laia, com os seus saltos mirabolantes, pudesse alcançar.

– Mas como? – perguntei tentando proteger o meu rosto das unhadas daqueles monstros. – Será que conseguimos chegar?

– Sim – disse de repente... Liluá!?

E então ela levou as mãos até as costas e abriu o seu camisolão. E lá de dentro saíram, ah, eu não podia acreditar, ninguém podia e nem mesmo pode acreditar, mas é a mais pura verdade. Lá de dentro saíram duas asas. Liluá as abanou suavemente e seus pés se levantaram do chão. E então ela segurou a minha mão e eu segurei a mão de Dona Dedê que segurou a mão de Laia, e assim por diante.

E no momento em que a explosão se alimentava do vidro da claraboia que acabávamos de quebrar com simples e pura energia, uma corrente de cinco pessoas conduzidas por uma menina nua de asas de luz pousou finalmente na superfície.

A roda da engrenagem

De acordo com as instruções, eu, Dona Dedê, Felícia, Laia e Liluá fizemos um círculo sobre o Círculo Sagrado. Estávamos todas trajando nossos vestidos rituais costurados por Madame Babaiuca especialmente para a ocasião. O meu era azul e prateado, o de Dona Dedê rosa e verde, o de Felícia amarelo e dourado, o de Laia vermelho e alaranjado e o de Liluá branco e lilás. Além das cores diferentes, cada um deles possuía bordados específicos, como figuras de animais, flores, alguns símbolos (muito dos quais ainda desconhecíamos) e outros desenhos indecifráveis. Apesar dessas particularidades, o modelo de todos os vestidos era o mesmo: comprido até os pés e com as mangas largas.

Mestre Orgon encabeçava o grupo, agora com óculos novos. Ele estava voltado para a Roda de Engrenagem, com as mãos viradas para cima, e começou pronunciando as seguintes palavras:

– A todos os elementos e seres da Natureza que tão bem receberam as Guerreiras de Gaia nessas terras, eu dedico este ritual.

E virou-se para nós:

– Para começar, gostaria de saber. Agora que o sufoco já passou, alguém pode me dizer por que a casa sul se chama Casa do Peixe?

– Por causa do delicioso cheiro de peixe – disse Dona Dedê com as narinas gulosas bem abertas. E como ninguém dissesse nada, ela completou:

– Bom... cheirar não tem problema... tem? – o que fez todos rirem de uma vez só.

– Não, não tem problema – disse Mestre Orgon sorrindo para Dona Dedê. – Mas saiba que a Casa do Peixe tem esse nome não por causa do cheiro, mas porque para se livrar do sofrimento é preciso mergulhar fundo feito um peixe em si mesmo e no mundo à nossa volta. A Casa do Peixe é uma casa de descobertas. Mesmo com todas as dificuldades, é preciso continuar para que possamos descobrir a verdade e finalmente enxergar a luz no fim do túnel. Só depois que passamos pelo sofrimento, conseguimos perceber a riqueza que ele nos trouxe, só então enxergamos todo o material precioso que ganhamos em forma de aprendizado e experiência.

Ao dizer isso, Mestre Orgon pediu que fechássemos os olhos e fizéssemos o exercício do Sopro Dourado. Enquanto tentávamos respirar as tais particulazinhas de ouro, ele continuou:

– E assim vocês concluíram o Primeiro Caminho Jedegaia. Na Casa da Árvore, vocês conheceram a primavera, com sua exuberância de cores e fragrâncias oferecidas pelas flores, sua abundância de alimentos, seu ambiente confortável e seu clima ameno. Já na Casa do Pássaro, apesar da alimentação ainda não ser escassa, o clima se tornou mais violento por causa do calor e o ambiente passou a não ser tão favorável assim. Lá vocês conheceram o verão que, apesar de seus primeiros aborrecimentos, ainda traz abundância e alegria.

Já na Casa da Colina, as árvores começaram a secar, o tempo esfriou e a natureza deixou de ser generosa, tornando os alimentos quase escassos. O ambiente se tornou pouco acolhedor e assim vocês tiveram um íntimo contato com o outono. E na última casa, a Casa do Peixe, vocês encontraram o inverno e suas dificuldades. O frio era intenso, o alimento não existia, o ambiente péssimo e o sofrimento parecia não ter fim. Entretanto, a roda não para de girar e assim como a natureza morre, ela renasce. Não é à toa que vocês concluíram esse ciclo e estão aqui novamente, na Casa da Árvore.

De alguma forma aquele Sopro Dourado parecia ser especial. Não sei se eram as palavras de Mestre Orgon, não sei se o alívio de ter concluído aquele ciclo. Sei que, de repente, pequenos glóbulos de ouro começaram a aparecer no ar. Pisquei forte os olhos para ver se era a minha imaginação. Não era. Eles realmente estavam flutuando por ali e toda vez que eu inspirava, entravam pelo meu nariz cada vez em maior número, até formarem um rio de ouro que percorria o meu corpo. Era possível? Ah, eu achava que nunca conseguiria realizar o Sopro Dourado, mas ele estava ali, alimentando cada centelha do meu corpo, revigorando com sua luz cada pequeno ponto por onde passava e, finalmente, em forma de um denso sopro de ouro, saindo pela minha boca.

Quando achava que já tinha visto tudo o que era para se ver, de repente aquele sopro espesso e luminoso que saía de mim e das outras Guerreiras foi enrolando em si mesmo até formar, com todas as suas cores e texturas, a imagem do grande quadro do salão principal, onde havia os quatro símbolos de Gaiatmã ao redor da Terra. Sobre ela, estava a mulher de cabelos envoltos de plantas.

Ela então se sentou sobre o globo terrestre e, com o corpo coberto apenas por folhas e flores, disse com uma expressão familiar:

– Bem-vindas ao mundo Jedegaia.

Aquela mulher... sim, é claro, eu me lembrava, já a tinha visto algumas vezes. Aquela era a Senhora Suprema em pessoa. E... espera? Seria impressão minha ou ela era realmente parecida com Laia ou Liluá?

Ela colocava a cada momento um dos símbolos de Gaiatmã sobre as pontas de seus enormes dedos, enquanto ia dizendo:

– Para se tornar um Jedegaia é preciso conhecer dentro de si a história cíclica da Natureza, tendo-se a consciência de que depois da fartura vem a escassez, para que logo depois venha novamente a fartura e assim por diante. Compreendendo isso, não se perde a felicidade essencial e, dessa maneira, torna-se mais fácil manter o Equilíbrio Inabalável Jedegaia. Assim como existe o verão e o inverno, o dia e a noite, a morte e a vida, existem as energias positivas e as energias negativas. Por isso é importante passar por elas mantendo sempre o Equinje, para não se deslumbrar demais com as alegrias nem se decepcionar demais com as tristezas. Lembrem-se: a roda não para de girar.

Ao dizer isso, a Senhora Suprema colocou a Roda da Engrenagem para girar. E a cada momento, o homenzinho que estava por cima logo depois estava por baixo e assim por diante...

O que será que tem ali dentro?

Guerreiras! Agora éramos realmente as Guerreiras de Gaia. Bom, pelo menos foi o que Mestre Orgon havia nos dito. Mas ainda não podíamos fazer o que quiséssemos em Gaiatmã. Enquanto eu e Felícia passávamos pelo salão principal, notamos uma luz de grande intensidade se esvaindo pelas frestas do corredor esquerdo. E quando, curiosas que somos, já nos aproximávamos para ver o que era, Mestre Orgon pela primeira vez nos segurou pelo braço com ares severos e disse:

– Nem pensem nisso.

A festa

– ... e o impostor ficava conectado a mim três vezes ao dia por duas horas e sugava a minha personalidade, roubando a minha inteligência mental, física e emocional.

Isso nos disse o verdadeiro Albo Lago, quando nos explicou sobre o suposto Albo Lago que acompanhava o Doutor Metazeu em suas experiências. Segundo ele, quando estava a tomar conta da estação subterrânea da Estação das Pedras, foi capturado e levado para o laboratório do Doutor Metazeu, onde já havia um homem muito parecido com ele e que precisava apenas roubar seus traços e sua personalidade. Ele ficou tão idêntico, que nenhuma das minhas companheiras percebeu que era um impostor que tinha se oferecido na praia para levá-las ao lugar onde se encontrava Felícia. E, por se tratar de Albo Lago, elas nem se preocuparam em checar a sua aura.

– Então foi isso que aconteceu com Padre Odorico... também foi um impostor que eu vi na estação, não foi?

– Exatamente – disse ele com melancolia na voz. – E a experiência o deixou... bem, deixou o padre tão fraco e envelhecido que...

Albo Lago não precisava continuar. Todas nós já podíamos adivinhar e eu mesma vi seu estado com meus próprios olhos. Padre Odorico estava morto.

Ficamos todas muito abaladas com a notícia. As ambições do Doutor Metazeu chegaram ao ponto de tirar a vida de um homem tão bom como Padre Odorico. Apesar da triste notícia, segundo Mestre Orgon as homenagens dos Jedegaias ao padre já haviam sido feitas e aquele nosso último dia em Gaiatmã era uma ocasião para se comemorar. Portanto nada, e realmente nada, deveria abalar o nosso Equinje. Mas, sem confessar para ninguém, uma imagem não parava de vir em minha cabeça: a lembrança daquela voz vibrante na fumaça cinzenta, "Eu sou Todos os Metazeus..."

Nessa mesma hora, um arbusto atrás de mim se mexeu e eu me assustei. Mas logo me esqueci, escutando Nico Lago explicar para a insistente Felícia:

– As verbas foram cortadas, a operação foi interrompida e todo aquele verde "assassino" está sendo substituído pela vegetação normal. Já o Doutor

Metazeu não sei onde está, mas os Metazeus são muitos e continuam às soltas por aí.

É, eu não sabia se havia tanto motivos para comemorar...

– Mas não se preocupe com isso por enquanto, hoje é dia de alegria e nem mesmo um exército de Metazeus pode estragar a nossa festa! – ele completou dando uma piscadinha para mim, é claro, lendo meus pensamentos.

À nossa frente se estendia uma gigantesca mesa com frutos e frutas, sucos e os mais variados e magníficos quitutes e pratos vegetarianos preparados por Madame Babaiuca, mas levando também, é claro, o toque especial das mãos mágicas de Dona Dedê. Estávamos todos na Casa da Árvore e os Jedegaias haviam preparado uma grande festa para a Senhora Suprema na beira do lago, o nosso lugar preferido. Fazia um belíssimo dia e todos os Jedegaias estavam presentes, com exceção de um, e que estava me fazendo uma falta danada: a minha avó.

Pela primeira vez, via todos aqueles Jedegaias reunidos: Mestre Orgon, Madame Babaiuca, Dona Romana, Nico e Albo Lago, Camaleoa (agora com o excêntrico corpo de uma cenoura), além de outros que eu ainda não conhecia. Até mesmo Ishtar estava por ali, com seu ar majestoso de vaca imperial, tomando um solzinho deitada sobre uma tapeçaria púrpura. Isso sem contar a presença das Venúsias, dos Mercúrios e de tantos outros seres elementais da natureza. Alguns duendes tentavam puxar os pés das fadinhas, que voavam sobre eles extremamente irritadas com essa brincadeira de mau gosto. Maria Eduarda, ainda com seu pezinho machucado, estava sentada sobre a mesa ao lado da cesta de maçãs e me deu um tchauzinho de longe. Pequena Ci também estava presente e, para a minha surpresa, como uma criança comum, brincando na areia. Ao me ver ela sorriu e, por um átimo de segundo, vi o sorriso de Poeta.

Madame Babaiuca, a um canto, observava com ar severo as três Drúpias da floresta e só então eu soube que a nossa pequena anfitriã era mãe delas, mas, por alguma razão, ela não se dava muito bem com as filhas. Bem verdade que Madame Babaiuca era mesmo parecida com as feiticeiras da floresta, não apenas fisicamente, mas também em alguns outros pequenos detalhes: todas eram Jedegaias que comiam de vez em quando, não davam saltos mirabolantes e, ainda por cima, vez ou outra cometiam pequenas irresponsabilidades. Agora, por que Madame Babaiuca não se dava bem com suas próprias filhas, isso permaneceu um mistério, pois nenhum dos Jedegaias quis me responder.

Mestre Orgon deu carta branca para que pudéssemos comer à vontade na festa, mas ressaltou que a partir de então teríamos que comer com moderação e apenas o necessário, pois agora éramos guerreiras que lutavam pela saúde do planeta e deveríamos fazer por onde para manter o nosso "título".

Com tantos dias sem comer e aquela última oportunidade nas mãos, a mesa se tornava ainda mais apetitosa e eu não via a hora de atacá-la de uma vez. Contudo, isso só poderia acontecer depois que a Senhora Suprema chegasse. Mas ela estava demorando muito e aquilo parecia uma eternidade!

Até que, depois de muitos roncos de nossas barrigas, ela finalmente apareceu andando sobre as águas do lago. A Senhora Suprema portava a mesma vestimenta de véus alaranjados que estava usando quando apareceu na toca das Venúsias, seu vestido da Primavera. Mestre Orgon havia enchido a taça de cada um de nós com vinho para homenageá-la. Fizemos então um círculo em volta daquela magnífica mulher, parada no centro há alguns metros do chão. E quando todos já começavam a abaixar suas cabeças e a mergulhar naquele conhecido silêncio, símbolo de respeito e louvor, de repente escutamos um leve barulho de algo caindo no chão. Dei uma espiadinha e tomei um susto quando vi a vestimenta da Senhora Suprema caída ali.

– Por hoje chega, pessoal, vamos passar logo para a diversão! – disse uma voz sobre nossas cabeças.

E então, vestida com seu traje de folhas e flores, a Senhora Suprema colocou seus pés descalços na areia, foi até um mercúrio e tomou em um só gole a taça de vinho que estava na mão dele, dando em seguida um pequeno soluço, seguido de uma risadinha. Depois de passado o espanto, nós seguimos o exemplo da Senhora Suprema, sorvendo a nossa taça de vinho, para logo depois avançar em todas aquelas delícias sobre a mesa.

Com exceção de Madame Babaiuca, que bebeu um gole de café e das três Drúpias, que beberam vinho, nenhum dos Jedegaias comeu ou bebeu coisa alguma, afinal eles não tinham estômago. Mas nem por isso estavam menos contentes. Muito pelo contrário, o alimento deles parecia ser a nossa alegria. E apesar da felicidade ser geral, nenhum sorriso se comparava ao sorriso de Dona Dedê comendo pasteizinhos, pãezinhos, salgadinhos, bolos, doces, caldos e iogurtes, tudo regado a muito vinho.

Até mesmo Felícia comeu mais do que devia. Pouco tempo depois, encostada em uma árvore, ela descansava a sua barriga cheia quando, de repente, uma maçã caiu em sua cabeça. Felícia se animou na hora.

– Ah, isso só pode ser um sinal. Eu já vi essa cena antes!

Ficou procurando por ali algum acontecimento que ela pudesse comprovar cientificamente. Pouco depois foi uma goiaba que caiu da árvore e, logo em seguida, uma banana-nanica.

– Ah, isso já é demais! Com Newton foi apenas uma maçã.

– Você pensou que poderia fugir de mim? – disse uma coruja acinzentada, empoleirada no primeiro galho da árvore.

– Quem é você?

– Ora, quem sou eu, você sabe muito bem quem sou eu. Eu sou o Seu animal. Nós nos encontramos na Casa da Colina, mas você fingiu que não me viu.

– Espera aí. Mas coruja não fala...

– Está vendo o que eu tive que fazer para você me notar?

Então Albo Lago saiu de trás da árvore com uma cesta de frutas em uma das mãos e sobre a outra a coruja, que em um só pulo se empoleirou no ombro de Felícia, para o seu completo pânico. E, enquanto ela acariciava suas penas no rosto apavorado de Felícia, Albo Lago pegou sua mão e disse, agora sem fazer voz de coruja:

– Sabe, Felícia, existem coisas que a ciência realmente não explica...

E para quebrar o silêncio tímido e revelador que se instalou no ar, Albo Lago deu um pigarro e mudou de assunto:

– E então, já descobriu como se chama a sua coruja?

– Simples, disse Felícia com sua objetividade habitual, é o seu nome científico, ela se chama *strix ulula*.

Adeus, Gaiatmã!

Hora de partir. Madame Babaiuca nos ajudou a descer com as malas, agora de novo toda bem-humorada. Só depois, eu fui perceber que seu bom humor variava de acordo com o grau de dificuldade das casas.

– Olá meninas! – ela nos cumprimentou com muita animação, dando um longo abraço em Felícia que, para o nosso susto, não somente retribuiu o abraço, como deu uma beijoca estalada no rosto de Madame Babaiuca.

Seu Ernesto nos aguardava em frente ao casarão, enquanto passava o Óleo de Píramo na superfície do automóvel, agora de novo com a luva de couro branca em sua mão esquerda. Ele logo estranhou a nossa frieza.

– O que é isso, garotas, não se lembram mais de mim?

Quem teria coragem de dizer a ele que nós já sabíamos de sua traição?

– Ah, ainda essa bobagem! – disse Madame Babaiuca lendo os nossos pensamentos, enquanto descia as escadas do casarão com as últimas malas. – Elas ainda estão preocupadas com a história do leite de Ishtar – disse para Seu Ernesto e os dois caíram na gargalhada.

Ao contrário deles, nós ficamos muito sérias, não achando graça nenhuma naquela risada sem propósito. Enquanto ria, a pequenina Madame Babaiuca tentava nos explicar.

– Ah, crianças, não se preocupem com essa bobagem. É que eu estava precisando de alguns ingredientes que só se encontram lá no Quotidiano. Então eu pedi escondido para Seu Ernesto comprar e em troca eu faria especialmente para ele o doce de leite com o leite de Ishtar, que é a coisa mais gostosa que existe nesse e em outros mundos. Mas que tolice a nossa, é claro que Mestre Orgon iria descobrir...

– Nem valeu a pena arriscar... – completou Seu Ernesto com dois olhinhos gulosos de dar dó.

Guardamos nossas malas no bagageiro e, antes de entrarmos no carro, escutamos um ruído atrás do jardim de antúrios. E quando Seu Ernesto já dava a partida, vimos um garoto saindo lá de trás e se aproximando do carro.

– L-Luís? – nossos olhos se encontraram.

– Vocês já se conhecem? – perguntou Seu Ernesto surpreso, colocando seus bochechões para fora da janela.

– Sim...

– B-bem, é q-que...

E enquanto nós nos olhávamos, Seu Ernesto explicava para Felícia que, em sua curiosidade incontrolável, não parava de perguntar quem era aquele menino:

– Luís está aqui para fazer pesquisa. Ele estudava no seminário de Padre Odorico e vai prestar vestibular para Biologia. Quando soube da existência de Gaiatmã, veio para cá conhecer plantas e animais exóticos.

– É o meu assunto preferido... – ele disse ainda me fitando de uma maneira que, minha nossa!, nem sei como dizer...

– E como ele conseguiu entrar? – perguntou Felícia.

Mas Seu Ernesto decidiu não ceder à curiosidade da nossa amiga:

– Meninas, está na hora de ir, não é mesmo? Vocês se importam que Luís venha com a gente?

– Mas aqui atrás só cabem quatro e...

– Não se preocupe – disse Laia – Liluá vai ficar mais um pouco com mamãe.

E só então vi que Liluá já estava bem próxima do bosque, acenando para nós, antes de desaparecer por entre as árvores de Gaiatmã. Apesar de ter notado a semelhança, jamais poderia imaginar que Lua, a mãe de Laia e Liluá, fosse a Senhora Suprema em pessoa.

Como Laia me explicou mais tarde, a Senhora Suprema já havia habitado o Quotidiano diversas vezes e em todas elas, mesmo sendo sempre vista como uma criatura singular, fascinante e ao mesmo tempo assustadora, gerou filhos e perpetuou a sua prole. Por isso mesmo todas nós, de certa forma, éramos descendentes diretas da Senhora Suprema.

***

Luís se sentou a meu lado e quando pegamos a primeira estrada, sem que ninguém visse, nossas mãos se tocaram. A minha consciência pesava. Quer dizer que ele estava atrás da Ervilha Essencial porque gostava de plantas exóticas? Como eu pude julgá-lo tão mal? Onde eu estava com a cabeça quando achei que Luís fosse um Metazeu?

Nessa mesma hora, um estremecimento gelado percorreu minha espinha e me lembrei da voz na galeria subterrânea: "Eu sou Aquele de que nunca vereis o rosto..."

Meus pensamentos foram interrompidos por Seu Ernesto:

– Apertem os cintos, companheiros. Vocês já sabem o que nos espera pela frente – ele disse ao entrarmos pela estrada dos altos pinheiros.

Como da primeira vez, o carro de repente começou a vibrar e a soltar faíscas até começar a rodar, rodar, rodar cada vez mais rápido através de um túnel azul. E quando o carro finalmente se acalmou e voltou a trafegar, tomamos um susto danado quando vimos um acidente de automóvel com diversas vítimas espalhadas pelo chão. Bom, aquele era um triste sinal de que estávamos de volta ao Quotidiano.

Na primeira parte da viagem, enquanto Dona Dedê e Seu Ernesto conversavam superanimados no banco da frente, Luís me contou que, ao contrário do que eu dissera quando o encontrei na Casa do Pássaro, ele não tinha me usado para entrar em Gaiatmã. Ele já tinha acesso à terra dos Jedegaias bem antes de me conhecer. Uma noite, quando voltava de uma ida até lá, passando pela toca que Hermânio usava no fundo do quintal de Dona Dedê, ele me viu na festa de Dona Didica. Luís ainda disse que quando me viu ele... ai, como posso dizer? Bom, ele disse assim: "... e então foi amor à primeira vista", o que me fez corar na hora e até hoje me deixa vermelha só de lembrar.

Após algumas horas de estrada, nós paramos no mesmo restaurante da ida e, ao nos ver, a simpática garçonete que nos atendeu daquela primeira vez perguntou com expressão confusa:

– Ora, já estão de volta?

Não entendi aquela interrogação. Como alguém podia achar 22 dias de viagem pouco tempo?

Ela pareceu se espantar mais ainda quando todas nós pedimos apenas pratos naturais, afinal, na ida tínhamos pedido filé com fritas, macarronada, além de muito ketchup e mostarda.

O resto da viagem correu com muita tranquilidade. Seu Ernesto foi contando casos e mais casos e fiquei sabendo de uma notícia para lá de inusitada: ele era o pai de Albo Lago no Quotidiano e, após a doença e o falecimento de sua esposa, ele decidiu trabalhar para os Jedegaias por duas boas causas: ajudar o planeta e, é claro, ficar mais próximo do filho. Aquela mão sempre coberta foi um pequeno deslize em sua estreia no mundo jedegaia: ele resolveu experimentar o Óleo de Píramo no tanque do seu carro, um fusquinha anos 1970 cor de abóbora e..., bom, digamos que logo de cara o Óleo não reagiu muito bem com o tanque de gasolina. Ele foi verificar o que tinha acontecido e acabou perdendo parte da sua mão direita.

Ao chegarmos na nossa cidade, Dona Dedê foi a primeira a ser deixada em casa. Quando viu a irmã, Dona Didica foi correndo em direção ao carro e disse com voz de choro contido:

– Dedê, você não sabe o que aconteceu. O Armando... ele... ele me deixou.

– Eu já sei, Didica – disse Dona Dedê abraçando a irmã.

– Já sabe como?

– Essa é uma longa história. Eu conto para você...

– Seu Ernesto, o senhor pode parar aqui por um instante? – eu disse quando já íamos embora, passando em frente à primeira lojinha da Vila Esotérica.

O hippie estava sentado em cima do balcão, tocando uma flauta de bambu, enquanto a hippie, com os olhos entreabertos, rodava um pêndulo sobre sua própria testa.

– Olá, irmã, como vai essa força? – disse o hippie abrindo um largo sorriso assim que me viu.

– Isto aqui é pelo chá de camomila – eu disse, colocando a câmera áurica em cima do balcão e correndo em direção ao carro, antes que ele perguntasse alguma coisa. Para os meus olhos agora, o Quotidiano era uma completa manifestação de cores. Eu não precisaria mais dela.

Logo após deixar a Vila Esotérica, Seu Ernesto me levou para casa. E para o susto de todos, antes que eu descesse do automóvel, Luís me puxou pelo braço e me deu um inesperado e demorado beijo, ah!, um beijo tão bom... Ele me convidou para ir ao cinema no dia seguinte. Eu disse que sim.

Ainda com o rosto admirado, afinal aquele garoto usava uma batina, Seu Ernesto deu a partida no carro e eu acenei para minhas companheiras, com os olhos cheios d'água.

Assim que abri a porta de casa, encontrei minha mãe sentada no sofá da sala lendo uma revista. Ela parecia ótima, não sentindo mais as suas faltas de ar. Ah, como eu estava com saudades! Mas antes que eu pudesse abrir os braços para abraçá-la, ela tirou os óculos e me olhou assustada, perguntando:

– Mas já?

Não era possível! Também mamãe achava que eu tinha ficado fora pouco tempo?

– Como assim, você não sentiu minha falta? – perguntei decepcionada.

– Mas você viajou ontem!

– Ontem?

Mas como? Eu não compreendia, como eu poderia ter viajado ontem se eu tinha ficado em Gaiatmã por 22 dias e... ei, espera aí. Seria isso mesmo? A não ser que... sim! Sim, sim, era claro, óbvio e ululante, claro que sim, como não? Eu já deveria imaginar que isso aconteceria. Aos poucos, eu fui me lembrando de todas as aulas de Nico Lago sobre a relatividade do tempo. Na dimensão onde se encontrava Gaiatmã, o tempo corria bem mais rápido do que no Quotidiano, tanto é que lá as estações mudavam em menos de cinco dias. E, é claro, lá também o espaço era diferente.

– Bom, posso dizer que foi uma viagem rápida, mas intensa.

Por enquanto diria apenas isso. Sabia que ela não estava preparada para todas aquelas teorias que provavelmente chamaria de malucas.

– Mãe, você melhorou?

– Da noite para o dia, filha, não sinto mais nada. É como se o ar tivesse voltado.

Ah, se ela soubesse... o ar tinha voltado, sim. Aquelas plantas monstruosas que soltam gás carbônico e roubam oxigênio não iam mais tirar o ar de ninguém.

– Mas... Kitara, minha filha, já você... como foi que emagreceu desse jeito em tão pouco tempo?

Ding-Dong.

Ufa. Salva pela campanhia. Fui correndo até o portão...

– Olá, Kitara!

Ah, não. Era preferível responder às perguntas da mamãe. Eu mal chegara de viagem e Laura e Denise já vinham me atormentar como duas metralhadoras.

– Estávamos na varanda lá de casa e vimos quando você chegou. Desistiu de viajar? – perguntou Laura com ironia.

– Quem é aquele pessoal esquisito que estava com você dentro do carro? – quis saber Denise.

– Vimos que o tal Luís estava com você. Vocês estão namorando?

– Sabe, pensando bem, ele não é lá mesmo grande coisa...

– O que aconteceu com você? Está tão esquisita, magrela e machucada...

– Mas, espera aí, o que é isso?

– Kitara, que escândalo! Levanta, menina, as pessoas podem ver!

– Acorda, Kitara, acorda...

De repente senti meu corpo desfalecendo. Abri os olhos e levei um susto danado quando percebi que estava de volta ao salão de mármore em ruínas. Pequena Ci se encontrava ao meu lado.

– Sabe, nem sempre é aconselhável ficar vagando por aí entre uma dimensão e outra – disse ela – mas neste caso eu resolvi dar uma forcinha...

Pequena Ci também sorria quando, através do poço de águas turvas, observávamos com certa pena Laura e Denise se esquivarem discretamente, fingindo arrumar os cabelos, enquanto me largavam caída no portão.